JUSQU'AU BOUT
DU MIROIR

DU MÊME AUTEUR

Éditions Lucien Souny
(collection plumes noires)
Pulsions de vie, 2019

Thierry Doré

JUSQU'AU BOUT DU MIROIR

plumes noires
LUCIEN SOUNY

451 route de Limoges • 87400 La Geneytouse
www.luciensouny.fr

À toi Maman.
Merci de m'avoir ouvert le chemin des livres.

« On croit que l'homme peut s'en aller droit devant lui. On croit que l'homme est libre… On ne voit pas la corde qui le rattache au puits, qui le rattache, comme un cordon ombilical, au ventre de la terre. S'il fait un pas de plus, il meurt. »

Antoine de Saint-Exupéry, *Terre des hommes*

« La connaissance du réel est une lumière qui projette toujours quelque part des ombres. »

Gaston Bachelard, *La formation de l'esprit scientifique*

13 juillet 1788

Noyées par les chocs répétés, les cloches de Sainte-Radegonde se turent, étouffées par la colère d'un Dieu que les fidèles, fatigués de tant d'injustice, étaient pourtant venus prier.

Chancelante, la petite Jeanne posa un pied incertain sur la terre battue. Perdue au milieu des éclats du ciel qui se déchirait, elle ouvrit de grands yeux terrifiés sur les murs blafards. Les images qui la tourmentaient n'étaient pas le fruit de son imagination enfiévrée. Dehors, les aboiements d'une meute se mêlaient bien aux hurlements de Marie, sa grand-mère, pour lui confirmer ce qu'elle savait déjà. Un drame venait de s'abattre sur la ferme.

Guidée par le fracas de l'orage, elle trébucha jusqu'à la cour, emportée par la folie qui y rôdait. Grands comme des loups, âpres et sanguinaires, sauvages et sans limites, ils étaient quatre, quatre chiens errants tout droit sortis des profondeurs de la terre. Rendus fous par les déchirures du ciel, mur infranchissable de violence contenue, ils encerclaient la vieille de leurs canines acérées.

Jeanne les vit fondre sur leur victime, tels des brigands de grand chemin déterminés à en extirper toute vie.

Alors, comme pour masquer la tragédie qui se déroulait, la grêle se joignit au cortège funèbre. Sous les yeux révulsés de la petite Jeanne, celle qui avait été sa grand-mère se changea en un pantin désarticulé que plus rien ne ramènerait à la vie.

Bravant les assauts du ciel, la jeune fille s'élança. Effaçant la fièvre qui aurait pu lui brouiller la vue, portée par la vitesse de ses maigres jambes, elle rejoignit la meute enragée. Étourdie par l'inconscience de ses onze ans, elle ignora les offensives de la glace martelant sa chair. Mémé Marie était morte ! Celle qui l'avait bercée et aimée depuis sa naissance ne lèverait plus jamais les yeux au ciel. Et Jeanne n'avait rien fait pour la sauver.

Accablée de douleur, indifférente aux quatre fauves qui l'encerclaient, elle s'agenouilla devant la dépouille. Refoulant sa propre colère, elle plongea son regard dans celui des bêtes féroces. Les deux mains posées sur le corps disloqué, elle prononça les mots qui éloignaient la terreur et apaisaient le cœur. Concentrée sur leur folie, elle effaça le tumulte de l'orage et de l'enfer. Peu à peu, les grognements s'estompèrent et les gueules béantes se refermèrent pour enfin rejoindre la terre détrempée. L'oreille basse, soumis, les bourreaux rampèrent jusqu'à elle, domptés. Elle s'était posée en maître et ils l'acceptaient, protégés de la fureur du ciel par une simple jeune fille de onze ans.

Seule au milieu de la cour, la petite attira le corps de Marie contre le sien, comme pour en effacer les peurs et les pleurs. Malmenée par la pluie, qui s'acharnait encore sur les vivants, elle berça longuement le corps engourdi d'éternité.

Dans le lointain, les cloches, que les anciens accuseraient d'avoir provoqué l'ire du ciel, s'étaient enfin tues. Aux alentours, les champs noyés et tourmentés ne se remettraient pas à temps de l'assaut mortel. Les moissons de l'année n'auraient pas lieu, les greniers resteraient vides et l'hiver sinistre et glacial, qui marquerait le passage à l'année 1789, se montrerait long et cruel. Au printemps, quand la sécheresse frapperait, le ressentiment et l'abattement qui suivraient feraient basculer le monde dans la Révolution. Mais pour l'heure, aucun des témoins de ce terrible orage ne pouvait anticiper les événements à venir.

Quand son père et tous les habitants de la ferme retrouvèrent enfin leur terre, Jeanne tenait toujours la vieille femme contre elle. Sur ses joues, de profonds sillons marquaient encore le passage du malheur.

Le regard perdu dans le vague, la jeune fille ne distingua ni les sourcils levés ni les mains qui se signaient. À partir de cet instant fatidique, une anxiété de tous les instants accompagnerait les habitants du lieu quand ils reverraient la scène. En croisant la petite Jeanne, cette fille aux yeux si brillants et à la voix si douce, beaucoup détourneraient le regard et prieraient en silence. Des bouches anxieuses chuchoteraient, des langues se délieraient, et chacun évoquerait, à mots couverts, ce fameux 13 juillet 1788, où le Malin s'était penché sur cette ferme isolée. Au fil des années, maints détails accréditeraient leurs peurs. De nouveaux pouvoirs s'ajouteraient à la réalité de celle qu'ils avaient cru connaître. Les témoignages abonderaient, les ignorants raconteraient l'avoir entendue parler la langue des animaux, la langue des sorcières. Certains esprits s'interrogeraient sur son absence à la messe en ce funeste jour. D'autres, plus perspicaces, se demanderaient pourquoi la petite Jeanne avait attendu que la vieille ait péri avant d'user de ses pouvoirs.

3 avril - 16 h 29

Le bâton retomba dans un craquement sec sur l'animal pétrifié. En cet instant, rien ni personne n'aurait pu arrêter le geste du vieil homme, pas même la peur ou le dégoût, pas même la terrible certitude de ne plus rien contrôler.

Déterminé et brutal, René Arthaud fracassa la pauvre bête tétanisée contre la margelle du puits. Empêtré dans l'alcool, le cerveau de l'homme lui ordonnait de frapper encore et encore. Entre ses gants roses, le corps disloqué avait cessé de mordre. Le caoutchouc épais avait rempli son office. Les coups avaient fait reculer l'angoisse.

Emporté par une bouffée de joie libératrice, pure et enfantine, il accompagna d'un rire mauvais la courbe molle du petit cadavre désarticulé qui alla se briser dix mètres plus loin, contre le mur de la ferme. Alors, s'autorisant une généreuse lampée d'alcool, le vieux oublia un instant les miaulements qui agitaient la cage à ses pieds. Quatre exécutions auraient lieu avant le coucher du soleil.

Comme autrefois, quand il parcourait encore le monde de la guerre, il savait qu'il ne flancherait pas. Empoignant son arme d'une main et un chaton dans l'autre, il plissa les yeux pour mieux se concentrer. Chacun des monstres qu'il avait capturés y passerait. Il y veillerait.

Avec l'expérience, René Arthaud avait appris ce que les livres d'histoire ne racontent pas. Il connaissait l'implacable vérité qui saisit le soldat à l'instant même où les armes reprennent vie, quand il faut de nouveau avancer, franchir les barbelés et les cadavres, et ne plus penser à la mort qui pointe un doigt métallique vers ses prochaines victimes.

Imperméable aux gémissements de la boule de poils qui se tortillait, il lutta contre le découragement de celui qui sait l'inutilité de sa tâche. Surmontant son envie de tout lâcher pour fuir, il leva de nouveau son bâton.

Les années de désert et de jungle lui avaient appris à anticiper les obstacles à venir, sans surenchère inutile. Mais le vieil homme était las, las de cette vie mal choisie, de cette solitude rampante qui lui avait toujours collé à la peau. Sorti indemne des décombres d'une vie de violence et de danger, il avait regardé les autres tomber. Pourtant, il le savait, en éliminant les chats, il ne faisait que gagner du temps. Bientôt, la vérité reviendrait pulvériser sa vie à grands coups de souvenirs vengeurs dans le bas-ventre.

D'abord bourreau insouciant, militaire à la solde de sa patrie, il avait ensuite sauté avec entrain dans la clandestinité. Ombre parmi les ombres, il s'était laissé happer par une violence rémunérée dont personne ne revient jamais tout à fait. Mercenaire du hasard, passager clandestin du monde, il avait survécu au pire pour échouer sur les rives d'une terre baignée de souvenirs oubliés qui n'étaient pas les siens. À son approche, les plaintes endormies, desséchées par le temps, s'étaient réveillées pour venir s'abreuver aux méandres torturés de son propre passé, soufflant sur le feu, le métal et les cris de jadis.

Dans sa main, le corps dégoulinant abandonna lui aussi le combat, le laissant seul à ses réflexions. Chacun des chats qu'il tuait en appelait d'autres, qu'il fallait piéger sans relâche. Parce que le 12 avril approchait, leurs miaulements s'étaient faits plus insistants, plus inquiétants, comme si l'âme de ces lieux s'était enfin résolue à en finir, l'arrachant sans relâche aux bribes d'un sommeil qui ne réparait plus.

Le vieux loup écorché qu'il était devenu n'avait pas trouvé cette ferme par hasard : c'était elle qui l'avait choisi. Terrassé par l'âge qui écrase et ramollit les carapaces les plus coriaces, il s'était assis à l'écart du monde pour trinquer à sa santé. Pieds et poings liés, il s'était volontairement laissé prendre au piège. Pour la dernière fois de sa vie, il avait choisi son destin. Dans ce combat rédempteur, aucune peine ne lui avait été épargnée.

Passant d'une pauvre bête à l'autre, René Arthaud ouvrit encore la cage à deux reprises avant que son visage maussade ne s'autorise un bref sourire. Les mains sur les hanches, il jubilait.

Quand les filles de la propriétaire arriveraient, d'abord Anna, puis, quelques jours plus tard, Nolwenn et Julie, les petits éclats d'os auraient disparu et plus rien ne marquerait l'endroit du sacrifice. Beausoleil en garderait le souvenir, certes, mais aujourd'hui encore il avait mérité son salaire. Ce soir, son corps oublierait les rhumatismes et les tensions.

Titubant jusqu'à la bouteille posée contre le mur, il cracha sur le gravier.

– Ici, c'est chez moi ! Chez moi, vous m'entendez ? Jamais vous ne réussirez à me faire partir. Jamais !

7 avril - 2 h 27

La portière claqua à travers la campagne endormie comme un coup de fusil. En rage, la jeune femme quitta la voiture sans se retourner, laissant son passager absorber le choc du coup de frein.

– J'en ai plus que marre, Dimitri ! Puisque t'es si malin, alors fallait pas me dire de tourner, un point c'est tout ! Comme d'habitude, t'as eu besoin de personne pour nous fourrer dans cette situation pourrie. Alors, s'il te plaît, arrête de tout me coller sur le dos !

L'homme extirpa sa longue silhouette du véhicule.

– Que les choses soient claires, Anna : tu vas me parler sur un autre ton, et tout de suite ! J'en ai plus que ma dose de tes conneries d'enfant gâtée. T'as toujours raison, alors que t'es même pas foutue de lire une putain de carte !

Un coup de poing sur la carrosserie vint ponctuer sa remarque, faisant sursauter la jeune femme.

– Sérieux, la bagnole plantée au milieu de la route, comme ça, en plein virage ? Tu veux me faire disjoncter ou quoi ?

La jeune femme le fusilla du regard.

– Y a personne dans ce trou pourri, alors tu crains quoi ? Un bouchon ?

Prête à mordre malgré le danger, elle enchaîna.

– Je vais te dire : j'en ai ma claque de ces soirées pourries où tu fais le beau pour rien. C'était quoi, ce cinéma avec cette fille au bar ?

Levant les bras au ciel, elle mima des guillemets imaginaires.

– Hé ! les pétasses, admirez le coq qui se pavane ! Ouvrez grand les yeux, il arrive !

– Et c'est reparti ! Mais t'es complètement givrée, ma pauvre ! Tu souhaiterais que je m'excuse parce qu'une fille que je ne connais même pas a voulu m'allumer ?

– Non, mais tu t'entends ? Tu devrais avoir honte ! Comment tu peux te regarder dans une glace avec toutes tes conneries ? Dis-le franchement, si tu me prends pour une cruche ! L'autre jour, je n'ai rien dit, mais ce soir t'as atteint des sommets ! Alors, je t'avertis, c'est fini tout ça, tu m'entends ? Fini ! T'as grillé ta dernière cartouche. Et puisque t'es si malin, t'as qu'à te démerder tout seul ! J'en ai plus que ma claque de tes airs de beau gosse persuadé que le monde tourne autour de son pauvre petit nombril !

L'homme s'avança, mains ouvertes en signe d'apaisement.

– Allez, il est temps de retrouver le chemin de ce foutu gîte. On reparlera de tout ça demain, quand on sera redescendus sur terre et qu'on aura dessaoulé.

– C'est ça ! Et pourquoi pas maintenant, espèce de dégonflé ? Peut-être que ça te ferait du bien de me dire la vérité tout de suite.

Indécis, il s'immobilisa, ne sachant s'il devait la suivre en direction des arbres ou retourner à la voiture.

– Allez, donne-moi les clés, je vais conduire.

– Tu penses sérieusement que tu peux me prendre pour une conne avec tous tes rendez-vous de boulot à des heures impossibles ?

Dimitri aurait préféré ne pas répondre, mais la sentence était sans appel. Il comprit qu'il devrait affronter la jeune femme. Son exaspération monta d'un cran.

L'idée de ce séjour en rase campagne n'était donc qu'un prétexte pour l'éloigner de Paris, pour régler ses comptes à l'abri des oreilles indiscrètes. Il n'avait pas vu la nasse se refermer, et elle allait le regretter.

– Donne-moi ces putains de clés ! Je ne suis pas un foutu chienchien à sa mémère à qui on jette un os en caoutchouc ! Jusqu'à nouvel ordre, je fais ce que je veux de ma vie !

Puisque Anna dévoilait son vrai visage, pourquoi se priverait-il de lui expliquer sa façon de voir les choses ? Les femmes hystériques et possessives l'avaient toujours mis hors de lui, et un petit rappel ne lui ferait pas de mal.

– Tu crois vraiment que tu peux me faire chanter ?

Les yeux plantés dans les siens, elle le défiait ouvertement, faisant sauter le trousseau de clés d'une main à l'autre.

– C'est ça, ton plan ? Si je ne réponds pas, je rentre à pied ? Mais tu crois quoi ? Que tu vas faire la loi avec moi ? T'as déjà oublié notre dernière explication ?

– Enfoiré ! Je te préviens que t'as pas intérêt à me toucher ! s'insurgea Anna.

Une vague d'adrénaline vint s'ajouter à la précédente, faisant encore grimper la température. Jamais il ne se laisserait dompter par qui que ce soit, encore moins par une femme ! Et particulièrement celle-là ! Anna lui devait tout. En le rencontrant, elle s'était offert un carnet d'adresses sans limites. C'était son réseau qui lui avait ouvert la voie, et sans son énorme coup de pouce, elle n'aurait pas vendu un seul de ses foutus tableaux. La laisser replonger dans le néant serait un plaisir. Elle comprendrait alors ce qu'il en coûtait de lui faire son numéro d'hystérique jalouse. Elle ferait face à la dure réalité du monde, qui veut que les pauvres ne laissent pas de traces.

D'accord, elle gagnait maintenant plus de fric que lui, mais grâce à qui ? Qu'il s'autorise une certaine liberté de temps en temps ne donnait à Anna aucun droit sur sa liberté. Cette nuit, il reprendrait la place qui lui incombait. Il redeviendrait un homme complet, sans bonne femme castratrice pour lui marcher sur les orteils.

Cette virée au casino n'avait été qu'une série de mauvais coups. D'ailleurs, l'idiote lui avait porté la poisse toute la soirée. À peine se remettait-il d'une perte qu'elle se collait de nouveau à lui pour que la malchance lui retombe dessus, à la puissance dix. En rencontrant Anna, il avait tiré la mauvaise pioche, et cette soirée en était une preuve criante. C'était Julie, la sœur, qu'il aurait dû brancher. Lui, qui ne se trompait jamais en matière de femmes, avait juste choisi le mauvais numéro. La ressemblance entre les deux sœurs était frappante – elles arboraient les mêmes cheveux blonds, la même silhouette élancée –, mais Julie n'aurait pas squatté sans cesse. Plus fine, plus distinguée, et surtout plus indépendante, elle aurait su ne pas le mettre en rogne. Avec elle, il aurait pu respirer sans avoir à rendre de comptes. Ensemble, ils auraient passé du bon temps sans s'obliger à plus.

Une expression mauvaise au coin des lèvres, il fit un pas en avant. Dans une minute, il serait assez près pour lui tomber dessus sans qu'elle puisse l'empêcher d'attraper les clés. Ensuite, il la planterait là, au milieu de nulle part. En pleine nuit. Pour une heure ou deux, histoire de lui faire comprendre qui tenait la barre.

Au loin, la lente progression d'un moteur deux-temps déchira le silence de la nuit. Rejetant cette intrusion, Dimitri réduisit encore l'espace qui le séparait d'Anna.

– Je t'aurais prévenue !

Dans les yeux de l'homme, les reflets de la nuit avaient supplanté toute trace d'amour. Les poings serrés, il aurait voulu effacer jusqu'au souvenir de cette femme qui le provoquait. Envahi par une nouvelle poussée de violence, il ferma les paupières pour ne plus penser aux clés qui le défiaient, pour ne pas imaginer ce qu'il ferait à cette folle, et pour oublier ce moteur nasillard qui envahissait ses pensées.

La forêt retint son souffle humide, une brève seconde de plus, pour ne pas entendre le cri ni la fureur qui se déchaîna ensuite.

Au petit matin, le jour qui se lèverait redonnerait vie à cet endroit oublié de tous. Une voiture passerait de temps à autre, inconsciente du drame de la nuit. Un nuage s'attarderait peut-être, pour une larme de circonstance, avant de reprendre sa course lointaine vers d'autres lieux, d'autres tragédies.

8 avril - 6 h 53

Nolwenn ferma les yeux et se laissa bercer par le calme de cette fin de nuit. La respiration profonde et régulière de son patient la réconfortait. Le visage marqué par le piétinement des années n'exprimait plus aucune crainte tandis que ses doigts experts caressaient le cathéter.

Heureuse, elle offrit son plus beau sourire à l'homme étendu, de ces sourires que l'on partage sans raison, juste parce que la vie est belle et que l'on n'attend rien en retour. Prenant sa main, elle en frôla le dos, à la manière d'une mère qui apaiserait son enfant, sans se presser, tendrement.

La jeune femme soupira de bien-être. Le futur de l'humanité tout entière se résumait à ça : un vieillard dans un lit, des doigts qui se réchauffaient mutuellement, deux inconnus qui affrontaient seuls un avenir que personne ne voulait contempler. Ici, la fin du monde n'était qu'une question de temps. Aucun feu d'artifice n'illuminerait plus les pensionnaires. Encore quelques années d'allers-retours entre une salle commune jonchée de restes de passé et une chambre vide, puis tout prendrait fin. Ici, seule la télé débordait d'un futur radieux. Les pixels, dégoulinants de consommation enfiévrée, projetaient sur les regards voilés une illusion de vie qu'aucun des pensionnaires ne consommerait plus. Dans ce service de gériatrie, les promesses d'avenir ramenaient inexorablement à un filet de bave, qu'une main professionnelle épongeait de temps à autre pour sauvegarder les apparences. Trop imposantes pour être colmatées, les brèches de l'existence s'attaquaient sans relâche aux artères des corps épuisés, et chacun, dans sa chambre, affrontait sans le comprendre les dernières étapes qui menaient au-delà de la vie. À l'heure du grand plongeon, certains ouvriraient de grands yeux emplis d'effroi tandis que d'autres s'éloigneraient à petits pas tranquilles, promeneurs nonchalants, harassés et comblés d'avoir trop voyagé.

Dans un instant, Nolwenn quitterait les lieux pour une longue semaine de repos. Les murs lisses et le parfum entêtant de propreté lui manqueraient, mais se ménager optimiserait ses chances de grossesse.

Loin de la blancheur sépulcrale des néons et des seringues, elle avait rendez-vous avec ses sœurs, Anna et Julie. Ici, rien de spectaculaire ni de grandiloquent n'annonçait sa venue, mais tous sentaient sa présence. Aucun camion lancé hors de contrôle, aucune explosion. Ni tsunami ni tremblement de terre extravagant. Au hasard des couloirs, c'est au détour d'une analyse de sang ou d'un battement de cœur cahotant que la Grande Faucheuse se saisissait de ses victimes. Distribuant la maladie et les accidents en une farandole capricieuse, immense danse des canards dont personne ne sortait jamais indemne, la Mort se voulait précise, technique. Méticuleuse. Scientifique.

C'était en douceur qu'elle rattrapait les imprudents pour mieux dérégler les courbes et les statistiques. Jouant sans relâche avec le registre des entrées, elle remplissait les lits solitaires selon sa propre logique raffinée. Dans ce labyrinthe à sens unique, la descente aux enfers se faisait au ralenti pour renouveler sans cesse le flot désordonné de ses victimes, qu'aucune médecine, qu'aucun miracle ne viendrait retenir. Fragiles et solitaires, les visages se figeaient une dernière fois avant de disparaître à leur tour.

Nolwenn caressa le long tube de plastique qui menait au bras flétri. L'œil de la jeune infirmière s'attarda un instant sur la poche de liquide physiologique et le robinet qui la prolongeait, porteur de réconfort et de bien-être.

La chambre de M. Galibert, la 42, serait la dernière de sa tournée. Avec ses mains chaudes et ses souvenirs toujours plus nombreux, il avait été l'un des rayons de soleil de ce couloir. Avec lui, chaque matin avait été un nouveau départ vers le monde d'autrefois, celui d'un vieil homme redevenu jeune et fringant, beau comme un album photo relié de cuir souple. Malgré les épreuves, il avait su garder entrouvertes les pages du monde d'avant, celui qu'elle n'avait jamais connu. Joyeux et coloré, loin des crachats verdâtres, souvenirs d'anciennes cigarettes mal éteintes.

Le Gérard Galibert d'alors n'avait pas le cœur qui flanchait, il ne s'effondrait pas dans les supermarchés de quartier sous les regards encombrés de pitié de circonstance. Comme pour un chien fatigué, enfin terrassé par la vie, ses quatre-vingt-dix années de voyage s'achèveraient dans ce lit. Aujourd'hui.

Pourquoi remonter la pente de la vie quand tout ce qui en avait fait le sel était enfermé dans une misérable poignée de souvenirs sépia ? Pourquoi s'acharner quand la vie ne se résumait plus qu'au portrait fané d'une femme sur une pierre tombale que plus personne ne visitait ?

M. Galibert piaffait d'impatience pour cette fin qui approchait. Depuis ce jour maudit où il s'était effondré, frappé en plein cœur par cette caissière insensible, le supplice n'avait que trop duré. Humilié publiquement par une vessie mal maîtrisée, il n'aspirait plus à rien. Dans son regard, dans sa façon de rejeter les dernières miettes que le monde lui accordait, Nolwenn avait décrypté le message silencieux qu'il lui avait envoyé. Sans une parole superflue, il l'avait émue et elle avait accepté la mission qu'il lui avait confiée. Assez âgé pour ressembler à tous les grands-pères du monde, il n'était plus désormais que l'ombre de lui-même.

Reposant la main rêche du vieillard endormi, elle s'attarda un instant sur la respiration chancelante, puis lui adressa un dernier sourire.

Plus jamais elle ne l'entendrait raconter les rires fuyants de ces gamins qui sonnaient à sa porte. Plus jamais il n'évoquerait ces instants précieux qui, mis bout à bout, tissent le fil d'une existence. Guidée par l'habitude, la seringue alla se ficher dans le robinet qui prolongeait le cathéter.

Ce matin, Nolwenn était seule. Aucun regard indiscret ne viendrait la détourner de sa tâche. Dévouée à son art, elle avait choisi d'agir pour ne plus laisser ses patients glisser sur la patinoire du temps sans leur tenir la main. Contrairement à ses collègues les plus anciennes qui, pansement après pansement, un comprimé après l'autre, s'étaient transformées en automates du soin, jamais elle ne deviendrait une simple experte institutionnalisée qu'aucun sentiment ne vient plus perturber.

Épuisé, le corps du vieil homme se détendit enfin, sans crainte, sans douleur. Apaisée, la jeune femme empocha la montre en or posée sur la table de nuit.

9 avril - 15 h 54

L'homme la dévisagea. Comment pouvait-on se perdre sur cette route ?

– Beausoleil, c'est pas compliqué. Vous faites demi-tour et vous longez la rivière jusqu'au prochain embranchement. Vous verrez, c'est tout droit… enfin, ça tourne un peu, mais vous voyez ce que je veux dire. Si vous suivez mes instructions, y a aucune raison de se faire de bile, vous ne vous perdrez plus. Le truc, c'est de rejoindre la départementale, à cinq kilomètres d'ici. Et pour ça, faudra tourner à droite dès que vous le pourrez. Attention parce que, si vous dépassez l'embranchement, vous retomberez sur la ville.

Julie fronça les sourcils, un peu désorientée par ce fouillis d'instructions jetées pêle-mêle. Quand l'employé de mairie de ce minuscule village s'était plié en quatre pour la guider, elle avait remercié sa bonne étoile et rengainé sa mauvaise humeur.

– Vous avez de la chance parce qu'il passe plus grand monde par ici. Vous auriez pu tourner longtemps sans croiser âme qui vive !

Julie réfréna son envie de tourner les talons. Son deuxième voyage vers ce qu'elle avait surnommé la « ferme familiale » s'achevait par une déroute. Donnant raison à la petite voix qui lui avait suggéré, puis ordonné de faire demi-tour, elle s'était perdue. L'idée d'abandonner son club de sport pour une longue semaine la rendait nerveuse, et le SMS de sa sœur Anna, annonçant qu'elle ne viendrait pas, avait fini de la convaincre que cette escapade ne serait qu'une série de galères.

Quand sa mère avait hérité de cette foutue ferme, trois ans plus tôt, personne n'avait cru qu'elle la conserverait. L'ensemble du domaine dessinait une presqu'île escarpée, comme une virgule accrochée au néant, posée sur une étendue d'eau que rien ne traversait. L'accès s'y faisait par un chemin boueux qui, en se détachant sans prévenir de la départementale, allait s'égarer dans la forêt.

Perdus au milieu des arbres, le bâtiment principal et l'espèce de grange qui l'accompagnait avaient pourtant inspiré leur mère, qui avait transformé la propriété en gîte rural.

Incapable de prendre du recul, elle s'était obstinée, allant jusqu'à renouveler le contrat du gardien inutile, au cas où d'hypothétiques touristes auraient eu l'idée saugrenue de venir s'enterrer dans ce trou perdu.

– Vous êtes la première de l'année à me demander le chemin de Beausoleil, continua l'inconnu derrière son comptoir. C'est incroyable, mais depuis que le gîte a vu le jour, personne à ma connaissance n'a pris le temps de s'y arrêter, à part peut-être l'ambulance le jour où un ouvrier est allé se fourrer on ne sait trop comment au fond du puits. Je vous le dis, c'était encore un sale coup pour la fanfare !

L'homme s'anima, comblé par l'intérêt de la belle inconnue.

– Tu parles d'une histoire ! Tout le monde n'avait plus que ça à la bouche pendant des mois. Soi-disant qu'il serait tombé tout seul. Moi, je vous dis que c'étaient encore des travailleurs clandestins. Vous savez, ceux qui viennent bosser pour des clopinettes et qui engloutissent tout ce qu'ils gagnent dans la picole ! Mais bon, vous êtes probablement au courant.

Posant un œil inquiet sur la visiteuse, il se ravisa.

– Vous connaissez l'endroit ?

– Il appartient à ma mère.

L'homme ouvrit grand la bouche, saisi par la nouvelle.

– C'est plus l'ancien qui y habite ?

– Si, mais la propriétaire, c'est elle.

– Grand bien lui en fasse. Si vous voulez mon avis, c'est pas un endroit pour vivre !

Prenant des airs de conspirateur, il se pencha vers Julie.

– Le gardien, c'est quelqu'un de votre famille ? Vous le connaissez ?

Elle secoua la tête.

– Vous m'avez fait peur. Je vous le dis, ce vieux bonhomme, il m'a pas l'air bien net. Si je peux vous donner mon avis, je serais qu'à moitié étonné de découvrir qu'il a déjà fait de la prison ou un truc de cet acabit. Il rôde par ici de temps en temps. Je peux vous dire qu'avec sa mobylette, on l'entend arriver, ça, c'est sûr !

L'homme ferma les yeux à demi, comme pour partager un secret interdit.

– À une époque, il venait tout le temps. C'était devenu une obsession ! Il voulait tout savoir sur le passé, vous savez, les histoires d'avant, quand Beausoleil s'appelait Malaterre, la terre mauvaise. Y a pas un habitant du coin qu'a pas eu droit aux questions du vieux cinglé. Il s'incrustait partout, à tel point que tout le monde a fini par s'en méfier. C'est vrai, non ? J'ai toujours entendu ma mère répéter qu'à force de retourner la terre des autres, on finit toujours par tomber sur un os. Eh bien, croyez-moi, elle avait bien raison. Y a des choses qui doivent rester là où on les a mises, et plutôt deux fois qu'une.

L'inconnu hésita.

– Si vous venez ici pour vous faire peur, vous allez être servie ! À ce qu'il paraît, la ferme, elle est un peu… comme qui dirait hantée, vous voyez ? Ou plutôt, c'est comme si elle avait une âme, mais pas de celles qui portent bonheur.

Le regard de l'homme se perdit derrière Julie.

– Quand j'étais gamin, on entendait déjà parler de Beausoleil comme d'un drôle d'endroit. Ma mère, elle disait que, si on n'était pas sages, alors elle nous y enverrait ! C'est pour vous dire ! Tenez, je me rappelle qu'on allait à la pêche derrière le bois et qu'il fallait passer devant pour atteindre le bras de rivière, vous savez, là où les deux cours d'eau se rejoignent pour n'en former plus qu'un. Au bout du chemin, on aurait pu se croire sur une île perdue, et pour des gamins, c'était dément, un peu comme de découvrir un nouveau monde !

Julie visualisa l'endroit dont il parlait et réprima son envie de rentrer à Paris.

– Par ici, tout le monde sait que ça a commencé au Moyen Âge, continua l'homme, et maintenant qu'on a Internet, on pourrait organiser des visites guidées. Plein de gens seraient prêts à dépenser des fortunes pour leur dose de frayeur. Faudrait en parler à votre mère. Avec ça, on relancerait le commerce, comme dans ce village dans le Sud, vous savez, Bugarach ! Bon, ici, on n'a pas d'extraterrestres, mais on pourrait utiliser le vieux, non ?

Lassée, la jeune femme recula discrètement jusqu'à la porte d'entrée sans prêter attention au monologue qui la poursuivait. Les trois cent cinquante kilomètres de ligne droite l'avaient usée, sans parler des nationales qui avaient suivi. Les délires mystiques de ce parfait inconnu n'arrangeaient rien.

À force de vivre dans une grande parade de bisounours idéalistes, sa petite sœur avait perdu tout sens des réalités. Organiser des retrouvailles dans le bled le plus paumé de la planète, en plein mois d'avril, relevait de la folie. Quant au bonheur, le SMS d'Anna était bien la preuve qu'elle était loin d'avoir touché au but.

Julie s'engouffra dans sa voiture. Sur l'écran de son téléphone, le message de sa petite sœur n'avait pas changé : *Salut les filles. Finalement je ne resterai pas. Dimitri est un abruti et j'en peux plus, désolée. Anna*

Elle soupira de dépit. À sa place, jamais elle n'aurait laissé un mec pareil s'éloigner de plus d'un mètre.

9 avril - 16 h 48

Yann réprima un bâillement et sortit le paquet de tabac à rouler de la boîte à gants. Une cigarette ne lui ferait pas de mal et Nolwenn comprendrait le message sans qu'il ait à lui demander de s'arrêter. La route depuis Paris avait été longue et il profiterait de la pause pour observer de plus près les grands arbres monotones qui défilaient.

Nolwenn s'était toujours abstenue du moindre reproche à ce sujet. Avec ce qu'elle voyait passer à l'hôpital, elle aurait eu de quoi lui asséner des vérités à n'en plus finir, mais elle avait renoncé avant même de commencer. À quoi bon ? Toujours prête à aider son prochain, elle comprenait les autres et les acceptait sans jugements. Et c'est pour ça qu'il l'aimait. S'il l'avait laissée faire, elle lui aurait même roulé ses cigarettes pour le rendre heureux.

Elle appréciait tout particulièrement ces moments de calme, quand chacun d'eux se penchait sur les pensées de l'autre et que le temps se prélassait en longues bouffées grisâtres.

Le jeune homme tourna la tête vers sa compagne. Avec son teint clair et ses cheveux couleur des blés, elle l'avait émerveillé dès le premier instant. Lui, dont les ancêtres avaient cultivé les oliviers, se demanda un instant ce que le mélange de leurs deux peaux donnerait, avant de se reprendre. Encore faudrait-il qu'il accepte de lui faire un bébé ! Mais rien n'était moins sûr et il se réservait les prochains jours pour se plier ou non aux exigences de Nolwenn.

Évidemment, de son choix dépendrait la survie de leur couple. Pourtant, il hésitait encore. En le poussant à s'engager, Nolwenn faisait de lui son otage. S'il prenait la mauvaise décision, il perdrait pour toujours sa liberté. Dans le cas contraire, il serait contraint de la reprendre. Pourtant, il en convenait, cet enfant l'obligerait à relever la tête pour regarder au-delà de son propre horizon, là où sa jambe trop courte ne le mènerait jamais seule.

Loin de ses cours de philo et de ses élèves, que vaudraient Épicure ou Aristote face à un bébé qui braille à tue-tête parce qu'il a faim, froid ou chaud ? Que deviendraient ses belles tirades sur la conquête de la sagesse s'il découvrait qu'il s'était trompé ? Comment pourrait-il se porter garant d'un futur qui n'était pas le sien ? Est-ce que cette vie qu'il offrirait mériterait le voyage ? Lui qui n'envisageait pas l'existence sans un étonnement permanent, ne risquait-il pas de s'enliser dans des marécages de couches trop pleines ?

Interrompant le flot de ses pensées, les doigts de Nolwenn se posèrent sur son bras.

– Dès que je trouve un endroit pour me garer, tu pourras aller polluer la nature autant qu'il te plaira.

Le cœur de Yann s'emballa. Cette femme aurait mérité qu'on meure pour elle, et lui, il hésitait encore à lui prouver son amour. Après tout, il ne serait pas le premier à se lancer ! Faire un enfant ne serait que la conclusion logique de leur engagement l'un pour l'autre. Leur couple venait de traverser une période difficile, et en évitant le sujet, ils n'avaient qu'ajourné le moment où chacun recollerait les morceaux de l'accident qui avait pulvérisé leur vie, deux ans plus tôt.

Yann glissa la main entre la ceinture de sécurité et sa hanche. Quand on lui avait enlevé ses béquilles pour les remplacer par cette drôle de démarche de travers, il avait fallu tout le courage de Nolwenn pour l'aider à surmonter l'épreuve. C'était sa volonté sans faille qui les avait ramenés sur le plancher des vaches, pas les médecins. Sans elle, il n'aurait pas trouvé la voie de la guérison.

Nolwenn ne le lui aurait jamais avoué, mais elle le trouvait presque mignon avec sa démarche de vieux. Lui, qu'elle avait appris à aimer quand il courait et sautait partout, avait laissé la place à ce jeune homme à l'allure chaloupée qu'elle admirait toujours autant. Son corps, sa chair lui criait qu'elle voulait un bébé de lui et qu'un jour, bientôt, il se laisserait convaincre. Yann n'en avait pas encore conscience, mais il serait un bon père. Elle, qui passait ses nuits à bercer des vieillards, se plaisait à façonner mentalement le petit être miniature qu'elle porterait dans son corps. Abreuvé des paroles d'anciens sages barbus et morts, leur enfant ne jouerait peut-être pas au foot avec son père, mais ensemble ils savoureraient le nectar de la connaissance. S'il le fallait, c'est elle qui irait taper dans le ballon avec leur champion ou leur championne !

La portière s'ouvrit sur la campagne humide.

– C'est quand même étrange qu'Anna organise ces retrouvailles au vert pour ensuite nous faire faux bond comme ça, souffla le jeune homme entre deux bouffées.

Prenant le temps d'une grande inspiration, Nolwenn s'étira sans hâte avant d'acquiescer, songeuse. Que sa sœur, d'habitude si proche, se soit contentée d'un simple SMS pour lui annoncer la nouvelle la surprenait. La barrière de son répondeur, véritable mur de silence qui ne rappelait jamais, l'inquiétait. Et malgré les propos apaisants qu'ils avaient échangés, Yann et Nolwenn partageaient, sans le dire, la même appréhension.

Peut-être était-il encore temps de trouver une excuse pour faire demi-tour. Après tout, l'appartement ne serait pas si mal pour se retrouver rien qu'entre eux, loin du monde. Et ce serait aussi l'occasion d'aller rendre une visite à Anna.

– S'ils nous cassent les pieds, on se barre, lança-t-elle enfin. On n'est pas là pour se laisser envahir par Dimitri et ses idées de facho. Bon, maintenant que ma sœur l'a largué, il fera moins le malin, je peux te le dire. Mais ça aurait été tout de même plus simple qu'il reparte avec elle.

Impassible, Yann alluma une nouvelle cigarette. Il affronterait sans ciller les conversations insipides et les remarques désobligeantes de Dimitri. Pour Julie, il laisserait tout simplement glisser les feuilletons à rebondissements dont elle avait le secret. Il n'écouterait pas les tirades interminables sur sa vie sentimentale ratée.

Yann avait cessé de vouloir changer le monde. Absorbé par sa cigarette, il se contenta de sourire à Nolwenn, qui le fixait sans comprendre qu'elle aussi attendait beaucoup trop de lui, et de la vie en général.

– À l'intérieur, ils sont secs et tristes. Ils nous détestent pour ce que nous sommes, pour la force que nous avons et parce qu'on s'en fout de leur fric et de leur réussite. Dimitri avec sa galerie d'art et ses bagnoles, Julie avec sa collection de mecs et son club de sport. Tu sais, dans la vie, il y a ceux qui roulent juste en dessous des vitesses autorisées et ceux qui les dépassent d'un petit rien pour se donner l'illusion du frisson. C'est une philosophie. Il y a aussi ceux qui te doublent et se collent devant toi pour t'obliger à ralentir. Et ceux-là, il faut s'en méfier comme de la peste, car ils ne sont pas là pour avancer : ils sont là pour te nuire. Et Dimitri en fait partie.

Nolwenn le gratifia d'un sourire. L'analogie était parfaite.

— Dès que tu voudras rentrer à la maison, tu n'auras qu'à me le dire, d'accord ?

Quand le moteur redémarra, la forêt tout entière se figea, inquiète et attentive.

9 avril - 17 h 21

L'apparition des bâtiments, au détour du chemin, ramena Nolwenn à ses souvenirs, trois ans plus tôt. Les travaux avaient ajouté au lieu un air de modernité digne d'un catalogue de vacances. Avec ses grandes baies vitrées ouvertes sur la cour, la grange respirait désormais la jeunesse et la lumière. En face, la petite ferme, identique à l'image qu'elle en avait gardée, ajoutait sa note d'authenticité. Entre les deux, la cour aux gravillons bien entretenus, rehaussée de son puits, accentuait le tableau idyllique.

Comme pour compléter la carte postale, Dimitri et Julie les attendaient devant le gîte, un peu raides et faussement enjoués.

Nolwenn, agacée, passa à l'offensive sans préambule.

– Alors, comme ça, Anna est repartie ?

Le coup porta.

– Une urgence. Tu sais ce que c'est, Nono, avec les acheteurs qui se décident au dernier moment et qui veulent absolument rencontrer l'artiste. Elle doit s'adapter, mais elle n'en aura pas pour long. Et puis ça lui fera une excuse pour gonfler un peu la note. Elle m'a affirmé qu'elle vous appellerait dès qu'elle en trouverait le temps.

Brandissant son téléphone comme une preuve irréfutable de ce qu'il avançait, Dimitri s'autorisa une grimace.

– Le problème, c'est qu'ici, dans ce patelin de fin des temps, rien ne passe !

Julie balaya les bâtiments d'un regard navré.

– Cet endroit est exactement comme dans mes souvenirs. Vieux et triste, mais avec un peu de vernis pour masquer les relents de purin. Quand je pense à la fortune engloutie dans les travaux de rénovation, ça me donne la nausée !

– Merci d'être venus quand même, enchaîna Dimitri. Depuis qu'elle m'a abandonné ici, tout seul et sans voiture, je commençais à trouver le temps long. Franchement, j'ai cru que j'allais péter un plomb ! Impossible de capter quoi que ce soit sans se déplacer jusqu'à l'autre côté du lac, en passant par le pont. Je vous montrerai. Vous verrez, c'est pas la porte à côté et c'est sportif ! Et je vous préviens, on ne peut pas vraiment compter sur le gardien pour se divertir. Dans le genre alcoolo déjanté, on tient là un champion toutes catégories ! D'ailleurs, tenez, quand on parle du loup ! Ne vous retournez surtout pas, il est justement en train de nous mater par la fenêtre.

Les têtes pivotèrent de conserve vers la ferme.

– Ce mec passe ses journées à tourner partout avec sa mobylette et son fusil ! Un vrai rodéo. Vous allez voir le cirque ! Il roule, il stoppe, il met la béquille et il inspecte les environs pendant des plombes, comme si c'était une question de vie et de mort. Ensuite, sans raison apparente, il redémarre pour recommencer son numéro un peu plus loin. Un vrai dingue !

Tous les regards se portèrent sur la vieille Peugeot gris-bleu délavée, oubliée près de la ferme. Manifestement d'un autre âge, elle avait connu des jours meilleurs, quelques décennies plus tôt.

– Et le soir, c'est encore pire ! Il se passe des cassettes de corrida en boucle ! Je vous jure, il me les a montrées ! Franchement, un type pareil, si ça n'existait pas, il faudrait l'inventer !

Julie plissa les yeux. La silhouette blafarde qui se détachait de la fenêtre ne lui disait rien qui vaille. Inconsciemment, elle se rapprocha de Dimitri. Si les choses tournaient mal, c'est vers lui qu'elle irait chercher refuge.

De l'autre côté de la cour, la porte de la ferme s'ouvrit sur une main joviale suivie de près par le vieil homme. À peine plus voûté que dans leurs souvenirs, il n'avait pas changé. Malgré le poids des années, posées sans ménagement sur ses épaules, son pas alerte suggérait qu'il pouvait être bien plus jeune que les quatre-vingts ans qu'on lui attribuait.

– Ravi de vous revoir. Soyez les bienvenus sur notre île, comme on dit par ici. J'espère que vous avez fait bon voyage.

S'avançant vers Nolwenn, il planta son regard dans le sien, la clouant sur place. Aucune chaleur n'accompagnait le sourire figé qu'il lui adressait.

– Votre mère m'a averti assez tard, mais rassurez-vous, tout est en ordre pour vous accueillir chez vous. C'est un réel plaisir.

La jeune femme frissonna. Les iris du vieux affirmaient le contraire. Rien dans sa gestuelle ne collait avec les paroles prononcées, et le contact prolongé de sa main dans la sienne la glaça. Un signal d'alarme s'alluma au plus profond de sa conscience. Son instinct, qui ne l'avait jamais trompée, lui criait de remonter dans la voiture et de déguerpir tant qu'elle le pouvait encore. Cet endroit et cet homme portaient en eux le parfum du danger.

– Je vous laisse vous installer. Je sais que vous êtes tous bien occupés et que le temps vous est compté.

L'homme balaya la cour d'un regard en biais avant de reprendre, dans un murmure :

– Mais ne l'est-il pas pour chacun de nous ?

Un silence gêné parcourut l'assemblée, enfin rompu par le vieux, qui s'éloignait déjà.

– N'oubliez pas de passer le bonjour à votre mère, quand vous la reverrez, ainsi qu'à votre sœur. J'ai à peine eu le temps de l'apercevoir qu'elle avait déjà disparu.

Malgré la vague parfumée à la rose qui vint percuter ses narines, Nolwenn ne put réprimer un frisson inquiet. Contrairement aux vieux de son hôpital, qui abusaient de l'eau de Cologne, René Arthaud n'attendait pas la mort, il la propageait. En le regardant disparaître derrière la porte de la ferme, une certitude s'imposa à elle : le malheur frapperait bientôt dans leurs rangs, et cet homme en serait le bras armé.

9 avril - 19 h 30

À peine avait-elle franchi le pas de la porte que les sensations étaient revenues, intactes. Malgré les travaux qui avaient métamorphosé le rez-de-chaussée, l'étage respirait les mêmes notes de couleurs boisées qu'auparavant. Nolwenn savait que la nuit lui apporterait les bruits caractéristiques d'un plancher qui grince. Le sourire aux lèvres, elle espéra entendre de nouveau la chouette effraie, qui la réveillerait à trois heures du matin, ou encore la cloche lointaine qui marquerait le renouveau du jour qui s'annonçait.

Nolwenn extirpa sa nouvelle montre de sa poche. Caressant le cadran du bout des doigts, elle savoura le contact froid et lisse qui la reliait encore au vieil homme disparu. Elle seule comprenait la valeur affective de ce vestige d'une vie passée, du temps où son propriétaire était encore un homme pressé, avec des contraintes et un planning à respecter.

Quand l'heure serait venue de transmettre ce trésor d'un autre temps, unique vestige de toute une vie, elle parlerait de son ancien propriétaire. Comme on passe un flambeau, elle ramènerait à la surface un peu de ce passé éteint, que les années s'étaient acharnées à effacer à grands coups de faucille rouillée.

Gérard Galibert et tous les patients du monde l'aidaient à transmettre la vie. Ils étaient les anneaux d'une chaîne que rien ne pouvait briser, immense cavalcade de battements de cœurs, à laquelle elle ajouterait bientôt un nouveau maillon. Le visage de Nolwenn s'éclaira. C'était ici, entre les draps de cette chambre, que le miracle s'accomplirait à nouveau, comme pour tous ceux qui les avaient précédés.

Bien avant leur arrivée, des gens avaient vécu sur cette terre, bravant la nature inhospitalière pour aller de l'avant et transmettre l'avenir à leurs descendants. Surmontant les obstacles qui se présentaient, des générations entières s'étaient abreuvées à ce puits et y avaient trouvé la force de vivre. Des hommes avaient franchi le porche de cette demeure pour aller combattre à l'Est tandis que des femmes au cœur lourd les avaient regardés s'éloigner vers un horizon sans fin. Des enfants étaient nés derrière ces portes, d'autres y avaient baissé les paupières pour toujours, arrachés à leur vie par un caprice du hasard ou l'injustice d'un Dieu arrogant. Ces bâtiments portaient en eux l'histoire d'existences oubliées vouées au travail, à l'amour ou à la mort. Entre ces murs, dans cette cour, la vie était passée pour y marquer chaque pierre de son empreinte.

En pénétrant de nouveau sur ces terres, Nolwenn avait saisi l'attachement que portent les paysans à leur histoire, à leurs pierres. En ces lieux, comme à l'hôpital, les silences entrouvraient les portes qui reliaient le passé et le futur, et c'était ici que Yann et elle s'uniraient pour offrir une nouvelle chance à la vie.

9 avril - 20 h 02

À l'écart des conversations du salon, Yann contemplait son téléphone avec une pointe d'amusement. Aucun message, rien, à part une barre hésitante qui s'affichait parfois sur l'écran, témoignage lointain de la civilisation. L'idée de s'isoler du reste de l'humanité l'apaisait. Sans le bruit des voix de Dimitri et de Julie, il aurait pleinement savouré cet instant de répit.

En posant des limites à l'horizon, qu'il croyait infini, son accident lui avait laissé un goût amer. Englué dans sa léthargie morbide, il s'était d'abord laissé prendre au piège que lui avait tendu son corps, avant de se rebeller. Maintenant, il savait qu'il voulait aller mieux, vraiment. Pour lui, égoïstement, malgré sa démarche de métronome déréglé.

Cette semaine serait une formidable opportunité pour accorder ses principes à la réalité. Lui, qui ressassait à qui voulait l'entendre que la raison devait toujours dominer les passions, que l'épanouissement de chacun ne dépendait que de la façon toute personnelle avec laquelle on choisissait le bon côté de la vie, voilà qu'il en profiterait pour se remettre lui-même à niveau.

Perdu dans ses pensées, Yann n'entendit pas immédiatement la voix de Dimitri.

– Hé, Yaya, si tu trouves un verre, je suis partant !

Tous deux savaient que ce surnom stupide le contrariait. Résigné, Yann détourna le regard pour ne pas répondre. Faire comprendre à Dimitri que les autres existaient et qu'ils avaient droit au respect s'avérerait aussi difficile que d'expliquer l'accord du participe passé à un poisson rouge ou de faire rire une méduse.

Contournant l'immense plan de travail transformé en bar, Dimitri plongea la tête dans l'imposante armoire réfrigérée.

– Vous ne croyez pas que c'est le moment de mettre les glaçons au frais ?

Yann s'autorisa un sourire. Nolwenn et lui étaient venus se retrouver et penser à l'avenir, et Dimitri et Julie ne leur gâcheraient pas leur semaine de repos. Quant au bébé, rien ne pressait. Nolwenn patienterait.

9 avril - 21 h 31

Comme autrefois, lorsqu'il préparait son paquetage, René inspira profondément pour refouler la sensation d'urgence qui ne le quittait plus. Trois jours seulement les séparaient de la date fatidique. La calamité qui rongeait cette terre reprenait vie, le titillant sans relâche de ses doigts sales, posant un œil sec sur les habitants de cette ferme.

Le vieil homme s'agrippa au cuir épais de son grimoire. Il avait tout prévu, tout planifié. Cette année, comme les précédentes, les formules familières accompliraient des miracles. Ce livre, gardien de secrets plus anciens que son ennemi, serait leur arme et leur bouclier. Avec lui, il affronterait l'indicible et sortirait vainqueur de l'épreuve qui s'annonçait.

Loin d'imaginer dans quel pétrin ils avaient mis les pieds, les quatre envahisseurs, Dimitri, Nolwenn, Yann et Julie, ne repartiraient pas sans entrouvrir les portes d'un malheur sans limites. Tous, à leur manière, portaient en eux une menace, un terrible secret dont il ne voulait rien savoir.

Cette année, le cauchemar s'était présenté avec un peu d'avance sur l'horaire. La disparition de la plus jeune des sœurs n'était que le premier coup d'une terrible partie de chasse, un avertissement qu'il avait interprété comme il se doit.

Inquiet, René traversa la pièce jusqu'à l'entrée, vérifia les verrous et les rideaux, et attendit que les voix, qui lui parvenaient de la cour, s'éloignent. Personne n'entrerait chez lui sans qu'il l'y autorise. Les fusils derrière la porte apporteraient une réponse que viendrait compléter la magie. Aucune ombre ne glisserait sa patte sous le battant, aucun diable ne viendrait murmurer à son oreille. Le 12 avril, il serait prêt !

Refermant la porte qui le séparait de la cuisine, il se libéra de ses vêtements, derniers vestiges de cette civilisation qui refusait d'ouvrir les yeux sur l'impensable.

Tracé à la craie à même le sol, un pentagramme, éclairé de cinq bougies, attendait que le rituel prenne vie. S'agenouillant en son centre, René Arthaud leva les bras au ciel. Dans sa main, une aiguille de couturière.

– Par la terre, l'air, l'eau, le feu et l'esprit, que ce symbole tracé sur mon corps repousse le malheur et imprègne d'une force nouvelle les habitants de ce lieu !

Posée contre son cœur, la minuscule pointe trouva son chemin sur la poitrine décharnée, faisant peu à peu apparaître, en pointillés écarlates, une étoile à cinq branches. Satisfait du résultat, René engloba le tout dans un cercle large et profond, avant de s'affaler, emporté par l'alcool qui courait dans ses veines.

9 avril - 21 h 31

Dimitri bondit en avant, stupéfait. Le parasite qu'il avait pourchassé pendant deux jours avait refait surface dans les bras de Nolwenn.

– Je me suis ruiné la santé à le foutre dehors et le revoilà ! Mais c'est une blague !

Pour toute réponse, l'animal, un chat noir, fixa chacun des occupants de la pièce d'un regard profondément satisfait. Du haut de l'escalier, il les surplombait avec l'assurance d'un maître de maison.

– Vous allez voir, quand il miaulera au milieu de la nuit comme si on l'étripait, vous ne le regarderez plus du même œil, protesta encore Dimitri, qui reculait.

La main qui caressait l'animal le faisait bouillir. Les ronronnements hypocrites n'étaient qu'une ruse de plus pour mieux les manipuler. Mais les yeux plissés qui le fixaient ne l'impressionnaient pas. Jamais il ne se soumettrait.

Comme la veille et le jour précédent, chacun soutint le regard de l'autre, conscient de sa propre supériorité. La mine sombre, le jeune homme se demanda pourquoi il n'était pas reparti quand il en avait eu l'occasion. La voiture d'Anna l'aurait conduit sans encombre jusqu'à son appartement. Là, il aurait repris le cours de sa vie, loin de ces abrutis et de leur foutue bestiole.

Inconsciente du danger, Julie tendit la main vers la douceur annoncée du pelage lisse. Aussitôt, la boule de poils noirs se hérissa et cracha, plantant ses griffes acérées dans la chair du bras offert pour y laisser trois lignes parallèles.

Profitant du tumulte, le chat se jeta sous une armoire aux pieds imposants, aussitôt prise d'assaut par Dimitri, armé d'un balai.

– Putain de saloperie, viens là que je te fasse passer l'envie de nous prendre la tête ! Tu vas voir ce que ça fait de se faire emmerder sans raison !

Nolwenn s'interposa, repoussant le balai pour se poster entre l'homme et l'animal. Sans un mot, elle s'agenouilla et posa les mains au sol, barrant définitivement tout accès à Dimitri. Sous le buffet, deux iris perçants les fixaient, bien décidés à vendre chèrement la peau qui les abritait.

Comme hypnotisé par les murmures apaisants de la jeune femme, le chat cessa peu à peu de souffler. Dispersant la peur et la colère, elle laissa l'animal venir à elle, centimètre après centimètre, l'encourageant sans jamais perdre patience malgré les remarques irritées de Dimitri.

Chacun retint son souffle. Subjugués par la confiance de la jeune femme, tous comprirent que l'animal sortirait bientôt de son repaire.

Le visage de Julie s'illumina soudain devant la boule de poils noirs qui quittait son refuge. Le don de sa sœur l'avait toujours intriguée. Toute petite déjà, Nolwenn apaisait les plus récalcitrants des chiens qu'elle croisait dans la rue. À son contact, les fauves dépressifs cessaient de tourner en rond dans leur cage. Partout, les animaux venaient à sa rencontre pour une caresse de cette Blanche-Neige des temps modernes. Ce talent hors du commun avait d'abord provoqué la frayeur de ses parents, puis l'admiration de tous.

Dimitri jeta un regard fatigué sur le groupe. Que Nolwenn se donne en spectacle sous les encouragements de son nabot de petit copain ne le surprenait pas, mais que Julie applaudisse des deux mains le mettait hors de lui.

Depuis la fameuse nuit où tout avait basculé, ce chat l'avait persécuté. Après la dispute avec Anna, et tout à sa joie d'avoir enfin retrouvé la ferme, il n'avait perçu le regard sournois du prédateur qu'en entrouvrant la porte du gîte. La sale bête était là, couchée, à l'attendre patiemment, allongée sur la margelle du puits, comme pour lui demander de justifier son retour sans Anna. Depuis, l'animal rôdait, lui reprochant sa solitude, malgré les pierres et les tentatives de coups de pied.

9 avril - 22 h 45

Ramené à la réalité par la douleur, le vieux se releva péniblement. Plus que sa poitrine, c'était son genou droit qui l'avait réveillé, souvenir douloureux des sauts en parachute de sa jeunesse.

Secouant la tête, il tenta de reprendre ses esprits, chassant l'image lancinante de cette fille, Anna, qui l'accablait. Avec sa disparition, le destin avait ouvert le bal bien avant l'heure. Bien qu'il ne garde aucun souvenir de cette fameuse nuit, son esprit lui criait que quelque chose de grave s'était produit. Elle n'était pas simplement repartie à Paris.

Jetant une poignée de gros sel en direction de chacun des points cardinaux, il reprit ses incantations là où il les avait laissées. Parce qu'aucun malheur n'était survenu au cours des deux dernières années, il avait cru la bataille gagnée. Le dernier à avoir subi la colère de ce lieu, un ouvrier chargé de la réfection du gîte, s'en était tiré avec une bonne frayeur, rien de plus.

Personne n'avait compris comment il avait pu basculer par-dessus le rebord du puits et s'en sortir. L'homme, choqué, n'avait aucun souvenir, et tous avaient conclu à un évanouissement passager. Mais René savait. Pourtant, comment le leur dire ? Et comment ne pas faire le lien entre la date, un 12 avril, encore, et l'accident ?

Alors, il avait redoublé de précautions, éliminant toujours plus d'animaux, multipliant les exorcismes et se procurant toujours plus d'armes et de munitions. L'année suivante, aucun événement n'était venu perturber sa vie… pour mieux l'endormir.

Désormais, il ne se laisserait plus prendre au dépourvu. Le puits et ses émissaires seraient attendus de pied ferme, quelle que soit la forme qu'ils prendraient, qu'ils soient humains ou non.

Portant la bouteille à ses lèvres, il la vida d'une traite. Tout autour de la ferme, menaçants et nombreux, des animaux se dirigeaient vers le puits. L'ennemi apportait une réponse à son message. Pris d'une frénésie destructrice, René attrapa ses vêtements à la hâte et se jeta sur la porte d'entrée.

9 avril - 22 h 57

– Tu parles d'un truc de dingue ! Attends, y en a des dizaines !

– Regardez là-bas, les petits qui suivent en file indienne !

Le premier sanglier était passé inaperçu. Le second avait éveillé l'attention. Les suivants avaient semé la panique, avant de susciter l'admiration de tous les occupants du salon. Sous leurs yeux ébahis, une douzaine de bêtes sauvages avaient traversé la cour pour venir se coller aux baies vitrées. La vue plongeante qui s'offrait à eux sur l'ensemble des animaux émerveilla Nolwenn et Julie. Yann et Dimitri, quant à eux, se montraient plus calmes. Malgré la valse désordonnée, tous s'accordèrent sur un nombre supérieur à une trentaine, voire une quarantaine.

Imperceptiblement, dans la cour, une chorégraphie invisible se dessinait, menant chacun des animaux vers le puits, avant de le ramener jusqu'au gîte en une série de vagues chaotiques. Les grognements emplissaient l'air d'une atmosphère qu'aucun des spectateurs n'avait jamais partagée.

De l'autre côté de la cour, la porte de la ferme s'illumina, laissant apparaître l'ombre de René Arthaud à contre-jour.

– Purée, il a un flingue ! s'indigna Yann alors que Nolwenn se précipitait vers la sortie.

Le jeune homme se rua à sa suite. À défaut d'avoir pu la retenir, il ne la laisserait pas affronter ces animaux seule. Pourtant, poussé de toutes parts, bousculé par ces masses hirsutes qui cherchaient à s'éloigner du vieux et de ses menaces, il ne put la rattraper. Hors de portée, elle fendit la foule sans jamais douter de la bonne volonté des mastodontes, se faufilant avec grâce au milieu de la mer de poils et de muscles.

Le cœur du jeune homme s'emballa de nouveau. C'est de René Arthaud qu'ils auraient dû se méfier, pas des sangliers. Le vieux, manifestement remonté et prêt à en découdre, faisait face à Nolwenn.

– Espèce de gourde, qui vous a permis de vous interposer ! Ces sangliers n'ont aucun droit ici, vous m'entendez ? Ils portent le mal en eux !

La jeune femme dressa un index indigné.

– À qui est-ce que vous croyez parler comme ça ?

Le calme et la bonté n'étaient plus au rendez-vous.

– Et vous allez en faire quoi, de votre fusil ? Ne me dites pas que vous vouliez leur tirer dessus ! Vous êtes devenu dingue ou quoi ?

L'ancien pointa l'extrémité de son canon vers les derniers retardataires.

– Bordel, ils étaient là, à portée de fusil ! Je suis là pour vous protéger, et vous me bassinez avec vos raisonnements à deux sous ! Ma petite, vous n'imaginez pas ce à quoi vous vous heurtez !

– Oh, que si ! Il y a même un mot pour ça : ça s'appelle de la pure connerie en barre ! Rien de plus !

Piquée au vif, Nolwenn fulminait.

– Parce que vous avez un joujou entre les pattes, vous pensez que vous avez le droit de faire n'importe quoi ? Mais laissez-moi vous dire que ça ne se passera pas comme ça !

L'homme éjecta avec rage les deux cartouches qu'il n'avait pas tirées et les lui lança.

– Puisque vous avez toujours le dernier mot, gardez-les précieusement ! Elles vous feront un foutu souvenir quand ces saloperies reviendront et qu'elles vous boufferont le nez ! Vous vous rappellerez ce jour, croyez-moi ! Quand ces bêtes de malheur nous tomberont dessus, vous saurez à qui vous plaindre !

– Vous ne perdez rien pour attendre. Je vous préviens que je vais en parler à ma mère ! Quand je pense qu'elle vous fait confiance ! Tout ça pour ça ?

L'homme brandit un poing rageur.

– C'est ça, et tant que vous y êtes, maintenant que vous nous avez mis dans la panade, pourquoi vous n'iriez pas faire vos valises ?

– Vous êtes un malade ! Un vrai, et de la pire espèce ! Si on n'obéit pas, vous allez faire quoi ? Descendre tout le monde ?

Pour toute réponse, le vieux se contenta de cracher par terre. Vexée, Nolwenn tourna les talons et passa en trombe devant Yann sans le voir.

Les portes des deux bâtiments claquèrent simultanément dans un même élan de mauvaise humeur, pour une pause de quelques secondes, avant que le vétéran ne réapparaisse, fusil en main. Emporté par sa fureur, il avait rechargé son arme pour la vider en direction des arbres.

10 avril - 2 h 46

Les pupilles dilatées par la nuit, l'animal s'avança jusqu'au bâtiment éteint. Devant lui, une silhouette s'apprêtait elle aussi à se faufiler à l'intérieur du gîte, et c'est d'un même mouvement que les deux ombres convergèrent vers la porte d'entrée. L'homme n'était pas le fou qui avait voulu l'écraser sous le meuble, mais l'autre, celui qui sentait la fumée.

Tout ce qu'elle voulait, c'était retrouver ses petits, ensuite elle disparaîtrait. L'odeur entêtante la ramenait inlassablement vers ces lieux. Ils étaient passés par là, au pied des murs de pierre, autour du puits, devant cette porte, partout. Et malgré les risques, elle entrerait.

Yann avança d'un pas rapide et referma aussitôt le battant derrière lui. Le lourd vantail qui protégeait la porte d'entrée glissa sur ses gonds parfaitement huilés, sans qu'aucun des dormeurs ne se doute de quoi que ce soit. Ce qu'il avait vu le faisait encore trembler de la tête aux pieds. La pause qu'il croyait s'accorder pour une cigarette en solitaire s'était transformée en cauchemar.

Le scénario qui avait fait irruption dans son esprit l'avait pris au dépourvu. Quand ses mains s'étaient posées sur le puits, l'image d'Anna, terrifiée, s'était imposée à lui pour ne plus le lâcher. Était-ce la tension des dernières heures ? Les coups de feu ? La peur des sangliers ? Quelle que soit la réponse, la vision n'avait pas surgi du néant par hasard.

Poursuivie à travers la nuit, perdue, terrorisée, Anna avait couru pour sa vie. Maintenant qu'il l'avait vue, il ne pourrait plus ignorer la peur imprimée sur son visage. Désormais, il savait que la petite sœur de Nolwenn et de Julie n'était pas partie de son plein gré. Combattant sa propre terreur, Anna avait repoussé les poings de celui qui aurait dû la protéger ! Pareille à ces chats qui se terrent pour panser leurs plaies, elle se cachait peut-être quelque part, hors d'atteinte du prédateur qui avait partagé ses nuits.

Yann lutta contre le vertige. Avait-il fantasmé toute la scène ? Lui qui ne croyait pas aux visions, lui qui refusait l'idée même du surnaturel, avait-il basculé dans la pensée magique ? Dos à la porte, il écouta le silence de la nuit. Quelque part à l'étage, Nolwenn dormait.

Repoussant ses craintes, son cerveau s'accrochait à la logique pour ne pas céder à la panique. Maintenant que la science et le rationnel avaient fait leur grande entrée dans le dictionnaire du réel, toutes ces absurdités n'avaient plus leur place dans le monde des hommes. Les visions et les superstitions ne résistaient pas aux assauts de la science et de la logique. Même la vie ou la mort dévoileraient un jour leurs mystères : vulgaire soupe de chimie qui aurait perduré, elles ne feraient pas le poids face aux découvertes à venir.

Fatigué, Yann capitula, repoussant au lendemain les explications. Il en avait eu assez pour la soirée. Cette scène le confortait dans l'idée que la réalité trouve toujours les voies qui mènent vers l'irrationnel. Cet endroit détraquait les esprits, et son tour était venu. Après tout, en quoi était-il différent des autres ? Pourtant, son instinct, libéré de toutes les entraves du quotidien, venait de lui lancer un message qu'il écouterait.

Dehors, la chatte, frustrée, fit un premier tour du gîte avant de reparaître devant l'entrée. La porte refermée trop vite la condamnait à agir. Rendue folle par la trace de ses petits, elle abandonna toute prudence.

Au premier étage, une ampoule s'alluma, puis une autre, jusqu'à ce que la bâtisse tout entière reprenne vie. Secoués dans leur sommeil par les miaulements désespérés, Yann, Nolwenn, Dimitri et Julie protestèrent en vain contre le trouble-fête.

À quelques mètres de là, le vieil homme ronflait, une bouteille vide dans une main, un pistolet dans l'autre.

10 avril - 10 h 08

Julie n'était pas pressée. Le calme de cette nature isolée la troublait. Repoussant au loin la fatigue de la nuit, elle avait rejoint la limite du domaine, là où les pentes boisées se jetaient dans l'eau sombre. Contrairement à la visite précédente, trois ans plus tôt, elle comprenait la décision de sa mère. S'éloigner de Paris justifiait le coup de tête qui avait fait d'elle l'heureuse propriétaire d'un bout de terre hors du temps.

Indompté et baigné de mystère, cet endroit, chargé d'odeurs de sous-bois et de champignons, l'avait ramenée vers cette part oubliée d'elle-même, vers la petite fille qui, chaque soir, réclamait des histoires tout en sachant que les personnages inquiétants viendraient rôder sans fin dans ses rêves.

Elle se revit, insouciante, courant à travers les arbres de son enfance. Là, au milieu de la forêt de Fontainebleau, le temps d'un après-midi, les trois sœurs se détachaient du monde pour mieux bâtir leurs rêves. Portant des branches plus épaisses les unes que les autres, elles construisaient des cabanes improbables, mélanges déséquilibrés d'architecture et d'art que la première pluie viendrait transpercer ou abattre. Ajoutant un silex, une brassée de feuilles ou un tapis de mousse, elles défaisaient le réel pour mieux le reconstruire à leur image, téméraire et insouciant, enfantin et pourtant terriblement sérieux, avec ses règles et ses codes, ses mots de passe et ses interdits, mais toujours fragile et sans souci du lendemain.

Entre deux sourires au parfum de nostalgie, Julie revit Anna s'écorcher la jambe, ou encore Nolwenn siffloter au rythme des oiseaux. Elle se revit, engoncée dans son rôle de grande sœur, imposant des plans de construction que personne ne suivait. Détendue, elle oublia un instant la triple griffure qui courait le long de son bras et ferma les yeux. Cette nuit, les cris de bête mutilée du chat l'avaient bouleversée.

Après le coup de feu, Nolwenn avait retraversé la cour pour arracher le fusil des mains du vieux, prélude à d'interminables négociations. L'homme respirait la peur et lui faire abandonner son arme n'avait pas été une mince affaire. Il n'avait cédé qu'avec la garantie qu'elle lui serait rendue avant leur départ. Sans oublier la promesse formelle que rien de tout ça ne reviendrait aux oreilles de leur mère.

Pourtant, Julie n'était pas convaincue de sa sincérité. Jamais le vieux fou n'aurait abandonné la partie sans la certitude absolue de pouvoir se défendre contre ses démons. Elle s'était couchée avec la conviction que d'autres fusils feraient leur apparition à la première crise.

Attrapant une branche, Julie la cassa d'un coup sec, regrettant l'absence d'Anna. Face à elle, par-delà le rempart liquide, deux maisons isolées s'accrochaient au versant opposé. Distantes d'à peine quelques centaines de mètres, elles auraient nécessité un détour de plusieurs kilomètres par la route.

Avec la montée des eaux, cette terre baignée de solitude imposée s'était changée en capsule intemporelle, figée dans les souvenirs d'une autre époque. En cet instant, assise sur le rebord du monde,

Julie s'y trouvait bien. Ce lac immobile avait détourné le temps pour mieux les en détacher.

10 avril - 11 h 16

Yann refusa d'ouvrir les yeux, à mi-chemin entre les rêves de la nuit et la réalité du matin. Le chat qu'il entendait miauler ne pouvait pas être revenu. Pourtant, quand les sollicitations se firent plus pressantes, presque suppliantes, Yann comprit qu'il l'appelait et il se leva enfin.

Traversant le bâtiment comme un automate, il se faufila dehors, guidé par les miaulements déchirants. Leur première nuit les avait secoués. D'abord ces sangliers et la folie du gardien, puis ce chat, qui les avait harcelés pour entrer. Sans oublier le fusil confisqué, que Nolwenn avait rapporté dans leur chambre.

Franchissant les quelques mètres qui le séparaient du puits, Yann en fit le tour sans rencontrer l'animal. S'allongeant sur les lourds battants métalliques qui le séparaient du vide, il y colla l'oreille et sursauta. Loin en dessous, un chat luttait pour sa vie. Les doigts crispés sur le cadenas qui en interdisait l'accès, Yann dut se résigner. Entrouvrir les plaques sans outils serait impossible. Seule l'intervention du vieux sauverait la pauvre bête.

– Espèce d'andouille, qu'est-ce que vous bricolez ? l'interpella alors la voix de René Arthaud. Vous êtes tombé sur la tête ou quoi ?

Yann en aurait presque souri malgré sa frayeur d'un instant. L'homme arrivait avant même qu'il n'aille le chercher.

– Il y a un chat coincé là-dedans. Il faut ouvrir et le sortir de là !

Les gants en caoutchouc rose auraient pu susciter les moqueries, mais Yann n'était pas d'humeur.

– Y a rien de rien là-dedans ! Arrêtez donc de faire le Ribouldingue et descendez de ce puits !

L'homme fusilla Yann du regard. Son idiote de femme lui avait soufflé l'occasion de se débarrasser de tous les parasites qui rôdaient, et voilà que cet avorton s'en mêlait !

– Vous n'avez rien trifouillé, au moins ?

Lui qui avait combattu sur tous les fronts, lui qui n'avait jamais reculé devant quiconque, il s'était fait rouler dans la farine comme un bleu. En saisissant son fusil, Nolwenn l'avait pris au dépourvu. Seule la force lui aurait fait lâcher prise, et cette option lui était interdite. En d'autres temps, il n'aurait pas hésité et lui aurait fait mordre la poussière pour moins que ça. Enivrée par sa victoire facile, elle l'avait humilié, lui faisant jouer le rôle du cancre qu'une maîtresse autoritaire aurait grondé devant la classe au grand complet.

– Je vous préviens qu'elle a intérêt à tenir sa promesse, votre copine. En partant, il faudra me le rendre, mon fusil !

Yann préféra ne pas relancer le débat. Au fond du puits, les miaulements se faisaient plus espacés et le temps pressait.

– Vous avez pas l'air de me croire, mais y a un chat là-dedans.

Le vieil homme balaya la cour d'un geste agacé.

– J'l'entends pas, votre foutu chat. Et pis comment il aurait pu rentrer là-dedans ? Regardez donc ! Allez-y, faites le tour du puits et trouvez un espace pour y glisser le petit doigt. Je vous colle mon billet que vous n'y arriverez pas, alors y passer un putain de chat !

Yann protesta, en vain. Le vieux n'écoutait pas.

– Vous savez, parfois, on croit entendre des choses et on s'embrouille la tête, reprit René. Y a pas plus de chat dans ce trou que d'asticots dans un verre d'eau gazeuse !

Les deux hommes se toisèrent en silence.

– C'est pas la première fois que ce trou pourri joue un tour de violon à un visiteur. Parfois, ça doit être le vent, je n'en sais trop rien. Alors, on entend des choses et on gamberge. Mais en vérité, je vous le dis, méfiez-vous de toutes les saloperies qui traînent par ici. Ne vous fiez à rien ni personne et ouvrez l'œil ! Ici, c'est dame

Nature, la patronne. Et cette enflure n'est qu'une belle salope qui ne pense qu'à rigoler des pauvres bougres comme vous. Tout ça n'est qu'une immense blague. Ne vous y fiez pas : le dindon de la farce, c'est vous !

Yann allait reprendre son inspection quand René Arthaud s'élança et le dépassa en trombe.

– Regardez-moi ça, ces dégueulasses qui vont me laisser des traces de bave partout ! lança le vieux en arrachant deux escargots de la margelle. Qui c'est qui va encore devoir tout nettoyer ?

Brandissant les deux coquilles au-dessus de sa tête comme on profère une menace, le vieux dément tourna les talons et se précipita chez lui en hurlant.

– Mais comment il faut le dire ? On ne touche pas à ce puits ! C'est pas compliqué, pourtant ! Si vous continuez, il vous tuera, comme tous les autres !

La porte de la ferme claqua, pour se rouvrir aussitôt sur un escargot tenu à bout de bras. Malgré son âge, une force brutale émanait de l'homme imprégné d'alcool et de folie.

– Elle est là pour nous baiser, cette pourriture de dame Nature. En bonne et due forme ! Plus elle pourra nous en faire baver, plus elle rigolera, la foutue vicelarde. Je vous jure, sur ma propre tête, que ce puits restera fermé ! Quoi qu'il arrive ! Ce trou à rats n'est qu'une cochonnerie remplie de merde. Et laissez-moi vous le dire : votre chat, il pourrait bien crever que je m'en tamponnerais le coquillard jusqu'à plus soif ! Aucun homme sensé ne se risquerait à descendre là-dedans, aucun ! Sauf si vous voulez en finir avec la vie !

Yann décida que la prudence s'imposait face au vieux cinglé. Devant lui, les gants roses s'agitaient sans relâche.

– Et si par hasard vous en voyez un, de chat, un vrai, dites-le-moi que je lui foute un bon coup de pied au derrière. Ça lui fera passer l'envie de revenir !

10 avril - 12 h 04

Ramenée à la réalité par les vociférations lointaines de René Arthaud, Julie s'était réfugiée derrière le premier tronc venu. Cinquante mètres la séparaient encore du monde étrange du vieux, et le retrouver là, sur sa route, la contrariait. Elle aurait voulu prolonger la magie de cet instant de communion solitaire. Pourtant, guidée par la curiosité, elle se rapprocha à pas de loup de la silhouette.

Affairé devant une cabane à outils, l'homme allait et venait, un énorme marteau à la main. Ajoutant à l'incongruité de la scène, de longs gants roses couvraient ses avant-bras en une parodie de gladiateur d'opérette.

Concentré sur le rondin de bois qui lui faisait face, il déplaçait et replaçait avec d'infinies précautions un objet qui échappait encore au regard de la jeune femme, jusqu'à ce qu'enfin satisfait, il lève son marteau et l'abatte d'un coup sec.

Oubliant toute prudence, Julie lâcha un cri bref et lutta contre la vague de dégoût qui se propageait le long de sa gorge.

– Qu'est-ce que vous faites là ? lui lança sans détour le vieux, amplifiant le malaise de la jeune femme.

Le sourire satisfait que René Arthaud avait arboré s'était évaporé trop tard pour qu'elle puisse l'ignorer. Le vieux venait d'écraser un escargot au marteau, mais il y avait pris du plaisir.

– Vous croyez que je suis dingue, hein ? Mais quand vous aurez vu ce qui va nous tomber dessus, vous changerez d'avis ! C'est cet endroit qui veut ça. On y pose le pied et on ne peut plus en repartir ! C'est chaque fois pareil. C'est comme les rubans à mouches. Plus on s'agite et plus on est englué dans toute la poisse accumulée.

L'homme s'interrompit pour placer un nouvel escargot sur le rondin de bois.

– Et ne croyez pas que vous ferez mieux que les autres. Oh, vous êtes peut-être plus forte que la moyenne, je le sens, mais ce n'est qu'une question de temps ! Le mieux que vous ayez à faire serait de prendre vos jambes à votre cou et de partir le plus loin possible, aussi vite que vous le pourriez.

Julie recula.

– Vous n'allez quand même pas l'écraser aussi ?

– Moi aussi, je me croyais plus malin, et je l'étais ! Plus que vous tous réunis ! Mais ça ne m'a pas empêché de m'y laisser prendre. C'est le puits qui décide ! Il joue avec ce qui est en chacun de nous, là où personne n'ose porter le regard. Il fouille les recoins les plus sombres pour y débusquer vos secrets les plus refoulés, ceux qui ne devraient jamais remonter à la lumière.

S'accordant une pause, il la dévisageait maintenant sans retenue.

– Ma petite, j'espère pour vous que vous êtes clean, que vous ne cachez rien de sérieux dans votre vie. Sinon, vous pouvez vous préparer à rendre des comptes parce qu'au moment où le puits aura décidé que votre tour est venu, tout le monde saura de quoi vous êtes faite ! Tenez, par exemple, ce Dimitri qui vous fait tellement envie !

Julie ouvrit la bouche, prise au dépourvu.

– Vous voyez, ça vous en bouche déjà un coin, alors que ça n'a pas encore commencé !

L'homme balaya d'un revers du bras les protestations de la jeune femme.

– Demandez-vous donc comment je sais une chose pareille. Bien sûr que c'est le puits qui me l'a glissé à l'oreille. Et ce sera pareil pour vous tous. Chacun en apprendra long sur les autres et il se fera un plaisir de le répéter pour mieux semer la zizanie.

Le visage du vieil homme se ferma.

– Regardez donc votre don Juan qui s'énerve pour rien. Et vous-même, avec vos humeurs changeantes. Vous n'avez pas remarqué que, depuis votre arrivée, vous êtes déjà plus irritable, plus énervée ? Et les autres, vous les trouvez reposés ?

La jeune femme hésita. Son cerveau s'emballait.

– Non, mais vous jouez à quoi, là ? De quel droit vous vous mêlez de ma vie ! Et si on parlait plutôt de ce que vous faites aux pauvres bêtes qui vous tombent sous la main ?

– Je viens de vous le dire : ce puits lit en nous pour y dénicher nos envies les plus tordues, nos fantasmes les plus atroces, de ceux que la civilisation interdit. Après ça, il revient nous hanter, d'abord doucement, puis de plus en plus fort, jusqu'à ce qu'on se lâche et qu'on s'en prenne aux autres.

L'homme attrapa délicatement l'escargot et le replaça au centre de sa cible.

– Écoutez votre conscience et posez-vous les bonnes questions. Qu'est-ce qui se passera quand Nolwenn découvrira ce que vous avez fait ? Vous croyez être forte, mais le puits trouvera la faille, ne vous inquiétez pas.

Julie balaya du regard l'arrière de la ferme. Les longues rangées de bois, empilées derrière le vieux, entre le bâtiment et la cabane à outils, n'offraient aucune issue. Cachée aux regards par la masse sombre de la ferme, elle était vulnérable. S'il s'en prenait à elle, elle s'échapperait vers la cour et se précipiterait à l'intérieur du gîte. Vieux comme il l'était, le dingue ne la rattraperait pas avant que les autres ne lui soient tombés dessus.

Un sourire désabusé déforma les traits du vieil homme.

– Laissez-moi vous aider. Je n'ai pas été assez rapide avec votre ami. Je n'ai rien pu empêcher.

– Qu'est-ce que vous me voulez ? Pourquoi vous me dites ça ?

– Votre sœur n'est pas partie de son plein gré. C'est Dimitri qui l'a chassée ! Je ne sais pas encore ce qu'il s'est passé entre eux, mais je suis certain de ce que j'avance.

Les yeux débordants d'une fièvre malsaine, il planta son regard dans le sien.

– Dimitri n'est pas ce que vous croyez. Oubliez les apparences et regardez-le tel qu'il est, brutal et dangereux.

Julie scruta de nouveau les alentours. En contournant le vieux par la droite, elle atteindrait la cour avant qu'il ne réagisse.

– Cet homme porte en lui la marque du malheur ! L'aura de destruction qui l'entoure grandit de jour en jour ! Ne me dites pas que vous ne ressentez pas la violence qui court dans ses veines !

Le marteau s'agita de nouveau, comme pour ponctuer les paroles du vieil homme. Julie s'emporta.

– Mais qu'est-ce que vous en savez ! Va falloir apprendre à nous foutre la paix, vous comprenez ? Et si le problème, c'était vous ?

– Puisque vous ne voulez pas comprendre, parlons donc de votre sœur. Pas d'Anna, mais de Nolwenn.

Julie inspira longuement. Dans une seconde, elle se précipiterait et le prendrait de court.

– Ça ne vous choque pas, ce qu'elle fait aux malades, là-bas, à l'hôpital ?

Encore un pas et Julie s'élancerait. Elle ne voulait pas en entendre plus.

– Oh, bien sûr, elle ne le crie pas sur tous les toits, mais ça ne change rien ! Personne n'imagine jusqu'où la gentille infirmière est capable d'aller pour abréger les souffrances de ses patients !

– Vous êtes complètement dingue, s'emporta Julie.

– Ni vu ni connu, loin des regards indiscrets, insista le vieux. Et hop, une petite piqûre et on n'en parle plus ! Alors, ne venez pas me chercher des histoires pour un malheureux escargot ! Tout n'est pas aussi tranché qu'il y paraît.

Au comble de l'exaspération, la jeune femme s'élança vers la ferme, poursuivie par la voix surexcitée du vieux.

– En vérité, je vous le dis, cette pétasse de dame Nature n'en a pas fini avec vous ! Fuyez avant de vous étriper les uns les autres, pauvres mortels que vous êtes ! Le 12 avril approche !

Un choc sourd ponctua les derniers mots.

23 germinal an IV (12 avril 1796)

La jeune femme s'effondra dans la boue détrempée. Ses yeux, rouges d'avoir pleuré en silence, scrutèrent la pénombre, à l'affût des bruits de la nuit, de cette nuit qui serait la dernière.

L'heure du doute était passée. Résolue, elle savait que rien ne viendrait suspendre son geste, que jamais elle ne vivrait sans celui qui lui avait tout pris. Avec lui, son honneur et sa jeunesse s'étaient envolés au-delà de tout espoir.

Jeanne – puisque c'était le nom que ses parents lui avaient donné – ne reposerait jamais en paix. Parce que son Victor l'avait abandonnée, elle enjamberait le muret de pierre qui la séparait du néant. Pour le rejoindre, elle affronterait le pire. Pour le serrer dans ses bras, elle franchirait les portes de l'enfer. Quand son corps s'enfoncerait dans l'étau paralysant de l'eau glacée du puits, quand l'envie de hurler la tiraillerait, c'est à lui qu'elle penserait. Pour ne pas lutter, pour ne pas se débattre contre le sort qu'ils avaient scellé ensemble, elle contemplerait son visage des jours heureux et se laisserait guider par ses mains. Lui, que la mort avait fauché trop tôt, la regarderait venir, souriant et accueillant comme avant. Alors, pour lui, avec lui, elle oublierait le passé et lui pardonnerait ses fautes.

C'est ici même, devant ce puits, qu'elle avait compris que Victor ne reviendrait jamais. Quand elle avait remonté le seau, confiante, et que ses doigts en avaient agité l'eau fraîche, aucun visage n'était apparu à la surface. Le ciel vide, qui s'était reflété dans le miroir sans fond de cette eau lisse, l'avait laissée pantelante de certitude. La passion qu'elle éprouvait pour cet homme n'avait pas été partagée.

En choisissant de l'abandonner, quand il avait voulu rejoindre l'armée de cette Révolution si lointaine, il n'avait fait qu'ajouter le désespoir au malheur. Aucun homme ne méritait de périr pour une terre étrangère ou de tout quitter pour aller y défendre la liberté des autres. Leur amour n'aurait pas résisté à cet exil forcé au-delà des montagnes.

Elle l'avait imaginé brave et fou, courageux et fier, et elle avait eu peur, de cette peur diffuse et pernicieuse que ressentent les mères et les épouses. Celle qui, aveugle et sourde, coupe le souffle des plus solides, étouffe les cœurs et tord les ventres.

L'appel d'un corbeau lointain, les pas d'un cheval au galop, sinistres présages des regrets à venir, l'avaient poussée à l'action. En lui ouvrant son corps, elle n'avait fait qu'attirer le doigt vengeur de la mort sur celui qu'elle avait choisi.

Jeanne laissa échapper un sanglot. Parce qu'il l'avait rejetée, elle allait mourir. Par sa faute, parce qu'ils avaient succombé à la tentation et qu'elle lui avait offert le fruit défendu, parce qu'elle l'avait aimé et qu'il avait cédé, Dieu avait choisi de reprendre ce qu'il leur avait donné. Avant même qu'ils n'aient pu s'unir pour la vie. En la reniant, c'est le fruit de l'amour qu'il avait piétiné.

Les battements de son cœur, tels des marteaux entêtés, s'acharnaient sur les tempes de la suppliciée. Pourtant, elle ne regretterait jamais cet instant béni où il avait fait d'elle une femme. Le rappel de cette toute première journée de folie et l'odeur entêtante de la paille couchée lui arrachèrent un sourire fatigué. Submergée par une vague de bonheur, prise d'une irrépressible envie de vivre, d'exister pour ce qu'elle ne connaîtrait plus, elle retint un cri de douleur. Le goût de sa peau, son parfum, sa force, la sueur de son corps contre le sien, la fougue de ses mains et sa bouche égarée jusqu'au creux de son âme la laissaient sans force.

C'est en silence qu'elle avait affronté l'image de ce ventre qui grossissait. C'est maintenant seule qu'elle en subissait les conséquences. Sans un mot, dissimulant les nausées et les faiblesses, elle avait lutté. Mais à quoi bon ? Se retirer de ce monde ferait cesser le supplice. Après la crise des derniers jours, elle ne voulait plus de cette vie.

Loin des cadavres, de la pourriture et des regrets, loin de ce monde absurde fait de haine, de railleries et de non-dits, elle le rejoindrait enfin. Dorénavant, le poison qui avait coulé dans les veines de tous les habitants de cette terre ne la concernerait plus.

Les mains jointes en une dernière prière, Jeanne laissa enfin les larmes déborder de ses yeux douloureux. À dix-neuf ans, elle aurait voulu boire à la vie, en saisir chaque instant pour aimer, rire et regarder grandir cet enfant qui disparaîtrait avec elle avant même d'être né.

Emplie d'une détermination renouvelée, elle renifla et s'essuya le nez du revers de la manche. Saisie d'une nouvelle bouffée de haine, elle franchit le dernier mètre qui la séparait du puits. Entre ses mains, une petite bourse de tissu, remplie de renoncules âcres, la rassura. Séchées et conservées depuis la dernière lune, ces herbes la protégeraient de la morsure de l'eau. Plongée dans un sommeil sans fond, elle se laisserait couler jusqu'à Victor, son Victor, et la flamme éternelle qu'ils s'étaient promise.

Maudissant les hommes et la terre entière, elle enjamba le muret de pierre. Plus jamais elle n'aimerait. Plus jamais elle ne fléchirait. La dévotion qui l'avait portée vers les autres et les sacrifices qu'elle avait consentis pour Victor se résumaient à ce puits sombre et à ce corps martyrisé. Ses années de douleur s'achevaient ici, dans ce trou béant qui la relierait pour toujours au ventre de la terre, comme un cordon ombilical dont personne ne pourrait la détacher, jamais.

La jeune femme se signa une dernière fois, à l'envers, et embrassa le petit sac d'herbes qui l'accompagnerait.

Dans le silence du petit matin du 23 germinal de l'an IV, aucun regard ne s'attarda sur les deux sabots immobiles. Jeanne et Victor, unis par des liens que seuls peuvent connaître ceux que l'amour envoûte, s'étaient enfin retrouvés.

10 avril - 12 h 30

René grinça des dents, déçu et contrarié. La sotte n'avait rien compris. Comme toutes les jolies filles, elle butinait la vie, volant d'un jour à l'autre sans penser aux conséquences de ses actes. Maintenant que la date fatidique pointait le bout de son nez crochu, la frustration se mêlait à l'attente. Ces jeunes à la tête vide ne comprenaient rien à la vie et ses dangers.

Résigné, il abandonna son marteau. Maintenant que Julie l'avait vu écraser les deux malheureuses bestioles, chacune de ses décisions, chacun de ses actes seraient décortiqués et analysés à n'en plus finir. Pourtant, comment leur dire ? Comment les mettre en garde contre l'ennemi intérieur, ce Dimitri, qui s'était glissé au sein du groupe ?

De cette fameuse soirée de fin du monde, au bord de la route, rien ne subsistait, sauf un nuage de coton. Du brouillard persistant n'émergeaient qu'un terrible mal de tête et le vague souvenir de son corps endolori, allongé tout habillé en travers du lit. L'attitude de Dimitri et le phare cassé de sa mobylette avaient renforcé ses pires craintes. Cet homme et lui partageaient le secret qui expliquait la disparition d'Anna, et tôt ou tard Dimitri chercherait à se débarrasser de lui.

Les doigts de René plongèrent jusque dans la poche de son pantalon, rejoignant la balle qu'il y conservait précieusement. La caresse du métal froid contre sa paume l'apaisa. Cette balle, qu'il traînait avec lui depuis la nuit des temps, lui avait toujours rappelé à quel point le destin d'une vie toute tracée pouvait basculer en une fraction de seconde.

À cause de sa lâcheté, des hommes étaient morts. Parce qu'il avait hésité, onze vies avaient été gaspillées. Pour une balle perdue, cette balle qu'il n'avait pas tirée.

Cette nuit-là, quand ce type débraillé s'était accroupi au milieu des fourrés pour se soulager, René aurait pu agir. Le doigt sur la détente, il avait tenu l'imprudent en joue. Bédouin parmi les Bédouins, fondu dans le paysage, il l'avait observé pendant de longues minutes, sans un geste. Maître du monde, dieu omniscient qui décide de la vie et de la mort, il avait retenu l'infime mouvement qui aurait déclenché le tonnerre. Son index était resté figé et la balle n'avait pas quitté son abri. Le guerrier qu'il était n'avait pas tué. Parce que l'ennemi n'était qu'un gamin, un enfant de paysans déguisé en combattant, un môme à qui on avait mis un fusil entre les mains alors qu'il n'avait pas l'âge de mourir. Alors, René n'avait pas tiré et l'avait regardé se rhabiller et reprendre sa route, sans soupçonner un seul instant que sa vie n'avait tenu qu'à la caresse d'un index sur une tige de métal.

Hanté par le souvenir de ce qui avait suivi, René n'avait plus dormi. Nuit après nuit, jour après jour, rongeant son foie et sa détermination d'un remords qui ne le quitterait jamais, chaque détail était revenu s'imprimer au creux de sa chair pour mieux le tourmenter. Quand celui à qui il venait d'épargner la vie était tombé nez à nez sur le reste du groupe, tout était parti de travers à la vitesse d'une grenade qui éclate. Onze soldats étaient morts parce que celui qui montait la garde avait eu pitié d'un gamin. Onze trahisons pour une seule balle.

Quand la maladie et l'âge ne lui laisseraient plus d'autres choix, c'est avec elle qu'il terminerait son existence, pour enfin rejoindre ses camarades et leur demander pardon, les yeux dans les yeux, onze fois.

Se levant avec lourdeur, il alla extirper une nouvelle bouteille d'un placard. Bientôt, la bande d'incapables qui lui servait de voisins allait débarquer et demander des explications pour les escargots. Mais, au fond, leurs histoires ne le concernaient pas. C'étaient eux qui avaient voulu venir. C'étaient eux qui s'étaient jetés dans la gueule du loup. Faire le ménage et leur préparer leur chambre ne l'engageait à rien de plus.

10 avril - 13 h 49

– Bon, on n'est pas là pour en faire un fromage, mais je peux te dire que, ton vieux, il déraille grave.

Julie frissonna en revoyant le marteau s'abattre sur la coquille.

– Tu trouves normal de faire un truc pareil et d'aller ensuite bien tranquillement se retourner le cerveau à l'alcool ? Tout ça alors que l'après-midi commence à peine ?

– On pourrait repartir, suggéra Nolwenn, le visage collé à la fenêtre.

Sur le qui-vive, elle aurait voulu être ailleurs, oublier ce qu'elle avait vu ou entendu. Yann partageait ses inquiétudes, elle le savait.

– Vous êtes sûrs qu'il dort ? Moi, j'ai l'impression qu'il est un peu raide. Le mec est tellement tordu que ça pourrait être une ruse.

– Il faudrait tout de même en parler à maman, s'inquiéta Julie, les deux mains posées sur la vitre pour mieux apprécier le spectacle. Après tout, hier soir, moi, je n'ai pas promis de ne rien lui dire. D'ailleurs, Nolwenn, tu aurais pu me demander mon avis avant de t'engager.

– Ah ouais ? Mais t'étais où ? Je t'ai pas vue dans la cour quand il fallait y être. Alors, excuse-moi !

Elle chuchotait plus qu'elle ne parlait, attentive aux réactions de l'homme affalé sur la table. À ses côtés, comme pour prouver au monde entier qu'il ne faisait pas semblant, une bouteille attirait l'attention.

– Ma parole, regardez, y a un autre flingue ! les coupa Dimitri. C'est pour ça, Nolwenn, qu'il t'a laissée prendre le fusil qu'il avait hier ! L'enfoiré est armé jusqu'aux dents, alors un de plus ou de moins, pour lui, c'est pareil !

– Bon, allez, ça suffit comme ça ! les coupa Julie, dont le niveau de stress explosait. J'en ai ma dose. Y en a plus que marre de ce vieux, de ses trucs dégueulasses et de son attirail de tueur en série. Si maman veut le garder, c'est son problème. Moi, je m'en balance. Nolwenn, tu lui expliqueras pourquoi t'as rien dit après que l'un de nous se sera pris une balle perdue ! Qu'elle embauche tous les poivrots de l'univers si ça lui chante ! Mais, sérieux, quand le mec pointera un de ses joujoux sur nous, on fera quoi ? C'est pas seulement maman qu'il faudrait alerter, mais les flics !

Prenant Dimitri et Yann à partie, elle déversa son exaspération sur eux.

– Maintenant, ça suffit ! Ce mec est schizo ! Il faudrait l'enfermer, et on reste plantés là à ne rien faire ! Si on ne réagit pas maintenant, alors on n'aura que ce qu'on mérite quand il viendra nous coller un pruneau entre les deux yeux !

Joignant le geste à la parole, elle s'élança vers le gîte, aussitôt rattrapée par Dimitri. Oui, ils avaient bien vu un fusil de chasse, mais dans les campagnes, tout le monde est armé. Et même si l'homme se laissait aller de temps en temps, jamais il n'avait été menaçant envers eux.

– T'étais pas là quand il m'a parlé tout à l'heure. Tu crois toujours tout savoir, mais tu l'as pas vu avec son foutu marteau et ses gants de vaisselle à deux balles ! Putain, il faut vous le dire comment ? Le mec se marrait en écrabouillant des escargots au marteau !

La jeune femme repoussa le bras qui tentait de la retenir.

– D'ailleurs, tu peux m'expliquer ce que tu fous là, à glander avec nous, alors que techniquement t'es plus rien pour personne ici ?

Dimitri se figea, dérouté par l'attaque.

– Et pourquoi il m'a parlé de toi, le psycho, hein, tu peux m'expliquer ? reprit Julie. Tu lui as fait quoi ? Pourquoi il peut pas t'encaisser ? Et Anna, hein, elle est où, Anna ? D'après lui, elle ne voulait pas partir. Il m'a dit que c'est toi qui l'avais obligée.

– Et je serais resté là à vous attendre gentiment ? Mais tu délires, Julie. Il t'a fait goûter de sa gnôle ou quoi ?

– Finalement, moi aussi, tu me fais flipper, Dimitri. Tu le crois, ça ? Tu réalises que personne ne l'a revue depuis son départ ?

– Et tu veux faire quoi, me ramener à Paris ? Me tordre un bras pour me faire parler ? Je te signale que ce n'est pas moi qui ai choisi de rester. C'est ta chère petite sœur elle-même qui m'a planté là, au milieu de nulle part. Alors, au lieu de m'agresser, pourquoi tu ne me demandes pas ce que je ressens ?

Il s'interrompit, le regard perdu.

– Tu penses sérieusement que c'est facile pour moi de vous voir me tourner autour sans que personne n'ose me demander ce qu'il s'est passé ?

– Justement, vas-y, dis-nous, intervint Yann, très calme.

– Ben, c'est tout net, y a rien de plus que ce que je vous ai déjà dit. Elle s'est barrée comme une voleuse. La voilà, la triste vérité. Le soir, elle était là, et le lendemain sa bagnole avait changé d'air en me plantant là, avec le vieux dégénéré. Disparue, la frangine, disparue ! C'est tout ce que je peux vous dire. D'ailleurs, que vous le preniez bien ou pas, finalement, ça n'y changera rien. C'est pas ça qui la fera revenir.

Dépité, il s'éloigna d'un pas rapide en direction du gîte.

– Et pourquoi vous ne lui demandez pas directement ? C'est vrai, quoi ! C'est quand même moi qui me suis fait plaquer. Faudrait voir à pas inverser les rôles ! D'ailleurs, si vous arrivez à la joindre, dites-lui que j'en ai rien à foutre d'elle. Elle sait pas ce qu'elle perd !

10 avril - 14 h 12

Le vieil homme soupira, en proie au doute. La douleur lancinante qui lui vrillait le crâne passerait bientôt, comme d'habitude. Devait-il se forcer à avaler un morceau ? Devait-il soigner le mal par le mal et reprendre un verre ?

Il étira ses membres endoloris et se dirigea d'un pas hésitant vers les toilettes. S'il ne ralentissait pas sa consommation d'alcool, les jeunes idiots seraient pris au dépourvu. Sans un opposant à sa taille, ce nuisible se sentirait pousser des ailes. Livré à lui-même, Dimitri leur ferait du mal à tous, même à lui. Il l'avait lu dans son regard, dans sa façon toute personnelle d'accompagner ses paroles d'un sourire qui ne demandait qu'à mordre. La question n'était plus de savoir qui apporterait le malheur, mais quand.

René referma sa braguette. Comme d'habitude, il avait mal visé et la cuvette des toilettes en témoignait. Détachant trois feuilles du rouleau, il frotta les traces jusqu'à ce que plus rien ne subsiste de ce qu'il considérait comme un affront. Non, il continuerait de pisser debout, même s'il passait ensuite des heures à nettoyer pour conserver sa dignité. Le vieil homme se racla la gorge et cracha dans l'eau avant de tirer la chasse. Il ne s'assiérait pour se soulager que lorsque la mort l'y obligerait, pas avant. Quant à ce Dimitri, il ne perdait rien pour attendre. René en avait vu d'autres et ne se laisserait pas abuser par les apparences. Celui qui le coincerait n'était pas encore né. Tous les fanfarons qui s'y étaient essayés avant lui y avaient laissé la vie.

Il tapota la poche droite de son pantalon. La balle l'attendrait encore un peu. Le temps n'était pas encore venu. Avant, il coincerait cet homme.

Se massant les tempes, il passa ses pouces râpeux sur son crâne trop lourd. Son instinct lui soufflait que rien ne ferait revenir la jeune femme disparue. Il aurait voulu des certitudes. Tout ce dont il se souvenait, c'était de ce sang qui n'était pas le sien. Il y avait aussi cette fatigue, cette immense fatigue physique, lourde comme un jour d'orage, comme s'il avait passé la nuit à déplacer des montagnes. Son corps lui envoyait des messages qu'il ne parvenait plus à décrypter.

Le vieil homme retint un soupir de découragement. Lui, qui avait survécu au pire, refusait désormais d'affronter un simple regard. Quand Dimitri l'approchait, il détournait les yeux pour ne pas se mesurer aux cauchemars que chacune de leurs rencontres lui promettait. Le compte à rebours inexorable ne s'arrêterait pas avant le 12 avril, et chaque heure, chaque minute comptait. Mais comment lutter contre les démons qui rôdaient autour de sa vieille carcasse fatiguée ? S'il se contentait de rentrer la tête dans les épaules, ne serait-il pas complice de ce qui se préparait ?

René décida qu'un verre de plus ne lui ferait pas de mal. Pourtant, alors que ses pas le menaient vers le reste de bouteille, sa gorge se serra. Là où aurait dû se trouver son fusil .300 Winchester Magnum, seul le néant le contemplait.

Fouillant frénétiquement chaque recoin de la pièce, il comprit qu'il venait de perdre l'avantage. L'ennemi était venu jusque chez lui. Une envie de meurtre le saisit, faisant palpiter son cœur d'une ardeur nouvelle. Après avoir cédé face à Nolwenn, il venait de commettre une nouvelle erreur et un fusil de plus manquait à l'appel.

Pris de panique à l'idée d'un Dimitri armé et prêt au pire, il passa en trombe d'une pièce à l'autre, vérifiant chacune des caches, comptant et recomptant son inventaire. Mis à part la Winchester du rez-de-chaussée, aucune autre arme n'avait disparu. Les fusils de chasse près de son lit, ceux de l'entrée, derrière la porte, la carabine des toilettes du premier, sans oublier la bonne vieille Sten cachée au grenier avec le stock de munitions étaient au rendez-vous. Si Dimitri se montrait aussi déterminé que René l'imaginait, alors chaque balle compterait et il aurait de quoi lui souhaiter la bienvenue. Pour l'un comme pour l'autre, le destin se scellerait ici et bientôt.

Refoulant les derniers effets de l'alcool, il rebroussa chemin jusqu'au rez-de-chaussée. Son instinct ne l'avait pas trompé. Ceux qui avaient violé son intimité avaient aussi pénétré dans sa chambre. Les bougies renversées l'attestaient. Et surtout le grimoire ouvert, qui éclaboussait la pièce de son contenu, projetant, comme un ultime affront, le dessin d'un vieillard jeté en pâture aux vautours. Quelqu'un avait délibérément choisi la page sur laquelle ses yeux s'attarderaient en premier. Cette menace sans détour lui était adressée. À lui et à personne d'autre. Son challenger lui faisait savoir que la chasse était ouverte et qu'il ne viendrait pas les mains vides.

Un sourire désabusé vint assombrir le visage du vieil homme. Si Dimitri ne quittait pas la ferme de son plein gré, c'était la mort qui les séparerait.

Crispé, René se faufila entre le lit et l'armoire de sa chambre. Glissant les ongles entre les lames du plancher, il dégagea un espace dont lui seul avait connaissance. Si le monde venait à s'effondrer, c'est ici qu'il viendrait chercher sa dernière arme, son ultime rempart, son Tokarev TT33.

Malgré son âge et son corps défaillant, il connaissait la règle élémentaire de celui qui revient vivant du combat : ne jamais sous-estimer l'adversaire. Tels les toreros qu'il admirait, il se focaliserait sur la taille et la brutalité de son opposant pour mieux se préparer aux charges les plus imprévisibles. S'abreuvant de la crainte qui coulerait dans ses veines, il ouvrirait grand les yeux quand le moment serait venu. Préparé au pire, il serait à la hauteur. Et si Dimitri s'avérait indigne de la crainte qu'il inspirait, René n'en serait que plus certain de le terrasser. En venant le provoquer jusque chez lui, son rival venait de réveiller le guerrier endormi.

10 avril - 15 h 50

Nolwenn marchait en tête, songeuse. La longue descente le long de cette route déserte lui avait permis de réfléchir. Derrière elle,

Julie et Yann avaient laissé s'écouler les minutes avant d'ouvrir la bouche. Se débarrasser de Dimitri s'était révélé plus facile que prévu. C'était même lui qui, sans le vouloir, leur avait fourni une excuse que chacun s'était empressé d'accepter. Sa sieste en solitaire ferait du bien au groupe tout entier. Les lourds silences du repas avaient renforcé leur conviction.

Julie avait fini par poser des mots sur la colère qui l'animait. Ce vieux et ses élucubrations ainsi que ses propres doutes sur ce qui avait pu se passer entre Anna et Dimitri l'avaient convaincue qu'elles devaient parler à leur mère et à leur sœur. Elle n'avait rien dévoilé des accusations du vieux à propos de l'hôpital.

Nolwenn accéléra encore le pas, nerveuse et impatiente de pouvoir enfin utiliser son téléphone. Seul dans sa ferme, le vieux aurait pu développer les névroses les plus graves sans qu'aucun professionnel ne pose le moindre diagnostic. Son délire face aux sangliers, son agressivité latente et maintenant ce qu'en avait dit Julie l'interpellaient.

En échangeant le fusil contre son silence, elle avait agi à la légère. En croyant obtenir la paix, elle avait accepté la guerre. L'autre arme aperçue par la fenêtre et l'épisode du marteau le lui prouvaient. Ajouté à l'alcool, l'ensemble méritait que sa mère en soit informée. Arthaud ne pouvait plus veiller sur la ferme.

Le téléphone brandi, le trio poursuivit sa route en silence, ne ralentissant que pour passer un pont de bois peu engageant. Ils replongèrent à travers les arbres, au grand soulagement de Nolwenn. Gravissant l'autre versant du paysage escarpé, ils ne quittaient plus leur téléphone des yeux, priant pour que le réseau reprenne enfin vie. Quitter la ferme, s'éloigner du vieux et de Dimitri, et surtout renouer le contact avec le monde extérieur valait tous les efforts.

La première sonnerie perça le silence de la forêt au moment où, surplombant le chemin, apparut la chapelle de Sainte-Radegonde.

Chacun se jeta sur son écran avec l'avidité de naufragés touchant terre. Pourtant, leur enthousiasme ne dura que le temps de découvrir les deux SMS d'Anna confirmant que son histoire d'amour n'en était plus une et qu'elle ne voulait parler à personne. Résignée, Nolwenn lui laissa à son tour un message avant d'appeler leur mère.

– Tu sais bien que ta sœur fonctionne par à-coups. Laisse-la disparaître quelques jours, si ça lui chante, et ne t'inquiète pas. Elle émergera de sa tanière dès qu'elle aura pansé ses plaies. Elle est comme ça, Anna. Bientôt, ça ira mieux. Tu te souviens…

La jeune femme acquiesçait sans écouter. La situation d'aujourd'hui était différente. Anna n'aurait pas organisé ce séjour en sachant qu'elle allait se séparer de Dimitri. Elle ne leur aurait pas demandé de chambouler leur planning pour ensuite les laisser tomber. Cette désertion ne lui ressemblait pas.

– Et puisque tu y tiens, je vais te dire ce que j'en pense, insista sa mère. Je suis contente qu'elle ait rompu avec ce sale type. Il y a deux mois, elle m'a expliqué qu'elle avait heurté l'angle d'un buffet, mais on ne me la fait pas, à moi. Elle n'a pas voulu porter plainte, mais je crois bien que le meuble en question aurait compris la leçon si elle l'avait fait ! Toutes ces bonnes femmes qui glissent dans l'escalier et qui se collent toutes seules un œil au beurre noir, ça ne passe plus. Et crois-moi, le sien, il était fameux ! Je n'aurais jamais dû accepter de me taire. J'aurais dû vous en parler. Alors, quand j'ai reçu ses SMS, j'ai applaudi des deux mains, tu peux me croire. Quel soulagement ! J'en aurais pleuré.

Loin du téléphone bavard qui s'épanchait à travers le haut-parleur, Nolwenn et Julie en restèrent bouche bée. Leur sœur, battue par Dimitri !

Devant leurs yeux défilaient les moments où auraient pu se cacher les indices révélateurs. En vain. Aucune des deux sœurs n'avait vu quoi que ce soit. Et personne n'était venu à la rescousse d'Anna.

10 avril - 16 h 15

Exaspéré, Dimitri bondit de son lit avant même d'avoir ouvert les yeux. Contenant son irritation, il se laissa guider jusqu'à la porte du gîte par la voix rauque qui s'égosillait. Agressé par l'éclat de la lumière qui baignait la cour, il ne vit pas arriver les deux mains gantées de caoutchouc qui l'empoignèrent par le col. Désorienté, il fit encore un pas avant de repousser le vieux.

– Espèce de salaud ! Qu'est-ce qu'il t'a pris de tracer une étoile sur le puits ? Tu veux faire revenir le diable ? C'est pour ça que tu n'es pas parti ?

Dimitri souleva un sourcil et posa les yeux sur la margelle. Comme pour confirmer les paroles du vieux, des galets parfaitement alignés se détachaient du muret de pierre. Le jeune homme oublia sa mauvaise humeur et s'avança, aussitôt interrompu par René Arthaud, qui lui barra le passage.

– Ne touche plus ce puits, malheureux ! Tu as déjà fait assez de mal. Par pitié, arrête de jouer avec la vie des autres. Pour le bien de tous, je t'en conjure !

Dimitri esquissa un sourire narquois et décida qu'il n'écouterait pas la suite. Le vieux déraillait et il avait d'autres chats à fouetter que de répondre à ses questions. Paris et Anna lui manquaient. Il n'avait jamais entendu parler d'un livre de rituels et, non, il n'avait pas touché au puits. Tout allait bien, merci ! Et, bien sûr, il n'avait pas trucidé Anna !

La distance qui le séparait d'une gare n'était pas infranchissable, même à pied. En partant immédiatement, il atteindrait le monde civilisé avant la tombée de la nuit, loin du taré et des trois abrutis qui lui tenaient compagnie. La scène entre Julie et le vieux lui prouvait à quel point ils étaient tous à cran. Lui-même n'avait pas brillé par l'exemple en s'emportant contre le chat.

Derrière lui, un gant rose, accusateur, s'agitait. Avait-il levé la main sur Anna ? L'avait-il réellement obligée à partir, à fuir ? Tout ce dont il aurait dû se souvenir se perdait dans un brouillard informe. La soirée tout entière se résumait à un départ vers un casino isolé en pleine campagne, puis plus rien. Plus de voiture. Plus d'Anna.

Incapable de rentrer, incapable de supporter les autres, il crevait à petit feu de s'être fait plaquer. Comment leur expliquer qu'il n'osait pas rentrer chez lui, qu'il n'était pas prêt à affronter les traces de son absence ? Comment avouer qu'il redoutait le moment où il croiserait une culotte ou une brosse à cheveux abandonnées dans son appartement ?

Bien décidé à se débarrasser du vieux, il s'avança vers la margelle du puits. Jamais il ne se laisserait intimider par qui que ce soit, et ce dégénéré imprégné d'histoires à dormir debout ne lui imposerait pas sa volonté.

Dimitri s'autorisa un rire nerveux. Le vieux aurait presque réussi à semer le doute avec toutes ses âneries d'un autre âge. Que les pierres soient alignées ou non, qu'elles tracent une étoile ou même *La Joconde* n'avait aucune espèce d'importance ! Celui qui les avait déposées aurait pu recouvrir le puits et toute la surface de la cour de petits cailloux que cela n'aurait en rien changé la face du monde. Le vieux perdait la tête, et ses interdictions idiotes ne l'arrêteraient pas. S'il choisissait de toucher son fameux puits, qui l'en empêcherait ?

Dimitri repoussa le bras qui tentait de le bloquer et posa une main décidée sur la pierre. Plongeant les yeux dans ceux du vieux, il le défia en silence.

– Tu vois, l'ancêtre, il ne se passe rien ! Il faut te faire un dessin pour que tu comprennes que ton puits de merde n'a aucun pouvoir ? Regarde bien !

Dimitri posa son autre main sur la margelle, franchement. René Arthaud chancela. Blême et défait, il tourna les talons. Dans son dos, le visage triomphant du jeune homme se liquéfia en un masque de confusion teintée de douleur. Pris dans l'étau invisible qui enserrait ses poignets, celui qui avait cru dominer la matière et les hommes venait de rencontrer la peur. Ses yeux écarquillés virent le gîte, la ferme et la cour s'estomper, puis disparaître, emportés au-delà de son champ de vision.

Courant sans autre but que celui de fuir ce puits qui le poursuivait, il écarta des branches et dévala une pente. Perdant l'équilibre, il s'étala douloureusement sur le sol d'une forêt qui n'était pas là la seconde précédente. Assis dans la boue et les feuilles, il leva des yeux désorientés vers la rivière immobile. Sur sa droite, un vieux canot vermoulu l'attendait, comme pour lui suggérer une traversée improvisée. Pourtant, l'état de l'embarcation, la couleur de l'eau et la distance jusqu'à l'autre rive le ramenèrent à la raison. Personne ne franchirait cet obstacle sans y laisser la vie. Alors, spectateur d'une scène qui le dépassait, il se précipita de nouveau à travers la forêt, vers cette langue étroite et raide qui le ramènerait jusqu'à la civilisation. Pour échapper au piège qui se refermait, il traversa de nouveau la cour, sans un regard pour le puits, d'où s'échappait maintenant une voix qui lui glaça le sang : Anna le suppliait. Ses cris d'angoisse l'appelaient, hurlant pour qu'il la libère.

Terrassé par la peur, il vit les doigts agrippés à la margelle. Il devina la masse de cheveux qui remontait. Il croisa le regard mort et vide de celle qu'il avait aimée. Incapable d'avancer, il hurla à son tour pour ne plus voir, pour ne plus ressentir la peur qu'Anna lui jetait en pâture, pour empêcher l'odeur de putréfaction de se poser sur sa peau, sur ses joues, dans sa bouche. Écrasé par la certitude que ce rêve éveillé le tuerait, s'il ne se pliait pas à la volonté de cette femme, il se figea.

Alors qu'il tentait de chasser l'image d'Anna, une nouvelle vision prit le relais : une autre femme, cachée par les arbres, l'attendait. Témoin de sa propre fin, il devina l'attente fébrile d'un doigt qui le guettait, faisant de lui sa cible. Prêt à lui faire payer ses actes. Dans sa fuite impossible, comme à la chasse, comme à la guerre, le moment opportun surviendrait sans crier gare et il mourrait.

Désormais, sa vie entière ne tenait plus qu'à un petit cylindre métallique au creux de la chambre de percussion d'un fusil.

Étourdi par la détonation, Dimitri poussa un cri et bascula en arrière, s'effondrant sur le gravier blanc, abasourdi par la vision de sa propre fin. Cette scène de chasse, trop réelle, était bien plus qu'une hallucination. Tremblant, Dimitri réalisa que le puits venait de lui envoyer un message et que seul le temps le séparait de cette fin annoncée. L'enfer qui l'attendait passerait par cette forêt et il connaissait le nom de celle qui scellerait son destin : Julie.

10 avril - 16 h 30

Dépassant les vestiges de pierre qui les entouraient, ils s'accordèrent une nouvelle pause. Derrière eux, la chapelle de Sainte-Radegonde, aux murs parfaitement entretenus, contrastait avec les alentours baignés de nostalgie ancienne. Sous leurs pieds, une multitude de pierres plates les contemplaient, posées de guingois à même la terre. Sans qu'ils y prennent garde, leurs pas les avaient menés jusqu'à ce vieux cimetière oublié.

– Bon, elle a peut-être raison, votre mère.

– Je veux bien qu'Anna ait eu envie qu'on lui foute la paix, mais quand même ! s'énerva Julie. J'aurais préféré qu'elle prenne le temps de nous parler. Elle croit peut-être que deux misérables messages vont nous rassurer ?

– Va falloir se faire une raison : elle n'a plus vraiment besoin de ses grandes sœurs, soupira Nolwenn, déçue.

Chacune comprenait que leur réaction exagérée ne ramènerait pas Anna. Leur mère avait vu juste et elles auraient tout le temps d'en discuter plus tard. Si leur petite sœur avait réellement mis fin à une relation toxique, voire dangereuse, alors le champagne serait de mise pour fêter sa libération, et rien ne justifiait leur appréhension.

Perdues dans leurs pensées, elles s'attardèrent sur le paysage. Ici, le gîte et la ferme n'existaient plus, tout comme Dimitri. Avalés par la forêt aux pentes sauvages, ils avaient disparu. En construisant la retenue d'eau qui le cernait, les hommes avaient fait de ce morceau de forêt un *no man's land* invisible.

Légèrement en retrait, Yann alluma une nouvelle cigarette, songeur. Prise par les événements, Nolwenn n'avait pas remis le sujet qui les tracassait sur le tapis. Mais, il le savait, elle reviendrait à la charge et exigerait une réponse, une action. Quand il parlait du bonheur, elle, elle le construisait. Pour deux ou bientôt trois, s'il acceptait d'avancer, mais il ne savait toujours pas s'il pourrait dire oui. Jamais elle n'accepterait un refus, mais comment lui faire comprendre qu'il ne voulait pas d'enfant ? Comment lui dire qu'il refusait de toute son âme de participer à un avenir promis aux ravages du temps ? Comment ne pas penser à la part de responsabilité qu'elle lui demandait de porter ? Car ce bébé finirait par grandir, souffrir, s'étioler et disparaître sous une pierre froide.

– Bon, il me file toujours les chocottes, Dimitri, mais j'ai des doutes, lança soudain Julie, plus sérieuse que jamais. Malgré ce qu'a dit maman, on n'est sûrs de rien. Sans rire, pour le bleu sur le visage d'Anna, supposez juste un instant que le gars n'ait rien fait et qu'elle soit réellement tombée toute seule. Avouez que ça ne serait pas cool d'accuser un innocent !

– Ce type doit dégager, la coupa Nolwenn. Ce pique-assiette n'a aucune raison de traîner avec nous. Même s'il n'a rien fait, c'est un boulet.

Yann et Julie échangèrent un regard appuyé. Pris au dépourvu, chacun tenta d'évaluer le cheminement de l'autre. Julie baissa les yeux, indécise.

– Si tu veux, on rentre, se contenta de lancer Yann.

– On lui dit quoi si on le jette ? Vous avez vu, ce matin, il s'est même pas énervé quand je l'ai accusé d'avoir fait fuir Anna. Moi, si on m'avait laissé tomber dans ce trou perdu, j'aurais été beaucoup plus virulente que ça. Finalement, j'ai l'impression que ce mec est juste blessé de s'être fait larguer et qu'il ne sait pas comment réagir. Rien de plus.

Nolwenn ne put réprimer une grimace.

– Ouais, tu parles ! Et s'il a vraiment tabassé Anna, c'est toi qui iras lui dire que c'est pas grave ? Tant que t'y es, pourquoi tu ne lui tapotes pas la main en disant qu'elle l'a mérité ? Je te rappelle qu'on parle de notre sœur ! Quand bien même il ne l'aurait jamais touchée, le fait qu'on formule la question montre qu'il y a un problème avec ce type. Et puis vous avez vu sa réaction avec le chat ? Vous imaginez ce qu'il lui aurait fait si on n'avait pas été là ? Regardez comme il est monté dans les tours sans transition.

Yann acquiesça.

– Vous savez à quoi on reconnaît les sales types ?

– Non.

– Moi non plus, et c'est justement à ça qu'on les reconnaît !

10 avril - 16 h 40

Dimitri secoua la tête pour en expulser les images qui s'y bousculaient. Les charlatans qui prédisaient l'avenir et se trompaient une fois sur deux ne l'avaient jamais impressionné. Les voyantes pouvaient aller se rhabiller avec leurs boules de cristal et leur tarot. Il n'entrerait jamais dans leur jeu. Désormais, l'adulte qu'il était devenu ne croyait plus en rien. Pour ne pas craquer, son cerveau avait ouvert une soupape de sécurité et, comme dans un rêve, avait fait défiler pêle-mêle tout ce qui le tracassait pour mieux l'en débarrasser.

Quelques antidépresseurs ou une cure de vitamines lui remettraient vite le pied à l'étrier. Ensuite, il appellerait Anna pour lui dire ce qu'il en pensait. Lui rendre visite permettrait d'enfoncer le clou. Elle devait comprendre qu'il décidait lui-même de sa propre vie et que personne ne le dominerait jamais, surtout pas une femme ! Pour commencer, il libérerait de la place dans sa galerie et la laisserait vendre ses tableaux ailleurs !

Un Klaxon vint interrompre son monologue intérieur. Malmené par les nids-de-poule, un inconnu déboucha du chemin au volant de sa camionnette.

– Ça m'embête de vous déranger, mais je viens ravitailler René Arthaud. Vous savez s'il est là ? Avec tout ce qu'il s'envoie, il est peut-être pas en état !

L'homme ponctua ses mots d'un clin d'œil, auquel Dimitri ne répondit pas, se contentant d'un hochement de tête qui ne voulait rien dire.

– Vous inquiétez pas, j'ai l'habitude. Quand personne répond, je fais avec. Arthaud, il est connu pour ça, alors je vais lui laisser ce qu'il a commandé et je repasserai un de ces jours. Avec lui, pour être payé, c'est toujours la croix et la bannière. Pourtant, c'est pas faute de lui répéter, au René : s'il veut de la marchandise, il faut qu'il règle sur place ! Mais non, ça traîne toujours. Un jour, je vais le planter là et il se débrouillera tout seul, croyez-moi ! Et je peux vous dire que sa mobylette, elle suffira pas, question ravitaillement. Il sera pas au bout de ses peines, l'ancêtre, surtout s'il a du monde comme en ce moment !

Son regard s'attarda sur les deux voitures garées.

– Vous êtes nombreux, on dirait. Il ne m'a pas prévenu qu'il faudrait laisser des provisions en plus. Vous pourrez lui dire de m'appeler ?

– Quoi, il a le téléphone ?

L'homme écarquilla des yeux désabusés.

– Si seulement c'était aussi simple ! Mais non, il préfère se taper trois kilomètres pour aller parasiter ses voisins.

Désignant le poteau qui reliait la ferme au reste du monde, il reprit.

– Quand je vous disais qu'il en tenait un grain, le vieux ! Et têtu comme une mule, par-dessus le marché, croyez-moi ! Vous voyez, c'est pas qu'il l'ait jamais eu, le téléphone. Non, c'est juste que la tête de pioche qui lui sert de caboche ne veut pas payer pour rien. Et puis, entre nous, je parie qu'avec son caractère de cochon, il ne devait pas avoir grand monde à appeler ! Sans parler de ses délires, qui n'arrangent rien, croyez-moi.

Après avoir pris le temps de vérifier sa liste, l'homme s'assura que les cageots posés devant la porte ne tomberaient pas.

– Bon, je vais vous laisser, mais dites-lui de pas tarder pour l'ardoise en retard. S'il lui faut autre chose, qu'il me fasse signe !

L'homme s'avança, mains tendues.

– Ça va ? Vous avez l'air un peu perdu. J'espère que vous n'avez pas goûté à son tord-boyaux ? Faut jamais le laisser vous entortiller avec ses simagrées. Il a l'air de rien, mais c'est une force de la nature, le bonhomme, et personne ne fait le poids au niveau picole. Entre sa gnôle et ses histoires à dormir debout, il faut être solide. Je parie que, vous aussi, il vous a bassiné avec son puits. Moi, j'y ai droit à chaque fois. À l'entendre, on prendrait ses jambes à son cou en hurlant. Mais dans le fond, j'avoue qu'il me fait bien marrer avec ses malédictions à la noix ! Même s'il change souvent les détails, ça vaut le détour.

L'homme soupira, sérieux.

– Ah, ça, pour vous farcir la tête de tout et n'importe quoi, il est fort, le René ! Mais quand il faut sortir le porte-monnaie, c'est tout de suite autre chose !

Dimitri secoua la tête, l'encourageant à poursuivre sans le vouloir.

– Le folklore commence en 1870, juste avant la guerre. Vous me direz qu'ici, on n'était pas tellement concernés par les Prussiens, mais vous allez voir que si, finalement. Enfin un peu. C'était au printemps et les gens du coin s'apprêtaient à célébrer un mariage entre un vieux gars qui avait perdu son épouse et une jeune demoiselle, une cousine. À ce qu'il m'a raconté, la pauvre fille n'avait guère envie d'aller avec le vieux vicelard, mais à l'époque, on ne faisait pas toujours dans la dentelle.

Une lueur d'amusement dans le regard, il marqua une pause avant de reprendre.

– Et puis, à défaut d'amour, y fallait régler le partage des terres et tout le bazar. Vous savez, quand quelqu'un y passait, on ne restait pas longtemps les bras ballants. Il fallait nourrir les orphelins et faire pousser la terre. Et surtout, on s'arrangeait pour marier les filles du coin avant que l'envie de trouver ailleurs ne les prenne ou qu'elles se dessèchent comme des vieilles pommes.

L'homme caressa les plaques qui obstruaient le puits.

– Tiens, c'est nouveau, ces battants ! C'est dommage, ça empêche de voir le fond.

Comme pour en tester la résistance, il se pencha et heurta le métal.

– Y avait donc cette petite qui avait reçu la bague de fiançailles sans avoir pu dire ni oui ni quoi. Évidemment qu'elle n'en voulait pas ! Tu parles, vu qu'avec le cadeau, il fallait aussi se farcir un vieux bonhomme pas tout à fait à son goût. Mais finalement, d'après ce qu'Arthaud m'a raconté, elle avait pas eu son mot à dire. Et puis, à ce qu'il paraît, la bague, c'était pas du toc, avec une pierre aussi grosse que l'ongle. Un vrai trésor à l'époque !

Prenant des allures de conspirateur, le marchand plissa les yeux d'un air entendu.

– Mais ce qu'elle ne savait pas, c'est qu'il la tenait de sa famille. Pardi, il l'avait retirée du doigt de sa défunte femme juste avant qu'on ne la mette en terre. Avant qu'elle durcisse et qu'on ait à lui décrocher à la hache.

L'homme se passa une main sur le visage comme pour retrouver le fil de ses pensées.

– À vrai dire, la pauvre fille, elle avait assez gambergé pour en conclure qu'elle n'était pas faite pour cette vie-là, mais elle était bel et bien piégée, faite comme un rat. Alors, elle a fini par se jeter dans le puits. Sauf qu'après, le futur époux a voulu récupérer ce qui lui appartenait, sans rien demander à personne. Il s'est cramponné à une corde et il est descendu. Sauf qu'il a dérapé et qu'il s'est brisé le cou.

Dimitri acquiesça, absorbé malgré lui par le récit.

– Après, faut pas être sorti de la cuisse de Jupiter pour deviner la suite. Les autres, ils en ont été quittes pour aller chercher non pas un cadavre, mais deux. Et donc, on ne sait pas trop ni quand ni comment, vu que tout le monde était là à pas en perdre une miette, mais la bague, eh bien, je vous le donne en mille, elle s'était évaporée. On n'a jamais su si quelqu'un l'avait cachée pour revenir la chercher plus tard ou si elle était tombée au fond, mais toujours est-il qu'on ne l'a jamais retrouvée. Mais l'histoire s'arrête pas là, vous allez voir ! Dans les semaines qui ont suivi, y a encore deux gars qui ont décidé d'en avoir le cœur net. Et là, je vous le donne en mille encore, y en a un qu'a glissé sans demander son reste. Mais c'est pas tout ! Après avoir remonté le cadavre de son pote, voilà que l'autre a attrapé une pneumonie. En trois jours, lui aussi, il était raide comme du bois. Finalement, ce puits, il les a tous pris les uns après les autres ! Mieux que ce pharaon et la malédiction qui a tué tous ceux qui avaient découvert son tombeau.

Le reste de la légende se perdit au milieu des bavardages du commerçant tandis qu'il finissait de décharger la commande.

Quand le camion démarra enfin, Dimitri, dépité, réalisa qu'il venait de laisser partir son unique chance de quitter les lieux le soir même. Contrarié, il décida de retourner se coucher en attendant les autres. Quoi qu'il arrive, il aurait besoin de forces.

Au moment précis où il tourna le dos, un froissement d'ailes le fit sursauter. Posées sur les plaques de métal qui fermaient le puits, deux tourterelles le dévisageaient d'un œil menaçant.

10 avril - 17 h 07

Ces deux oiseaux s'étaient posés là par hasard et ils disparaîtraient bientôt. Rien dans leur attitude ne les démarquait de leurs congénères, tous plus stupides et bornés les uns que les autres.

Dimitri tourna la tête lentement, sans en avoir l'air. Eux aussi. Leurs petits yeux ronds étaient fixés sur lui.

L'estomac du jeune homme se contracta. Cette ferme et ses habitants lui donnaient la nausée ; son esprit bouillonnant faisait le reste. En quittant les lieux, il laisserait derrière lui les histoires improbables du vieux. La vision de Julie et du fusil ne serait bientôt plus qu'un vague souvenir. Dans l'immédiat, seule comptait la disparition d'Anna.

Dissimulées derrière leur long manteau gris, les deux tourterelles attendaient qu'il fasse le premier geste. Il n'était plus un enfant et ne se laisserait pas ridiculiser par deux parasites insignifiants. L'incident du collège resterait enfoui. Ici, personne ne se souvenait de l'ado qu'il avait été ou de la mêlée gris plume déclenchée par le sac de pain vidé sur sa tête. Jamais il n'avait parlé des pattes sur sa peau, des coups de bec dans ses cheveux, des coulures brunes sur sa bouche. Jamais il n'avait osé dire l'horreur de ne pas pouvoir s'enfuir, attaché sur un banc par des abrutis. Depuis, les pages de sa vie avaient tourné, recouvrant les traces du passé d'un baume apaisant.

La bouche sèche, Dimitri hésita. Devait-il les effrayer ? Crier ? Reculant d'un pas, il força un large sourire. Ces tourterelles pourraient le regarder de travers aussi longtemps qu'elles le voudraient, il ne broncherait pas. Désormais, les pigeons, il les mangeait. Leurs roucoulements provocateurs n'y changeraient rien. Le passé n'existait plus. D'ailleurs, le vieux avait raison. Les nuisibles méritaient d'être chassés. La démonstration en avait été faite hier soir avec le chat et les sangliers.

Poing en avant, il s'élança vers le puits pour s'immobiliser aussitôt. Aucun des oiseaux n'avait réagi. Au contraire, la tête penchée d'un côté, puis de l'autre pour mieux le dévisager, les deux volatiles semblaient le narguer.

D'un même élan concerté, ils sautèrent de la margelle sans afficher la moindre trace de peur. Le poitrail en avant, les ailes dépliées, les deux adversaires défiaient Dimitri. Mais le jeune homme n'était pas dupe. Puisqu'ils en avaient décidé ainsi, il rentrerait dans leur jeu d'hypocrites. Il ramassa, d'un air détaché, deux pleines poignées de gravier.

Les oiseaux se figèrent. Dimitri afficha un sourire.

– Venez voir papa, leur lança-t-il à la face, avant de les mitrailler de projectiles.

Portées par la rage de ces derniers jours, ses munitions firent mouche, repoussant les deux agresseurs dans un nuage de déroute. Accompagnant chaque coup victorieux d'éclats de rire retentissants, le jeune homme exultait. Personne n'avait de droits sur lui, pas même Anna ni ses sœurs ! Pas même ces foutus pigeons !

Blessées, les deux tourterelles s'élevèrent hors de portée, laissant augurer une victoire totale. Pourtant, quand un troisième oiseau croisa le regard de Dimitri, la peur changea de nouveau de camp. Surgi du néant, le nouvel assaillant se mêla aux deux premiers pour un survol où ne planait aucun doute.

Trois missiles aux ailes repliées fondirent sur Dimitri, couvrant instantanément ses bras et son crâne de filets rouge vif, le ramenant sans détour vers le passé et la terreur enfouie. Submergé par la proximité des plumes sur son visage, par le frottement de leurs corps sur sa peau, ses cheveux et ses lèvres, il perdit pied. Les poings serrés, il frappa sans réfléchir, la bouche ouverte sur un cri sans fin.

Un premier adversaire, touché de plein fouet, s'écrasa au sol. Le suivant lui écorcha le visage. Une griffe se planta dans son arcade. Une poignée de plumes arrachée voltigea. Une nouvelle salve entailla son crâne. Une aile se brisa.

Aujourd'hui, chaque victoire se payait au prix fort. Désormais, Dimitri rendait sans compter ce qu'il recevait. Anna en avait fait l'expérience ! Refermant la main sur la patte la plus proche, il projeta au loin son assaillant, dégageant sa nuque du bec qui labourait sa peau offerte. Aveuglé par la douleur, il heurta la porte du gîte et s'y agrippa, repoussant l'assaut suivant de son bras libre. Pareil à ces naufragés accrochés à leur bouée, il tira sur la poignée tout en saisissant l'assaillant le plus proche. Utilisant la porte qui s'ouvrait, il fracassa sans merci la frêle coque de noix qui tenait lieu de tête à son adversaire et se faufila à l'intérieur.

Trop lente, la vague qui suivit n'eut pas le temps d'entrer tout à fait avant que la porte, étau implacable, ne se referme sur les ailes ouvertes. Coincée, la dernière tourterelle n'évita pas la chaussure qui la piétina. Les deux mains sur la poignée, comme pour s'assurer que plus rien ne franchirait le seuil de son refuge, Dimitri se vengeait du poids du passé. Il s'acharna jusqu'à l'épuisement sur la masse rougeâtre, qui ne serait plus jamais une menace pour qui que ce soit.

Hagard, il se laissa enfin glisser à terre, loin du carrelage et des projections qui maculaient le sol et les murs. Entre ses doigts serrés, une tête aux yeux vides le regardait encore.

10 avril - 17 h 25

Pris de vitesse, René Arthaud avait lâché son rideau pour se précipiter sur le premier balai venu. Céder à son élan et s'emparer d'un pistolet ou d'un fusil aurait multiplié sans fin les problèmes avec sa patronne. Incapable de se justifier sans entrer dans les détails, il se serait couvert de ridicule.

La situation appelait une réponse autrement plus énergique que les bla-bla de cette femme ou de ses semblables. Ces oiseaux étaient la preuve criante que leur adversaire récupérait ses forces. Maintenant que le puits reprenait l'initiative, aucun des visiteurs n'était en sécurité. S'ils ne partaient pas, le destin les rattraperait sans y mettre les formes. Ils ne l'avaient pas compris, mais le temps du choix se réduisait à peau de chagrin.

Le vieil homme aurait voulu crier, frapper, agir, les pousser manu militari jusqu'à leur voiture. Mais comment leur parler du

12 avril sans passer pour un illuminé ? Comment leur expliquer que le sang versé l'est toujours pour des raisons futiles ? Comment leur parler des regrets de ne pas avoir évité le pire ?

Cinq ans auparavant, la mort était déjà venue frapper à sa porte alors que le gîte n'était encore qu'une grange ouverte aux quatre vents. René n'oublierait jamais la lumière qui brillait dans le regard de ce jeune couple venu poser ses sacs à dos le temps d'une nuit. Quand il les avait trouvés, allongés dans la paille, c'est la peur qui l'avait guidé. Pourtant, en les chassant pour les sauver, il n'avait fait que se plier à la volonté du puits, et ses efforts s'étaient soldés par un drame dont les détails le perturbaient encore.

En s'échappant par la rivière, le couple avait provoqué sa propre perte. Seul le corps de la fille avait été retrouvé. Emporté au fond du lac, l'homme avait livré sa chair à tout ce qui possédait une bouche et un estomac. Depuis, perdue entre les ronces et l'oubli, à l'abri des regards et du temps, la barque qu'ils avaient utilisée pourrissait en bas du chemin, attendant son heure.

Devant lui, le dernier oiseau valide fixa René de son œil mort. Tous deux savaient que le combat serait inégal. Depuis qu'il avait posé ses pattes sur le puits, l'animal n'était plus lui-même. Quitte à en mourir, il suivrait le destin tracé par une force dont il n'était que le jouet. Comme ses frères d'armes avant lui, il ne fléchirait pas.

S'élevant au-dessus du vieux, il plongea et esquiva les charges désordonnées du balai qui s'agitait. L'attaque suivante le cueillit en plein vol et le plaqua vicieusement au sol. Sa dernière perception fut celle de deux gants roses qui s'approchaient. Avant qu'il ne perde conscience, un cri aigu et lointain traversa l'air, ne lui accordant qu'une infime seconde de répit.

Les battements chaotiques se figèrent sur un dernier soubresaut, avant que Nolwenn ne puisse intervenir.

– Mais vous êtes malade ! hurla la jeune femme en arrachant le balai des mains de René Arthaud.

Imperturbable, l'homme retrouva son équilibre et lui répondit par un sourire. Un talon sur la tête de l'oiseau, il l'enfonça profondément dans le gravier, son regard plongé dans celui de la jeune femme.

Rien n'aurait pu effacer l'expression qui s'afficha sur son visage émacié, pas même la main qui le gifla. Aujourd'hui, leur camp venait de marquer des points contre l'obscurité et rien ne pourrait lui ravir sa victoire.

Julie, défaite, fixait les restes de la tourterelle disloquée. Yann, stoïque, tirait sur sa cigarette en plissant le front. Dans son œil, une lueur d'incompréhension amusée posait mille questions silencieuses auxquelles René comprit qu'il devrait répondre.

Coupant court à la tempête qui s'annonçait, René Arthaud couvrit le tumulte de sa voix grave.

10 avril - 17 h 38

Le tintement répété de la cuillère sur la tasse marqua la fin de l'attente, leur signalant que le vieux était prêt. De ses yeux émergeait une lumière plus noire que l'encre de leurs pensées. Les paroles à venir lui pesaient sur l'estomac. S'ils ne le suivaient pas, s'ils persistaient à le prendre pour un fou, certains d'entre eux mourraient.

– Ce puits est une porte qui nous relie au passé. Un miroir grossissant qui éclaire ce que nous ne voulons pas voir, un accès direct à l'histoire intime de chacun de nous, avec ses parts d'ombre et ses détails sordides. De ceux qui devraient rester enfouis pour toujours, vous savez, les petits renoncements, les trahisons et les petites choses pas reluisantes dont chacun de nous garde le souvenir en priant pour que personne ne l'apprenne.

Nolwenn et Yann échangèrent un regard incrédule. Le vieux allait donc tenter de les embarquer dans un nouveau délire.

– *La* vérité, voilà ce qui vous attend si vous persistez à vouloir rester. La vérité crue et violente, la vérité comme vous ne l'avez jamais souhaitée ! Avec cet endroit, vous irez jusqu'au bout du miroir et vous en crèverez !

Yann esquissa un sourire désabusé.

– Et si nous refusons de vous croire ?

– Que vous l'acceptiez ou non, elle vous éclatera au visage au moment où vous vous y attendrez le moins. Nous pensons tous qu'il suffit de balayer nos erreurs sous le tapis de l'oubli, et c'est pour ça que cet endroit nous prend par surprise. En réalité, c'est dans la noirceur de nos âmes qu'il puise son énergie pour mieux nous trahir.

– C'est du pur délire, tenta de s'indigner Nolwenn.

– Vous voulez qu'on parle de l'hôpital ?

La menace à peine voilée la laissa sans voix.

– Ce trou maudit grignotera votre cerveau pour mieux vomir à la face du monde ce que vous êtes vraiment ! Il trouvera le chemin de vos pires cauchemars et nous les fera partager à la puissance dix. Que vous le vouliez ou pas, nous sommes tous reliés les uns aux autres par nos décisions. Nos vies sont interconnectées et chaque faux pas a un prix. Ce qui fait la consistance, l'épaisseur, la crème et la saveur d'une vie d'homme est stocké dans nos mémoires pour y être déniché et révélé par la pourriture de ce lieu.

– On croit rêver ! s'exclama Julie. Ça y est, vous êtes reparti avec vos délires ! Franchement, j'hallucine. Ça me rappelle les vieux épisodes de *Scooby-Doo*, quand on voit gros comme une maison que c'est bidon. Si on était dans un film ou dans un bouquin, c'est maintenant que les choses commenceraient à vraiment déraper !

– Vous ne croyez pas si bien dire, mademoiselle.

Julie dévisagea longuement le vieil homme.

– Bon, ce petit jeu a assez duré. Ce puits, c'est votre cerveau contaminé qui l'a rempli, rien de plus. Cette tourterelle ne vous avait rien fait, et c'est pas en nous déblatérant votre philosophie de comptoir que vous nous ferez avaler la mort atroce de ces oiseaux. Et Dimitri, non plus, ne s'en tirera pas comme ça !

– En parlant de lui, je ne vois pas pourquoi il resterait cloîtré dans sa chambre alors qu'on est tous ici, enchaîna Nolwenn. Pourquoi il ne viendrait pas nous expliquer son rôle dans cette… dans cette… cette boucherie ? bafouilla-t-elle.

Excédée, Julie enchaîna sans attendre :

— C'est vrai, quoi : qu'est-ce que vous avez à vouloir trucider toutes ces pauvres bêtes ?

– Vous n'avez pas vu de quoi ces saloperies sont capables. Mais vous ne perdez rien pour attendre.

L'homme soupira, un soupçon d'inquiétude dans le regard.

– Ces oiseaux n'étaient plus maîtres de leurs actes. Ils étaient possédés, et ça, vous n'y pouvez rien. Moi non plus. Allez-y, expliquez-moi ce qui pousserait des animaux froussards comme pas deux à se jeter sur un homme ? Quand il redescendra, demandez donc à votre ami ce qu'il en pense ! Pareil avec le rassemblement des sangliers dans la cour. Avouez qu'il y a un truc qui cloche et que les bêtes déraillent complètement. Croyez-moi, ces foutus kamikazes, c'est pas normal !

– Ah ouais ? Moi, c'est ce que j'ai vu qu'est pas normal ! Tout le reste, c'est du bla-bla !

Julie soupira. Paris lui manquait et digérer la vision des oiseaux écrabouillés lui prendrait du temps. Le vieux l'exaspérait. L'alcool n'expliquait pas tout. Un rouage s'était détraqué depuis bien longtemps dans le cerveau du fossile. Excédée, elle décida qu'elle en avait assez entendu.

– Bon, pour tout vous dire, vos excuses à deux balles, je m'en tape ! Dites-nous simplement pourquoi vous avez fait ça. Et les escargots, tant que vous y êtes ! Je pense que maman sera ravie d'entendre le petit résumé que je lui en ferai !

– Vous croyez tout savoir, hein ? Moi aussi, à votre âge, je pensais que rien ne pouvait dérailler, que chacun avait une place bien définie dans l'univers. J'étais même persuadé qu'il suffisait de la ramener un peu plus fort que les autres pour avoir raison, un peu comme vous. Mais la différence, c'est qu'à vingt ans, j'avais déjà versé du sang au nom de mon pays ! Alors, par pitié, arrêtez de croire que vous avez tant que ça à m'apprendre ! Si vous voulez mourir, libre à vous, mais pour ma part, je préfère m'abstenir aussi longtemps que possible !

L'arrivée de Dimitri coupa court à tout autre argument. Son visage blême, constellé d'étoiles rouges, témoignait encore de la fureur des oiseaux.

10 avril - 18 h 19

Alternant les poses théâtrales, René Arthaud se détachait du puits en arrière-fond.

– Puisque vous voulez tout savoir, alors allons-y, mais je vous préviens qu'il faudra ouvrir les oreilles.

L'homme marqua une seconde de silence, sûr de son effet.

– Je sais bien que, finalement, la vie se résume à un trait fugace, tiré à la va-vite entre deux dates, mais l'intervalle qui les sépare me concerne au plus haut point. Et vous aussi. Pour échapper au puits, il faudra vous déconnecter de vos rancœurs passées.

– C'est le mode d'emploi pour devenir aussi dingue que vous ? murmura Julie pour elle-même.

En d'autres circonstances, avec ses bras levés en une parodie de prêche, l'homme aurait déclenché un fou rire. Pour l'heure, les mines étaient graves.

En retrait, Dimitri ne bronchait pas. Réticent à l'idée de les suivre, il n'avait accepté de quitter le gîte qu'avec la promesse formelle que le vieux leur expliquerait le comportement des oiseaux.

René Arthaud s'en donnait à cœur joie.

– Nolwenn, expliquez-moi pourquoi la vie des autres a si peu d'importance pour vous, lança-t-il, la prenant au dépourvu. Vous croyez vraiment que vous pouvez choisir à leur place s'il faut continuer ou non ?

Un mur de silence interloqué s'érigea autour de chacun des présents.

– Yann, vous qui n'avez soi-disant pas peur de l'avenir, pourquoi vous obstinez-vous à ne pas transmettre la vie ? Quant à vous, Julie, quand comprendrez-vous que la beauté des gens n'est pas dans ce qu'ils montrent, mais bien dans ce qu'ils sont ? Allez-vous saisir que le bonheur et l'amour échappent à ceux qui refusent de lâcher prise ? Quand accepterez-vous de vous livrer corps et âme dans une relation ?

Pointant un doigt noueux vers Dimitri, l'homme plissa les sourcils.

– Et vous, Dimitri, pourquoi le puits refuse-t-il de me livrer vos secrets ? N'en avez-vous donc pas ? Que s'est-il passé avec Anna ?

Coupant court aux protestations qui s'annonçaient, René Arthaud ne leur accorda aucun répit.

– Votre problème, c'est que l'idée même de vieillir et de mourir vous épouvante. C'est pour ça que vous refusez d'affronter l'avenir ! À force de vous accrocher à ce que vous avez, vous refusez d'avancer. Ce qui viendra demain vous empêche de savourer pleinement chaque aujourd'hui de votre vie. Mais réveillez-vous, et vite, car dans la vraie vie, aucune crème anti-malheur ne vous aidera à éviter les brûlures du soleil !

Nolwenn serra le bras de Yann, consciente de la fraîcheur du soir sur sa nuque.

Franchissant le temps, le vieil homme redonna des couleurs aux générations qui s'étaient succédé en ce lieu, farouches gardiennes de cette terre et de ce puits qui avait propagé le malheur d'une époque à l'autre. Il leur raconta les épidémies et les disettes. Les orages et les sécheresses. Il leur parla des habitants et des guerres quand, disséminés sur les champs de bataille de l'Europe assoiffée de sang, les hommes s'étaient laissé faucher au son du canon d'une grande armée, marchant sans détour vers le feu et le froid de l'oubli.

Absorbé par les paroles du vieux, le groupe plongea avec lui dans les ténèbres de ces années perdues, lorsque, loin de la furie des combats, les femmes avaient poursuivi la lutte, allant et venant autour de la ferme pour noyer leur désespoir dans le travail, sous le silence de la cloche de Sainte-Radegonde, confisquée par la guerre, fondue pour son précieux métal qui ne sonnerait plus le tocsin, mais faucherait les rangs ennemis. Esseulées, les fermes avaient renoué avec les jours maigres et la peur du lendemain, et les derniers survivants avaient abandonné les lieux.

Soixante années s'étaient ensuite écoulées avant que la forêt ne s'entrouvre de nouveau pour reprendre sa place sur les cartes. Le puits avait été déblayé et de nouveaux rires étaient venus illuminer les pentes escarpées de ce lieu rebaptisé Beausoleil. Des débris du passé, les nouveaux venus avaient tiré les plus belles pierres pour construire une ferme, à laquelle était venue s'adjoindre une grange.

Yann, Nolwenn et Julie voulurent en savoir plus, et c'est avec une pointe de fierté dans la voix que René poursuivit son récit, persuadé que, s'il parvenait à les convaincre, alors il les sauverait. Conscient des nuages qui encombraient l'horizon, il replongea son auditoire dans le passé, au moment précis où le destin avait de nouveau touché cette terre de ses ongles sales avec les préparatifs d'un mariage forcé. Il ne leur cacha rien de cette bague perdue qui avait causé la mort et la désolation, ni de cette femme si jeune qui, parce qu'elle s'était refusée à son destin, avait terminé au fond du puits.

Légèrement en retrait, Dimitri ruminait. Agressées ou non par ses cailloux, les tourterelles l'auraient tout de même attaqué. Demain, plus rien de ce qui s'était passé n'aurait d'importance. Loin de ces lieux maudits, il tirerait un trait définitif sur Anna et ses sœurs. Il effacerait la ferme de ses souvenirs et le vieux pourrait bien aller raconter ses histoires en enfer.

7 nivôse an IV (28 décembre 1795)

Se faufilant derrière le puits, le couple se glissa à pas de loups jusqu'à la grange. Le pas audacieux de Jeanne en attestait, elle n'attendrait plus. Son corps brûlant lui criait qu'elle était prête, que le moment était venu. L'intimité de leurs deux corps qui se rejoindraient bientôt allumait déjà un feu que ni la neige ni le froid n'éteindraient. Au creux de sa poitrine, son cœur ne demandait qu'à exploser d'un bonheur qui ferait d'elle une femme. Cette nuit serait l'aboutissement d'une vie. Leur union serait telle que Jeanne l'avait conçue, douce et tendre, brûlante et sensuelle. Dévorante.

Pouffant de rire, les deux tourtereaux se précipitèrent jusqu'à l'échelle, laissant déjà leurs mains s'égarer pour mieux braver l'interdit et la peur. Ensemble, ils s'ouvriraient au chemin de la vie, pour toujours. Entre les bras de Victor, Jeanne serait belle et désirable. En échange de son amour, elle veillerait sur son bonheur. Par cet acte, elle s'engagerait à lui offrir une famille solide, de celles que rien n'atteint, pas même les médisances ni les orages. Victor serait son rempart contre ce village et ses corbeaux de malheur. Avec lui, elle bâtirait des mondes que les ignorants ne pourraient plus abattre. Par sa force et son courage, Victor lui offrirait ce que le destin lui avait refusé. Sa simple présence ferait taire les langues fourchues qui l'accusaient encore de sorcellerie. Il lui ouvrirait enfin les portes du bonheur.

C'était sur cette terre qu'elle était née, et c'était là qu'elle vieillirait, à ses côtés. C'était ici qu'ils s'étaient vus grandir, c'était ici que leurs deux familles célébreraient bientôt l'avenir.

Sa grand-mère aurait voulu cette union. Elle aurait trouvé les mots pour convaincre les mauvaises langues. Sans la furie des chiens, sans le déchirement du ciel, personne n'aurait contesté la force de leur amour. Tous auraient accepté le lien qui les unissait.

Parce qu'elle les avait guéris, elle connaissait chacun d'eux jusque dans l'intimité. Pourtant, les libérer du mauvais œil et des maladies n'avait en rien apaisé leurs regards noirs. Quand, à la faveur de la nuit, leurs mains apeurées lui tendaient l'un de leurs bâtards, ruisselant de fièvre, les persifleurs se faisaient flatteurs. Quand l'urgence les menait jusqu'à elle et qu'à l'ombre des bougies tremblantes, ils usaient sans vergogne de son art, ceux-là mêmes qui lui crachaient dessus en public s'emparaient prestement de ses petits sachets d'herbes. En secret. Alors, pourquoi s'opposaient-ils encore à l'amour qui l'unissait à Victor ? Comment pouvaient-ils oublier, sitôt la porte franchie, qu'ils lui étaient redevables pour leur salut ?

Victor était son homme. Elle serait sa femme. Et pas plus tard que cette nuit glacée de nivôse, couchée dans le foin, elle oublierait la neige et les regards sombres.

Bientôt, si les vieilles de la forêt avaient dit vrai, dans son ventre germerait une graine qui forcerait le respect. Alors, Victor ne pourrait plus reculer et elle ferait de lui son époux. Toute fuite serait impossible, jusqu'à ce que la mort les sépare. Pour sauver l'honneur, sa propre famille les supplierait de se marier sans attendre.

Dans les yeux de Victor, l'amour brillait des mille feux qu'elle y avait allumés. Tout le mal qu'elle s'était donné se résumait à cet instant. Avec la naissance de ce petit être en devenir, une nouvelle vie effacerait les années de peine et de rancœur.

Fiévreuse, elle s'empara du jeune homme et le guida jusqu'au creux de son ventre. C'est ici qu'elle voulait un enfant. Tout de suite.

Ensorcelé par le désir de la jeune femme, Victor plongea tête la première dans le piège qui se refermait, signant sans le savoir leur arrêt de mort.

10 avril - 20 h 28

La main de Yann rencontra celle de Nolwenn et s'y arrêta.

– Imagine une seconde que le vieux ait raison et que ce puits soit réellement possédé.

– Arrête, le coupa Nolwenn en riant. Il m'a presque convaincue !

– Tu parles ! Quand Julie a posé la main sur le puits, j'ai bien cru qu'il allait nous faire un infarctus, le vieux fou !

– Sur le moment, ça m'a rappelé les règles impossibles des *Gremlins*, tu sais, quand il ne faut pas les nourrir après minuit.

– N'empêche, quand elle a touché les plaques en fer et que rien ne s'est passé, il a dû se sentir un peu ridicule. Et son excuse à deux balles ne tient pas. Pourquoi le fait de poser deux mains au lieu d'une ferait une différence ? Dommage qu'on ait pas pensé à le prendre au mot tout de suite. J'aurais adoré voir ce qu'il aurait inventé si Julie l'avait suivi dans son délire.

– Il a trop regardé la télé, le vieux. Là, on a assisté à un bel exemple de manipulation des foules. C'est tout à fait le genre de trucs que les mentalistes ou les diseuses de bonne aventure utilisent pour en mettre plein la vue aux gogos qui les croient.

Yann prit le temps d'allumer une cigarette, illuminant un bref instant la nuit de la cour.

– Avant, on croyait aux sorcières et à l'au-delà. Maintenant, on imagine que la pensée peut déplacer les objets et soigner les gens. Y a même des personnes qui croient que la Terre est plate et qu'on n'est pas allés sur la Lune. Qu'on le veuille ou non, la pensée magique est partout avec nous. C'est comme une maladie qu'on aurait attrapé tout petit. Et c'est contagieux. Tiens, t'as vu le nombre de gens qui jouent au loto les vendredis 13 ? Comme si ce jour-là avait quelque chose de particulier et que les boules le savaient.

– OK, mais ça permet de rêver, non ?

– Oui, c'est vrai. Peut-être que c'est ce qui manque aux gens comme nous. Mais tant pis ! Au moins, je pars pas dans des délires, même ici, avec ce soi-disant puits maudit.

Tous deux fixèrent la margelle sans un mot, plongés dans leurs pensées.

– Tiens, avant que je te connaisse, j'avais un pote qui m'a avoué se balader avec du sel dans les poches pour repousser les mauvais esprits. Il avait pourtant l'air normal. Alors, tu lui dis quoi ? Qu'il ferait mieux de se faire soigner ? C'est compliqué de lutter contre les croyances une fois qu'elles circulent. Les idées tordues, c'est comme les chevaux de rodéo : tant qu'elles sont canalisées, elles ne font pas de bruit, mais dès que tu les lâches, elles partent dans tous les sens et t'explosent le cerveau. Ici, c'est un puits, mais ailleurs, ça pourrait être une fontaine ou un buisson ardent, peu importe. C'est pour ça que nous devons nous méfier de ce vieux. Avec ses croyances bien ancrées, il nous farcit la tête de projections qui y resteront. Même si notre raison nous affirme que cet endroit n'a rien d'extraordinaire, quelque part, le ver est déjà dans le fruit. Et je ne serais pas étonné si on commençait à entendre des bruits bizarres ou à voir des choses qui n'existent pas.

Un miaulement vint interrompre le monologue du jeune homme, suivi d'un ronronnement que Nolwenn reconnut avant même d'avoir posé les yeux sur l'animal. Comme la nuit précédente, le chat était de retour. Perché sur la margelle, il les appelait.

10 avril - 20 h 52

Le fracas d'un moteur déchira l'air du soir avant même que Nolwenn n'ait fait un pas de plus en direction du puits. Prises dans le halo du phare qui venait de s'allumer, les silhouettes du couple se projetèrent en ombres chinoises sur le sol et les arbres alentour. Sagement caché par la nuit, assis sur sa mobylette, le vieux loup solitaire avait attendu ce moment sans un mot.

Affolé, le chat abandonna son refuge pour se précipiter vers le gîte, sa course aussitôt stoppée par la mobylette, qui s'était élancée à sa rencontre pour une étreinte mortelle. Plus rapide que la mort, l'animal sauta sur le dos du vieux pour y planter ses crocs. Dans un dérapage incontrôlé, ils glissèrent sur le sol. L'homme attrapa son agresseur par la queue et l'envoya s'étaler sur les graviers. Retrouvant la maîtrise de ses gestes, René agrippa la poignée de sa mobylette et catapulta son bolide sur la masse noire étalée au milieu de la cour.

L'animal chancela sur place. Engourdi et désorienté, il évita de justesse le pneu qui le visait, sans voir venir le pied tendu, qui le percuta de plein fouet. L'animal s'effondra, du sang maculant sa truffe, les yeux grand ouverts sur le vide. Devant ses iris vacillants, la mobylette dérapa pour une mise à mort certaine.

Pourtant, le triomphe fut de courte durée. Alors qu'il s'apprêtait à commettre l'irréparable, René entrevit un bras et un visage avant de s'étaler lourdement, rattrapé par la loi de la gravité et la poigne rageuse de Nolwenn. L'agrippant à pleines mains, la jeune femme venait de le faire basculer, s'écrasant avec lui dans un double cri de rage et de surprise.

Incapable de renoncer, le vieil homme refusa de lâcher le guidon et entraîna la mobylette dans sa chute. Piégé sous l'engin renversé, il ne put se dégager avant que Nolwenn ne saute sur la carcasse de la machine et ne l'écrase de tout son poids. Les jambes prises en étau, René Arthaud avait perdu l'avantage.

– Mais lâche-moi, espèce de salope ! Si tu ne descends pas de là, je te jure que je te défonce la tête, tu m'entends ?

Pour toute réponse, la jeune femme sauta sur la mobylette, arrachant un nouveau cri à son prisonnier, avant que Yann ne réagisse enfin. La saisissant à bras-le-corps, il l'extirpa de son piédestal improvisé et la tira en arrière pour l'empêcher de prolonger le combat.

Alertés par les cris, Julie et Dimitri se mêlèrent à leur tour au chaos ambiant et s'interposèrent, eux aussi, entre les adversaires. Tirant le vieux par les aisselles, malgré son refus, Dimitri le dégagea de la mobylette.

– Bande de minables ! Vous faites un sacré troupeau de gueules d'empeigne ! Vous avez ruiné le peu de chances qu'on avait de choper cette foutue bestiole ! Avec un fusil, je lui aurais fait sa fête en moins de deux. Mais non, l'autre abrutie ne veut pas qu'on fasse de mal aux animaux, alors voilà où on en est !

– Enfoiré, recommence et je te tue ! lâcha Nolwenn, accompagnant sa menace d'un coup de pied dans les cailloux.

Ceinturé par Dimitri, Arthaud n'en avait pas terminé.

– T'en serais bien capable, charogne, s'il n'y avait pas autant de témoins ! T'es plus à ça près quand il s'agit de faire disparaître les gens !

Yann resserra son étreinte.

– Il a picolé, Nolwenn, laisse tomber ! C'est qu'un pauvre cinglé ! On s'en fout, de lui.

Le vieux cracha dans leur direction.

– Bande de cloportes ! Vous mériteriez que je vous laisse crever, tous autant que vous êtes ! Vous ne comprenez pas que, si vous restez, vous êtes morts ! Il vous reste deux jours, deux petits jours, et vous faites les malins ?

Cachés à l'abri des arbres, deux yeux en amande balayèrent la scène avant de disparaître dans la nuit.

10 avril - 21 h 23

Le vieux n'abdiquait pas. Malgré l'âge et l'alcool, malgré la chute de la mobylette et les assauts de Nolwenn, il résistait encore. Chancelant, il prit appui sur Dimitri et fit quelques pas d'une démarche incertaine. Dans sa voix, la colère s'était tue.

– Dans la vie, y a ceux qui agissent et ceux qui meurent ! Vous, vous avez choisi le camp des victimes. Pendant qu'on perd notre temps à discutailler, le puits nous divise et compte les points. En vous attaquant à moi, en m'empêchant de vous protéger, c'est le diable que vous servez. Et d'abord, pourquoi vous m'avez volé mon fusil, hein ? Quel est le fumier parmi vous qui a osé venir se servir chez moi ! Chez moi ! Bande de rapaces irresponsables !

Son regard fiévreux s'attarda sur chacun d'eux.

– Vous, l'infirmière, vous êtes peut-être la pire de tous ! Mais vous pouvez faire semblant, vous ne tromperez plus personne. Je sais tout !

Nolwenn serra les mâchoires pour ne pas répondre. D'aussi loin qu'elle s'en souvenait, jamais elle n'avait fait la moindre allusion à son métier. À moins que sa mère n'ait encore trop parlé ? Et comment pouvait-il connaître son secret ? Jamais elle ne s'était trahie. Personne ne pouvait savoir qu'elle avait choisi d'aller au bout de ses idées, quand l'heure était venue d'en finir, dignement et sans douleur.

Elle savait la futilité de ces longues agonies qui ne mènent nulle part, alors de quoi se mêlait-il ? Comment osait-il lui reprocher son dévouement, lui qui, en d'autres circonstances, aurait pu être l'un de ses patients, de ceux qui la suppliaient d'en finir en douceur ? Jamais elle n'avait outrepassé les dernières volontés de qui que ce soit, jamais !

– Vous savez, je n'ai rien contre les animaux. Au contraire. Mais c'est cet endroit qui fout tout en l'air !

Le ton avait encore changé, devenant presque larmoyant. Yann et Nolwenn échangèrent un regard lassé.

– Je ne vous ai jamais parlé de Karl ? reprit la voix du vieil homme. C'était un fennec. On l'a appelé Karl en mémoire d'un pauvre bougre mort le matin où on l'a trouvé. Après le bazar qu'on avait mis, il était plutôt mal barré, le petit. Vu sa taille, il aurait jamais pu se débrouiller sans sa mère. Alors, comme on était pas des mauvais gars, on l'a récupéré. On lui a trouvé du lait et on l'a embarqué avec nous. Tiens, je le revois comme si c'était hier. Il nous faisait marrer avec ses grandes oreilles. C'est drôle, la vie, quand on y pense. Au milieu des bombes et de tout ça, y avait quand même du positif.

Dimitri s'avança vers le vieil homme.

– Bon, il faut rentrer, monsieur Arthaud.

– Deux mois on l'a gardé, reprit René, perdu dans son passé. Karl, il savait quand ça allait barder. C'était incroyable, mais il reniflait les embrouilles avant tout le monde. C'est ses oreilles qui nous prévenaient. Des vrais radars à fellagas ! Dès qu'elles se mettaient à tourner dans tous les sens, on pouvait être sûrs que ça allait chauffer. Tiens, je me rappelle ce village qu'on avait encerclé. Le Karl, il courait partout comme un chien fou. Les gosses ont d'abord trouvé ça marrant. Ça les a aidés à avoir moins peur. Mais quand on a commencé à regrouper tout le monde et qu'il a fallu tabasser un ou deux hommes pour les faire parler, alors, le Karl, il s'est carapaté dans la nature.

Un long soupir interrompit le monologue.

– Peut-être qu'il en avait marre de la guerre ! Ou alors des hommes. Quand on y regarde de plus près, les humains, ça ne vaut pas les bêtes. On est pas au niveau et elles le savent. C'est pour ça qu'elles nous évitent. Et Karl, il a fini par comprendre, juste en nous regardant faire ! Il en a eu sa claque de nos conneries et il a fait une pause, rien de plus. Il nous a manqué, le petit. On pouvait compter sur lui, pas comme ces bestioles qui vivent autour de la ferme. Ici, elles sont pas là pour nous protéger, oh non ! Ici, c'est elles qui déclenchent les catastrophes.

Le regard du vieil homme alla se perdre entre les arbres.

– C'est pas normal, ces sangliers qui s'approchent. Et ce chat non plus ! C'est pas seulement pour se venger. Non, il y a plus. Ils nous envoient un avertissement. Un message pour nous dire qu'on ferait mieux de se carapater avant que ça dégénère.

Le regard brillant d'une émotion contenue, il se tut un instant.

– C'est ce foutu puits qui les prend et les retourne ! Sinon, pourquoi je m'amuserais à leur faire la peau ? Vous me prenez pour qui ?

Nolwenn n'en supporta pas plus. Prenant le vieil homme par le bras, elle le tira sans ménagement pour le faire avancer.

– Puisqu'il nous bassine avec son puits, alors on va lui prouver que c'est que des conneries !

Maîtresse de la situation, elle allongea le pas et le tira de plus belle. Dimitri se contenta de sourire, presque heureux de la tournure des événements. Puisqu'elle avait choisi d'affronter la réalité, alors qu'il en soit ainsi ! Elle aussi verrait, et peut-être qu'elle comprendrait ce qu'il s'était passé quand il avait vu Julie le mettre en joue. Jamais il n'avait fui devant la tempête, et le moment était venu de défier cette femme et ses amis ! Demain, quoi qu'il arrive, il partirait.

Avant que l'on ne puisse l'arrêter, Nolwenn fit pivoter René Arthaud et le précipita contre le puits. Les mains en avant, il ferma les yeux et attendit le choc. Piégé par cette femme qui le collait, il plissa les yeux pour affronter les images qui, dans une seconde, viendraient l'assaillir.

Pourtant, ce n'est pas lui qui poussa un cri, mais Nolwenn. Les bras qui l'empêchaient de bouger se tétanisèrent avant de le relâcher. Le corps qui se pressait contre lui se cabra et sauta en arrière.

Comme sonnée, la jeune femme chancela un instant en secouant la tête. La boucle de vie qu'ils avaient refermée sur la pierre avait contourné le corps de René Arthaud, lui épargnant le supplice attendu. Faisant de lui un simple intermédiaire passif, le courant de haine qui avait traversé le vieil homme avait atteint sa cible, s'ouvrant un chemin jusqu'à la conscience de Nolwenn.

Hébétée, trop bouleversée pour parler, incapable de mettre des mots sur les images qui l'avaient submergée, elle fixait tour à tour le puits et Dimitri, avec sur le visage un mélange de dégoût et d'horreur.

Tétanisé par ce regard fixe, Dimitri se figea. Si les mots du vieux se vérifiaient, si le puits détenait réellement le pouvoir qu'il avait entrevu, quand lui aussi s'y était frotté, alors les autres sauraient que la vision de Nolwenn faisait de lui un coupable. Elle l'accuserait du pire avant que lui-même ne sache ce qui s'était passé sur cette route déserte.

La petite voix intérieure, qui lui avait soufflé que la disparition d'Anna n'était pas anodine, lui hurlait maintenant des mots qu'il ne voulait pas entendre. Désormais, elle détenait des parts de vérité qu'il ne pourrait plus ignorer, et le souvenir de Julie pointant un fusil dans sa direction ne le quitta plus. Sa simple présence dans ce lieu le mettait en danger. S'il ne fuyait pas ces gens, Julie, Nolwenn et le vieux, il devrait affronter la vérité.

10 avril - 23 h 30

Porté par Yann et Dimitri, le vieil homme sombrait dans le silence pour se réveiller, la seconde d'après, aussi vif qu'un nouveau-né.

Le traîner sur toute la longueur de la cour avait été une épreuve. Traverser la cuisine en fut une autre. Chaque meuble se dressait en obstacle devant les mains tendues du vieux. Dépasser la table et chacune des chaises fut une victoire sur les doigts gémissants, qui s'y accrochaient en hurlant. Maintenant qu'ils avaient pénétré chez lui, René Arthaud, galvanisé par une force nouvelle, avait décidé de résister. Rien n'aurait pu faire taire les accusations et les menaces qui fusaient à travers la pièce. Ces gens n'avaient rien à faire chez lui et il les chasserait à coups de pied dès qu'ils l'auraient lâché. Usant d'une nouvelle tactique, son corps s'affala dans l'embrasure de la porte qui menait à sa chambre, prenant Dimitri et Yann au dépourvu.

Impatient de fumer sa prochaine cigarette, Yann réfréna son envie de le traîner à même le sol. Ce vieux le rendait nerveux et les réactions excessives de Nolwenn l'inquiétaient. Tous, chacun à leur tour, avaient laissé entrevoir leur côté obscur. Ici, personne n'avait besoin d'un prof de philosophie, mais plutôt d'un psychiatre ou d'un médecin, et de toute urgence.

La violence de Nolwenn, qui n'avait pas hésité à renverser la mobylette, puis à sauter dessus, alors que le vieux était coincé dessous, le massacre des tourterelles, les coups de feu, les emportements de Julie, tout cela le dépassait.

Le vieux lui rappelait ses propres errances quand, après l'accident, il avait d'abord réagi comme lui, refusant d'accepter la réalité, se cherchant toutes les excuses pour rendre le monde entier responsable de ses propres faiblesses. Comme lui, submergé par ses passions tristes, il s'était laissé dévorer par un fatalisme dont on ne sort pas sans aide. Pourtant, alors qu'il avait pu compter sur Nolwenn, personne n'avait tendu de main secourable au déchet qu'ils avaient maintenant sous les yeux. Le résultat, aussi répugnant ou repoussant qu'il puisse être, n'en était pas moins terriblement humain. Désespérément seul, sans famille, sans amis pour le détourner de ses pensées destructrices, René s'était créé un monde bien à lui, avec ce puits et les délires malsains qui l'accompagnaient.

Quand le corps inerte bascula enfin sur le lit défait, la voix criarde se fit de nouveau entendre, chevrotante.

Exaspéré, Dimitri quitta la pièce sans se retourner, bien décidé à ratisser l'habitation de fond en comble pour y dénicher les armes qui s'y cachaient. Cette nuit, personne ne le prendrait au dépourvu. La fouille démarra par la cuisine, avec la découverte d'un premier fusil, suivi d'un second, derrière la porte des toilettes, puis d'un pistolet dans le tiroir d'une table de chevet, le tout chargé et prêt à l'emploi.

D'un commun accord, ils remisèrent l'arsenal sur le toit d'une armoire, dans la chambre du rez-de-chaussée, hors de portée du vieux. Dimitri s'attaqua ensuite au premier étage.

Les ronflements cessèrent. Redressé à demi, le vieil homme s'essuya le coin de la bouche avec le drap.

– Quand je suis arrivé dans ce patelin pour y habiter, j'avais trois chiens avec moi. On avait fait le voyage ensemble. Vous vous rendez compte comme c'est fidèle, ces bêtes-là ? Ils m'avaient suivi, tout simplement, sans poser de questions. Peut-être qu'ils m'aimaient, à leur manière de corniauds. Les animaux, c'est plus fidèle que les femmes, croyez-en mon expérience ! Et ça ne vous demande jamais où vous étiez ou pourquoi vous rentrez tard ! Non, ça vous fait la fête et ça vous aime pour ce que vous êtes ! Rien de plus, rien de moins. J'vous le dis comme je vous vois, si je leur avais demandé, à mes chiens, ils m'auraient suivi jusqu'au fond de l'océan.

Une quinte de toux interrompit un instant le flot de paroles.

– C'est finalement ce qui s'est passé, quand on y pense.

Le vieil homme soupira.

– Le problème, avec les clébards, c'est que ça ne dure jamais très longtemps, surtout par ici. Et à chaque fois, il faut tout reprendre à zéro pour les dresser. Des trois chiens qui avaient fait le voyage, y m'en est resté que deux, et puis un seul.

Le regard de l'homme se voila.

– À peine arrivés, voilà qu'ils ont commencé à tomber comme des mouches ! La toute première à partir, c'était Priska, une femelle berger allemand. La pauvre bête n'a pas résisté longtemps. C'est cet endroit pourri qui a eu sa peau ! En une semaine, rien que ça !

Yann balaya la pièce du regard. La nuit n'en finissait pas.

– Voilà donc que je n'ai plus retrouvé ma Priska. Elle, c'est pas moi qui lui ai choisi son nom. Il était sur son collier quand je l'ai trouvée. Tout ça pour la perdre ici. J'aurais mieux fait de jamais l'adopter. Trois jours que je l'ai cherchée, vous vous rendez compte ? Mais vous voyez, les animaux, on s'y attache. On a beau savoir qu'ils vont nous quitter un jour ou l'autre, on se laisse embobiner, et après ça vous déchire les tripes quand ils meurent ! Finalement, c'est comme avec les humains, mais là, ça m'a remué un bon coup. C'est les hurlements des deux autres, Mars et Cassis qu'ils s'appelaient, qui m'ont retourné les boyaux dans tous les sens. J'vais pas vous faire un dessin : avant même d'avoir découvert le cadavre, je savais que ça serait pas beau à voir.

Un doigt tremblant désigna vaguement la fenêtre.

– Ma Priska, elle flottait sur l'eau comme un vieux paquet gonflé. C'était par là-bas, au niveau du rafiot abandonné. Alors, j'ai pas réfléchi, j'ai sauté et je l'ai ramenée avant qu'elle disparaisse.

La tête du vieil homme retomba sur sa poitrine, plongeant la pièce dans le silence. À l'étage, des lattes de bois grincèrent.

– La brave bête méritait pas ça ! reprit la voix après de longues secondes. Je l'ai regardée de partout. Il fallait que je comprenne. Eh bien, vous me croirez si vous voulez, mais j'ai rien trouvé. Pas une plaie, pas une seule vertèbre déplacée, rien ! Ce chien, qu'était parti dans la fleur de l'âge, il avait pas la moindre trace sur le corps. Y en a qui se seraient contentés de ça, mais pas moi. Des macchabées, dans ma vie, je peux vous garantir que j'en ai vu des tas, alors je m'y connais en bonnes raisons de passer l'arme à gauche. Mais elle, c'était comme si elle était morte en parfaite santé ! Et pas une goutte d'eau dans les poumons avec ça. Alors, pour la noyade, il faudra repasser ! Ça ne colle pas, c'est tout.

Yann rapprocha une chaise et s'y installa à califourchon. Puisqu'il était coincé avec cet homme, autant profiter du spectacle.

– Peut-être qu'elle a fait un arrêt cardiaque ou un truc du genre ?

– Tu parles ! Ça a repris un an après, et quand je dis un an, c'est au jour près ! C'est Mars, mon deuxième chien, que j'ai retrouvé étripé au beau milieu de la forêt. C'est ça qui m'a mis la puce à l'oreille. Un an exactement ! Drôle de coïncidence, surtout après tout ce qu'on m'avait dit sur cet endroit. Mais depuis, j'ai ouvert l'œil, et on ne m'y prendra plus. J'oublie jamais de bien regarder par-dessus mon épaule à la nuit tombée. Pardi, c'est pas tout seul qu'on peut se faire des blessures pareilles ! Qu'on se noie, peut-être bien, mais ça, jamais ! Il fallait pas être devin pour comprendre qui s'était chargé de la sale besogne. Ces salopards de sangliers avaient laissé des traces partout.

Yann soupira à l'idée d'une cigarette. Si Nolwenn tardait, il laisserait le vieux s'endormir et s'éclipserait pour cinq petites minutes.

– Mais franchement, vous en connaissez beaucoup de ces bestiaux qui éventreraient un chien ? Y a plus que ça. Ces bestioles, elles sont pilotées, si vous voyez ce que je veux dire.

Un bruit de pas, puis un choc sourd vinrent interrompre le récit. Rejetant la couverture, l'homme posa les pieds au sol et désigna les poutres qui le surplombaient. Si le vieux les surprenait à fouiller sa ferme, il s'énerverait de nouveau.

– Tiens, vous les entendez qui gesticulent là-haut ! Si on les laisse faire, bientôt elles viendront frapper à la porte pour nous faire la peau !

Yann posa la main sur son épaule et l'aida à se recoucher. Si Dimitri continuait à attirer l'attention, alors il le laisserait se débrouiller avec l'ivrogne imprévisible.

– Votre femme, elle aurait dû se méfier hier. Et vous aussi. Par ici, les sangliers, y font pas de cadeaux !

Les bras du vieil homme refirent une courte apparition au-dessus des draps blancs, libérant des mains agitées.

– J'aurais pas aimé avoir à ramasser vos tripes au milieu de ma cour !

Un rot humide acheva le discours, bientôt suivi d'une symphonie de ronflements sonores.

Lassé, Yann décida d'aller prendre l'air. Une cigarette ne prendrait pas plus de cinq minutes et ne changerait rien à l'état de René.

Il aurait bien le temps de discuter avec Dimitri quand celui-ci aurait fini de mettre la maison sens dessus dessous.

11 avril - 1 h 02

Nolwenn se massa les tempes. Ce mal de tête la poursuivrait encore une bonne demi-heure avant que le comprimé n'agisse.

– Puisque je te dis que j'ai vu un truc bizarre quand j'ai voulu lui coller les mains sur le puits ! Et si tu ne me crois pas, tu n'as qu'à y aller et vérifier par toi-même !

Julie haussa les épaules.

– J'en ai ma claque, Nolwenn. Quand ce n'est pas l'un, c'est l'autre. Après le vieux et Dimitri, c'est toi maintenant qui pars dans tes délires ! Et comment tu voudrais que je pointe un flingue sur lui alors que je ne suis même pas foutue de toucher un ballon de fête foraine avec une carabine à plomb ?

– Écoute, j'en sais rien, OK ? Je sais que c'est pas rationnel, mais je te dis que je t'ai vue aussi clairement que si ça avait été vrai ! T'avais un fusil et t'étais dans la forêt avec Dimitri. Tu pointais l'arme sur lui et t'avais pas l'air de rigoler, je peux te le dire.

– Et alors, si je te suis, on fait quoi ? Je me colle au puits et je me jette tête la première dans ton rêve éveillé ? Surtout que, maintenant que tu me l'as raconté, je saurai jamais si je suis pas en train de recoller les morceaux de ce que tu viens de me dire ou si j'assiste vraiment à un truc de dingues. Et puis, franchement, un puits qui te fait voir l'avenir, tu crois pas que tu y vas un peu fort ? J'ai l'impression que vous avez tous perdu pied avec ce vieux.

Nolwenn soupira. Sa sœur avait raison. Ce qu'elle venait de vivre ne s'expliquait pas. Elle devait résister à la pensée magique que propageait Arthaud avec ses racontars.

– Bon, on s'occupe de lui, on s'assure qu'il n'a rien de cassé et qu'il peut dessoûler tranquille. On lui prend la tension et on se barre au lit. Ensuite, on prépare nos affaires et on rentre à la maison.

– Et le fusil que tu lui as pris, on en fait quoi ?

Nolwenn haussa les sourcils, indécise.

– Tu veux lui rendre ?

– On pourrait le donner à maman et la laisser décider ?

– Génial ! Tu veux dire qu'on embarquerait un flingue dans la voiture jusqu'à Paris ? Et si on se fait contrôler par les flics, on leur dit quoi ? Qu'on l'a piqué à un vieux cinglé parce qu'il voulait se faire un troupeau de sangliers qui avaient envahi sa ferme ?

Julie grimaça.

– D'abord, faudrait peut-être vérifier s'il est chargé. T'imagines si quelqu'un tombe dessus ?

Nolwenn glissa le bras sous le lit à la recherche de l'arme.

– Bon, on le sort et on vérifie. Tu sais comment on fait ?

Ses doigts ne rencontrèrent que le sol. Plongeant sous le sommier, elle ne put que confirmer ses pires craintes : le fusil n'était plus sous son lit.

– L'enfoiré ! Je te parie que Dimitri l'a récupéré cet après-midi pendant sa soi-disant sieste !

11 avril - 1 h 34

Julie décida qu'elle en resterait là pour la soirée. Discuter sans fin de la disparition de ce fusil ne mènerait à rien. Affronter Dimitri ne ferait qu'accroître les tensions. Pour sa part, la décision était prise : demain soir, elle serait de retour à Paris.

Refermant la porte de la ferme derrière elle, elle s'avança sans hâte à travers la cour. Depuis leur arrivée, Nolwenn avait montré des signes d'impatience et d'irritabilité qui avaient inquiété Julie. La raisonner n'avait pas été simple, d'autant plus que prouver quoi que ce soit resterait impossible.

Aujourd'hui, la Nolwenn de toujours avait refait surface. Froide et cynique le temps d'un battement de cils, aimante et chaleureuse la seconde d'après. Celle-là même qui refusait d'écraser une araignée avait tout de même tenté d'aplatir un homme couché à terre, avant de le plaquer contre un puits sans lui demander son avis.

Julie frissonna. Les années écoulées n'avaient en rien altéré le souvenir de sa petite sœur sauvant un mulot des griffes d'un chat. Rejetant l'idée d'appeler un adulte, Nolwenn avait pris les choses en main, lui annonçant froidement sa décision d'aider la pauvre bête à en finir. Pour son bien. Les yeux embués de compassion, la petite fille avait accompagné l'animal mourant jusqu'au bout, patiemment, entre ses doigts rougis d'avoir trop caressé le pelage lacéré.

Face à la détermination de sa sœur, Julie avait compris qu'elle n'y changerait rien. Quand, une heure plus tard, Nolwenn était venue la rejoindre, calme et sereine, elles avaient tressé des colliers de marguerites en guise de linceul. Avant de recouvrir de terre le petit corps froid, la fillette de six ans avait trouvé les mots justes, soutirant de vraies larmes à sa grande sœur.

Ce jour-là, Nolwenn avait pleuré. Ce jour-là, elle avait tué. Aucune question n'avait été posée, recouvrant d'une chape de plomb cette journée de deuil, mais la satisfaction affichée sur son visage et le brillant de ses yeux avaient bouleversé Julie.

Seule au milieu de la cour déserte, elle tenta d'effacer l'image de cette terrible révélation qui avait perturbé la jeune fille qu'elle était. Nolwenn, ombre parmi les lumières, lui faisait peur. Demain, à la première heure, elle prendrait la route et laisserait derrière elle la folie de ces dernières heures. Elle oublierait le puits et les histoires invraisemblables du vieux. Elle reprendrait sa liberté, dans un monde logique.

La lumière diffuse qui s'échappait de la ferme la guidait. Rien ne pressait. Loin du regard malsain de René Arthaud, rien d'anormal ne la guettait. Sans lui, les bois alentour redevenaient une simple forêt et le puits demeurait un simple cercle de pierre fermé par de lourds battants métalliques.

Pensive, Julie revit les petites filles qu'elles avaient été quand, armées d'une lampe de poche, elles s'enfermaient à double tour dans le noir total de la salle de bains. Frissonnant de plaisir, elles comptaient les secondes qui les séparaient du moment où la lampe s'allumerait sur leurs pupilles resserrées, heureuses de partager une peur facile.

Les yeux fermés, la jeune femme esquissa un sourire nostalgique. Dans un instant, ses prunelles avides de lumière discerneraient les détails de cette cour et elle retrouverait la mobylette abandonnée sur les cailloux blancs.

Concentrée sur le silence qui l'enveloppait, elle prit le temps d'une longue inspiration et se laissa lentement envelopper par la nuit. Après les tensions de la journée, cet instant de solitude inattendue prenait une saveur particulière. Enfin débarrassée de Yann et de Nolwenn, de Dimitri et du vieux, elle aspira le calme avec bonheur. Portée par la simplicité du moment, baignée du parfum de la forêt qui respirait à ses côtés, c'est d'un pas dégagé qu'elle se laissa enfin guider jusqu'au cercle de pierre. Seule. Libre d'aller et de venir comme bon lui semblait. Personne ne lui imposerait ce puits. Personne. Si elle le décidait, c'est de son plein gré qu'elle y poserait les mains. D'ailleurs, qu'est-ce qui l'empêchait de le toucher, là, maintenant, sinon une superstition ridicule ?

À l'instant où ses doigts effleurèrent le grain chaux et doux, son visage s'illumina. Fascinée par la délicatesse de cette surface, Julie écarta la main avant de l'avancer à nouveau pour la poser plus longuement. Là où aurait dû l'attendre une pierre rude et inflexible, la matière s'était faite douce et apaisante, caressante et tiède comme le souvenir d'un jour d'été.

Une longue minute d'éternité s'écoula avant que son autre main ne rejoigne la première, effaçant instantanément son sourire. Projetée sans transition autour du puits, une chambre d'hôpital se matérialisa, cernant Julie, imprégnant l'atmosphère de relents de camphre, éblouissant son regard d'une lumière trop blanche.

Désorientée, elle avança vers la forme allongée – un homme. Abreuvé d'une médecine impuissante à le ressusciter, il dormait d'un sommeil qui ne réparait plus. Cloué à ce lit par un coma qui ne le lâchait pas, il refusait de se réveiller, se rapprochant inexorablement d'une fin programmée.

L'angoisse qui s'était emparée de Julie se volatilisa avec la certitude que c'était mieux ainsi, que cet inconnu ne se remettrait jamais de s'être trop reposé. Le grand plongeon vers le néant lui épargnerait la douleur d'un réveil sans avenir ni passé, sans pilote, son cerveau trop abîmé étant incapable de reprendre les commandes. Errant parmi les vivants, il aurait pesé de tout son poids sur les épaules de ceux qui l'avaient aimé. En oubliant son propre nom, indifférent à leur détresse, c'est leur sourire qu'il aurait effacé à tout jamais. Ni mort ni vivant, naviguant sur un présent dénué de sens, vivant mais déjà mort.

Julie fronça les sourcils. Nolwenn et elles avaient partagé assez de nuits à veiller ensemble le lit de Yann pour savoir que certains malades reviennent parfois à la réalité. Après deux mois de nuits quasi blanches, elles avaient enfin vu ses paupières se soulever. Ensemble, elles avaient assisté au miracle de la vie qui s'accroche. Sans un mot, incapable de se rappeler l'accident qui l'avait mené jusque-là, il avait d'abord regardé les deux femmes sans comprendre leurs larmes. Nolwenn s'était chargée de lui raviver la mémoire.

Reliée à cette chambre inconnue par le puits, Julie décida de s'y attarder. Elle voulait savoir.

Quand la porte s'ouvrit sur un uniforme blanc, elle s'écarta pour laisser entrer la silhouette familière. Une seringue trouva son chemin entre les tubes chargés de vie. Un robinet pivota, ajoutant sa note mélancolique au joyeux goutte-à-goutte hypnotique. Délivré de toute morale, un liquide porteur de néant se glissa paisiblement jusque dans les veines du patient inconscient.

Julie aurait voulu retenir les doigts experts et freiner la lente progression de cette mort imminente, mais son corps impuissant refusa d'arracher le cathéter qui reliait le dormeur à son infirmière. Spectatrice impuissante, complice figée d'une scène d'hôpital qui n'existait plus, elle renonça. Nolwenn était là pour ça, après tout !

24 vendémiaire an IV (16 octobre 1795)

– Bon, le père, on n'est point venus te chercher querelle, mais va falloir te mettre entre les oreilles que ta fille, elle cache des choses qui nous échappent, lâcha une voix rocailleuse.

– Reconnais que cette histoire de lait qui tourne, c'est un signe, enchaîna une autre voix, plus douce. Je te dis qu'il faudrait la faire voir au vieux Georges. Il saurait comment la guérir, lui !

– Et puis, si on ne fait rien, on va dire que c'est toi qui apportes le malheur sur nos terres.

– Pardi, comment t'expliques autrement les vaches qui meuglent comme des damnées ? Les vieilles l'ont toutes remarqué. Chaque fois que ta Jeanne a ses écoulements, c'est la même sarabande. Ça dure des matinées et des nuits entières. Si ça n'arrête pas, elle va épuiser les bestiaux jusqu'à la mort !

– Pour sûr, je vous le dis, ça a commencé exactement le jour où la Marie-Antoinette, elle a expié ses fautes. Si c'est pas encore un signe !

– Le sang appelle le sang !

Le père de Jeanne les interrompit, les joues rouges d'une colère naissante.

– Vous racontez que des niaiseries. Y a jamais rien eu contre ma fille à part vos langues de serpent !

Les deux femmes présentes se signèrent, passant un pouce pressé sur leur front soucieux.

– Dieu nous vienne en aide, ajoutèrent toutes les voix présentes, emportées par des années de réflexes appris.

– Alors, vas-y, reprit la voix rocailleuse, dis-nous donc comment tu vois les choses. Si c'est pas ta fille qui fait ça, alors c'est qui ?

– Le jour de ses menstrues, les vaches font un boucan d'enfer. Ça, tu peux pas le contredire ! Rappelle-toi, on croyait tous qu'il allait y avoir un orage, mais on ne l'a jamais vu venir.

– Oui, et c'est juste après qu'on a appris que ta fille était devenue fertile.

– Le même jour ! Pardi, si ça, c'est pas une coïncidence !

Un regard noir passa de l'un à l'autre.

– Et personne n'a oublié les chiens et la grêle, ajouta une voix hésitante.

– Vous vous rappelez que, dans tout ce malheur, elle, elle n'a rien eu, assise qu'elle était au milieu de la meute ! Par la grâce du Tout-Puissant, pas un seul accroc, rien ! Avec son visage d'ange, on lui aurait donné le bon Dieu sans confession, à ta jeunette.

– Alors que sa propre grand-mère venait de se faire déchiqueter sous ses yeux !

Tous se signèrent à l'unisson.

– Allez, le vieux, les sorcières naissent fatalement quelque part. Le malin trouve toujours à nous atteindre là où on s'y attend pas, et il va bien falloir t'en accommoder.

– Moi, je ne dis rien, mais tout ça, c'est un signe des temps !

L'un des hommes jeta un regard circulaire à la pièce mal chauffée.

– Elle est où, ta fille ? Elle peut pas nous entendre au moins, la Jeanne ?

Surmontant sa rage, Jacques amorça un sourire.

– Et tu crois qu'elle ferait quoi si elle surprenait tes niaiseries ? Tiens, tu mériterais qu'elle te jette un sort. Si elle n'était pas tellement occupée à la rivière, à courir après les écrevisses, je lui donnerais bien ton nom pour qu'elle en prenne grand soin.

Le pouce de l'homme traça une croix furtive sur ses lèvres pincées. La répugnance qui l'habitait aurait amusé le père de Jeanne s'il n'y avait décelé une menace pour sa famille tout entière.

Sa fille avait toujours été étrange, mais de là à en faire une sorcière ! Leurs accusations ne tenaient pas. Mais pourquoi s'obstinait-elle à toujours courir seule dans la forêt, à la recherche de toutes ces herbes dont personne ne connaissait le nom ? Pourquoi les chiens ne l'avaient-ils pas dévorée quand son tour était venu ? Sans toutes ces bizarreries, il n'aurait pas eu à affronter les médisances.

Et puis, malgré ce qu'il leur disait, lui aussi avait bien remarqué des hasards qui n'en étaient pas ; les vaches qui meuglaient à la première goutte de sang et qui se taisaient dès que Jeanne allait mieux. Et combien de fois leur lait avait-il viré avant même qu'ils aient fini de le tirer ?

– Moi, ce qui me dérange, reprit une voix de crécelle, c'est que, ta jeunette, elle ne dit jamais rien. Elle te regarde par en bas avec son air sournois et elle joue les taiseuses, à cacher ses pensées comme on tait ses péchés !

– Ah, ma pauvre bougresse, tu dois t'y connaître, toi, en péchés, répliqua Jacques, aussitôt interrompu.

– Depuis que l'église des Cottes a rouvert, je la vois qui lorgne tout le monde par-dessous. Je le jure devant le Seigneur !

– Elle nous effraie, ta fille, le Jacques !

– Bon, maintenant, ça va bien, les vieilles biques ! Vous allez arrêter vos dévotions et nous fiche la paix ! Et vous, mes garçons, je vous conseille de déguerpir avant que l'envie ne me vienne de vous botter le cul !

L'homme retroussa ses manches et s'avança vers le groupe, qui recula.

– Autant ne pas contrarier le père ! osa la plus vieille des visiteuses, qui atteignait déjà le pas de la porte. Il a la tête trop dure pour comprendre que sa fille le laissera tout seul si elle continue. Personne ne voudra plus parler à une famille qui fait tourner le lait.

Sans attendre, chacun se signa une dernière fois avant de disparaître.

Dehors, Jeanne fulminait en silence. Les deux mains fermement appuyées sur la margelle du puits, elle se pencha en avant pour un formidable crachat en direction de l'eau noire en contrebas. Elle aurait voulu les poursuivre à travers la brume et les assommer. L'un après l'autre, elle leur aurait fait copieusement ravaler les tombereaux de venin qu'ils déversaient sur elle depuis toujours. Aujourd'hui encore, ils étaient allés trop loin, et c'est elle qui en subirait les conséquences. D'un instant à l'autre, son père viendrait la chercher et la traînerait jusqu'à la ferme pour lui faire entendre raison. Désobéir ne ferait qu'aggraver le châtiment à venir. La sanction serait exemplaire. Le vieux cognerait fort parce qu'il était en colère – en colère d'avoir peur de sa propre fille.

La future suppliciée rejoignit d'un pas lourd la voix pressante qui la réclamait. Les mains sur les hanches, l'homme la toisa un long moment, tournant autour d'elle sans un mot. Sa mâchoire contractée annonçait un orage d'une force inédite.

– Tu crois que je vais te défendre toute ta vie ?

La tête haute, elle avança et attendit que s'abatte la pluie de coups annoncée. Que Dieu l'ait faite plus grande, plus forte, plus brave, et elle lui aurait montré qui elle était vraiment. Mais la nature en avait décidé autrement. Pourtant, quoi qu'il arrive, elle continuerait de lutter. Désormais, elle ne fermerait plus les yeux. Elle ferait face.

– Espèce de simplette ! Je sais que tu as tout entendu. Regarde dans quel pétrin du diable tu nous mets, ma fille ! Oui, du diable !

Les mains qui se posèrent sur les épaules de Jeanne étaient rudes et douloureuses, mais la secouer ne changerait pas le passé. Elle avait pleuré seule la mort de sa grand-mère. Pas un mot ne lui avait été adressé jusqu'à ce que la vieille ait été mise en terre. Ensuite, personne n'avait voulu savoir. Personne n'avait compris qu'elle n'avait pas de réponse à leur donner. En l'épargnant, les chiens avaient fait d'elle une paria.

Depuis ce jour brillait dans les yeux de son père une défiance que rien n'aurait pu effacer. En la découvrant trempée mais indemne, la brute endormie s'était réveillée.

Dans ce miracle, aucun d'eux n'avait vu la main de Dieu, mais bien celle du démon. Depuis, avec tous les événements de cette fichue Révolution, qui avait éloigné leur prêtre et fermé leur église, tout le monde se méfiait. Maintenant que les hommes étaient devenus des citoyens, chacun redoutait le jugement de l'autre.

Alors même qu'ils lui étaient tous redevables, Jeanne était seule au monde, maudite aux yeux de tous. Elle le savait, et son père aussi. Les soins qu'elle prodiguait n'effaceraient jamais la peur. Aucune main charitable ne lui viendrait en aide le jour où les choses tourneraient mal.

Offrant un court répit à sa fille, Jacques se précipita vers la seule possession terrestre de Jeanne, son coffre. Là se cachait ce qu'elle avait de plus précieux : ses vêtements, sa collection de cailloux et de poudres, mais aussi – et surtout – l'ensemble de ses plantes.

Sans autre défense, Jeanne soupira. Pourquoi les ignorants devaient-ils s'émouvoir de quelques malheureux fragments séchés de basilic, d'armoise, d'aneth ou de presle ? De quel droit fallait-il détruire ce pour quoi elle vivait ? Même si elle connaissait les vertus des champignons et des potions, une simple pincée de sauge, de sureau, de bourrache ou de thym serpolet ne suffisait pas à faire d'elle une sorcière malfaisante.

– Tu vas nous débarrasser de tout ce fatras, et tout de suite ! hurla le père en soulevant le couvercle du meuble de ses grosses mains sales.

L'homme qui aurait dû protéger Jeanne plongea sans ménagement à l'intérieur du coffre pour en extirper le contenu à pleines brassées et le jeter au sol. Jeanne se força au silence tandis que les sabots de son père piétinaient sa belle robe et éparpillaient des mois de travail contre la terre battue. Disgracieuse et inutile, une larme solitaire perla sur sa joue.

Ses plantes renfermaient les secrets qui guérissaient, rien de plus, et le diable n'avait pas plus élu domicile au fond de ce coffre rempli de lumière que dans le savoir qu'elle avait accumulé.

Impuissante, elle renonça à lui expliquer qu'il se trompait, que tous se trompaient. S'il avait pu comprendre les secrets des vieilles de la forêt, il aurait retenu ses gestes. Là où ils voyaient une ensorceleuse ne se dressait qu'une simple jeune fille qui voulait comprendre et guérir. Aucune explosion de violence ne protégerait qui que ce soit de la maladie.

La première claque la fit basculer en arrière. La deuxième la sonna sur place. Les suivantes, plus lointaines, la firent reculer jusqu'au mur. Chancelante et résignée, elle se laissa glisser jusqu'au sol, prête à encaisser ce qui allait suivre, accompagnée dans sa chute par les poings obstinés et stupides sans qu'aucun gémissement ne franchisse la barrière de ses lèvres blessées. Mené par ses craintes, son père refusait d'affronter la réalité en face. Ce n'était pas la méchanceté qui guidait ses mains, mais la force de cette bêtise qui relie les hommes entre eux et les cloue à leur terre ingrate. Obscurcissant les pensées de Jeanne, la douleur étouffa sa volonté. Après tout, elle avait peut-être mérité son châtiment. Engourdie par la brume épaisse qui envahissait son cerveau, elle cessa de lutter tandis qu'au loin, comme dans un rêve, les paroles de son tortionnaire résonnaient dans son crâne en vagues douloureuses. Les vaches l'avaient compris, elle était dangereuse. Les chiens aussi savaient qui était leur véritable maître.

Chaque nouvelle gifle, chaque coup de pied l'éloignait de son père. Terrassée, sacrifiée sur l'autel de la folie, elle abaissa les paupières. Portée par un ultime sursaut de lucidité, elle se jura que cet homme paierait cher ses erreurs de jugement. Blême et suffoquant, elle plongea enfin dans l'oubli tandis qu'un filet de sang se frayait un chemin entre ses cuisses.

Le soir même, repliées à l'abri des pierres anciennes, les langues agiles s'agiteraient de nouveau pour mieux disperser aux vents mauvais leur venin ravageur.

11 avril - 2 h 06

Écrasé contre la vitre, Dimitri réprima un gémissement. À quelques mètres à peine s'étalait la preuve qu'Anna n'avait pas quitté la ferme de son plein gré. Le reflet brillant qu'il fixait sans y croire effaçait irrévocablement toute trace de doute. Anna n'était pas repartie sur un coup de tête, elle n'avait pas fui.

Saisi de vertige, il en oublia les armes qu'il était venu chercher et les laissa glisser au sol. Pas un seul habitant de cet endroit reculé n'aurait osé un achat aussi excentrique, aussi éclatant. Cette voiture à la couleur jaune citron ne pouvait appartenir qu'à une seule personne : Anna. Et cette certitude le laissait sans voix. Jamais elle n'aurait filé sans son jouet favori, cette huitième merveille du monde qu'il reconnaîtrait entre mille.

Dissimulée derrière une double rangée de rondins de bois à l'alignement méthodique, visible uniquement du premier étage, elle attendait le retour de sa propriétaire, pareille à ces chiens malheureux qui se couchent devant une tombe et qui, les yeux lourds, soupirent en attendant la mort. Éteinte et immobile, la voiture n'avait pu être cachée là que par celui qui s'était débarrassé de sa conductrice.

Dimitri se souvenait du casino perdu au milieu de nulle part et de la route qui les y avait menés : tortueuse et sombre, comme tout ce qui entourait cette ferme. La soirée lui revenait par bribes avec, ici et là, une poussée d'adrénaline et la malchance persistante d'une soirée gâchée.

Il revit la jeune inconnue au sourire exagéré. Anna, qui enrageait. La voiture, abandonnée au détour d'un virage. Ensuite, plus rien, si ce n'est quelques flashs. Terrorisée, Anna courait.

Luttant contre la marée de douleur qui se précipitait contre son crâne, il tenta de retrouver les détails de cette nuit d'égarement. Avait-il poursuivi Anna ou l'avait-il regardée s'éloigner ? Avaient-ils fait une mauvaise rencontre ? Le type qui accompagnait cette fille ? Quelqu'un d'autre ?

Le cœur battant, il s'accrocha une brève seconde à cette ultime bouée de secours, avant de renoncer face à l'évidence. Cette voiture abandonnée l'écrasait sur place de son implacable logique. Une seule conclusion, froide et cruelle, s'imposait : Anna était morte. Morte de ses propres mains.

Percuté de plein fouet par les morceaux de la soirée qui l'assaillaient, Dimitri tomba à genoux. Anna avait crié et couru pour sa vie. Il l'avait pourchassée et rattrapée. En la frappant, en déchaînant le monstre qui sommeillait, c'était lui-même qu'il avait condamné à l'enfer. Dans les yeux terrifiés d'Anna, c'était sa propre déchéance qui s'était reflétée.

Un spasme le fit vaciller, pliant son corps en deux. Était-elle encore dans la voiture ? Jetée dans le coffre comme un vulgaire sac d'ordures ? Que lui arriverait-il si les autres la découvraient ? Si la police mettait son nez dans leurs affaires ?

Un poing contre ses lèvres ouvertes, Dimitri secoua la tête. Bientôt, Nolwenn ou son dégénéré de copain apparaîtrait dans l'embrasure de la porte. S'il les laissait faire, s'il leur laissait l'avantage, ils profiteraient de ses faiblesses pour l'écraser comme un chien. Tandis qu'une part de lui-même s'étonnait de la violence de sa réaction, une autre, plus irrationnelle, lui soufflait qu'il devait garder le contrôle. S'ils montaient et le trouvaient dans cette posture, ils poseraient des questions.

Emporté par une nouvelle série de convulsions, Dimitri sentit sa raison vaciller. Tels des vautours assoiffés de sang, ils le dépèceraient.

Ils l'accuseraient avant même qu'il ne puisse s'expliquer, se défendre.

Une gerbe liquide remonta jusqu'à sa bouche, acide et brutale. Comment pourrait-il leur cacher l'horreur de son acte ? Comment pourrait-il expliquer qu'il ne se souvenait de rien et qu'il n'était pas responsable, qu'il avait trop bu ?

Tous ceux qui le jalousaient viendraient l'accabler, Yann le premier, et il n'aurait rien à opposer à leurs intrusions malsaines. On remonterait dans son passé, on retrouverait les traces de ses erreurs. Des filles parleraient. Oui, il avait le vin mauvais. Il le savait. Mais était-ce une raison pour s'abstenir ? Aurait-il dû mener une existence de moine ? Allait-on lui reprocher d'aimer la vie ?

Une grimace déforma ses traits. Petit garçon immobile, il regardait la mer s'éloigner vers l'horizon, incapable de décider si ce qu'il voyait était une simple marée ou un tsunami ravageur. De cette voiture morte, étalée sous la fenêtre, dépendait son existence. Sans leurs témoignages, il resterait libre. En faisant de lui un meurtrier, ils le condamneraient, ouvrant sous ses pieds les portes de l'enfer pour se venger de leur petite vie étriquée, parce qu'il valait mieux qu'eux et qu'ils le savaient.

Dimitri se remit d'aplomb au prix d'un terrible effort. Dos à la fenêtre pour ne plus voir la carrosserie endormie, il repoussa la voix intérieure qui l'asphyxiait. Anna serait-elle encore au volant, peut-être étendue en travers des sièges ?

Jamais il ne se laisserait enfermer. Jamais il n'irait en prison. Cette femme et ses sœurs, le débile de prof de philo qui les collait et le vieux seraient autant de témoins qui déverseraient leur boue sur son corps malmené pour l'envoyer moisir dans une cellule sordide. Parce qu'il avait commis l'irréparable, son avenir basculerait dans l'indicible.

Le corps d'Anna avait-il viré au noir ? Lui avait-il fermé les yeux ?

Un bruit de pas se fit entendre au rez-de-chaussée. Tous les sens en alerte, il suivit leur progression jusqu'à l'escalier. Agrippant l'une des armes étalées sur le plancher, il se prépara au pire. Tétanisé, il attendit que le destin vienne à sa rencontre, incapable de maîtriser le tremblement de ses mains sur la crosse du fusil.

D'abord hésitant, le grincement des marches fit une pause à mi-chemin, avant de changer d'avis et de s'éloigner.

Le cœur au bord de l'implosion, Dimitri entendit la porte d'entrée se refermer en douceur. Épuisé, il tomba à genoux.

11 avril - 3 heures

Dimitri s'accorda de précieuses minutes, hors du temps. Cette salle de bains lui avait remis l'estomac en place. L'eau froide lui avait éclairci les idées. En gardant sa découverte intacte, il gagnerait assez de temps pour gérer l'imprévu. Tant que personne ne s'aventurait jusqu'au tas de bois ou jusqu'à cette fenêtre, la situation resterait sous contrôle. Rien n'était perdu.

Quittant la ferme silencieuse, il se glissa à travers la cour avec une détermination nouvelle. Cette partie d'échecs serait la sienne. À condition de garder un coup d'avance, il trouverait le moyen d'effacer ses traces. Et s'il devait sacrifier quelqu'un, alors le vieux fou serait sa cible toute désignée.

Après tout, qui aurait pu amener la voiture jusque-là, sinon cet illuminé imbibé d'alcool ? Qui aurait eu le temps de bâtir la muraille de bois qui cernait l'unique preuve ? Et surtout, qui aurait eu intérêt à masquer sa disparition ? Avec ses flingues et son comportement imprévisible, il suffirait d'un rien pour que l'enquête se penche sans complaisance sur René Arthaud.

Pourtant, Dimitri devait en avoir le cœur net. Si Anna était encore dans la voiture, rien ne devait mener jusqu'à lui. La police ne devait pas poser les mains sur elle. C'est lui qui ouvrirait ce véhicule le premier et ferait disparaître les traces.

Alors qu'il traversait la cour, Dimitri se figea. Émergeant des ombres, Nolwenn entra dans son champ de vision sans y avoir été invitée. Convaincue qu'elle devait veiller sur la santé du vieux, elle revenait pour un dernier tour de garde.

Plus maître de lui-même qu'il ne s'en serait cru capable, il réprima son envie viscérale de se jeter sur elle et afficha un masque impassible. La voix calme et rassurante, il la dissuada de s'aventurer inutilement jusqu'à l'étage, évoquant la fouille en règle qu'il avait lui-même entreprise, décrivant les armes trouvées, allant même jusqu'à échanger quelques mots sur la santé de René Arthaud.

Poussant son rôle jusqu'au bout, il poursuivit sa route jusqu'au gîte, reportant l'exploration de la voiture cachée.

11 avril - 5 h 11

Dimitri recula de quelques pas. La nuit avançait et le tas de bois qui le surplombait s'imposait en véritable obstacle. Fermé de toutes parts, le mur était incontournable. Ses premières tentatives s'étaient soldées par des échecs. À moins de déplacer les rondins un à un, la seule solution serait de les escalader. Tels ces grimpeurs à mains nues qui planifient leur approche avant d'esquisser le moindre geste, il se concentra sur les espaces laissés entre les morceaux de bois alignés.

Désemparé, il jeta un nouveau coup d'œil en direction de la cour. Si le vieux ou les autres décidaient de fourrer leur nez dans ses histoires, il réglerait ça avec eux, sur place. Jamais il ne les laisserait l'envoyer en prison. Jamais !

L'attente interminable imposée par le retour de Nolwenn, au chevet de l'ivrogne, lui avait retourné l'estomac. Assis dans le noir de sa chambre, il n'avait pas bougé quand la porte voisine s'était ouverte, puis refermée sur un grincement étouffé. Il avait rongé son frein une demi-heure de plus avant de reprendre, à pas de loup, le chemin de la cour.

Agrippé au silence de la nuit, il avait repassé en boucle les projections macabres de son imagination, redoutant ce qu'il trouverait derrière le pare-brise de la voiture, repoussant les minutes. Affronter le regard d'Anna sans hurler serait une épreuve comme il n'en avait jamais connu. Vaincu par un passé qu'il ne maîtrisait pas, perdu dans un labyrinthe de souvenirs effacés, il n'était plus maître de sa destinée. Son salut dépendait d'elle.

Un début de plan avait germé dans la tête de Dimitri et l'escalade de cette montagne de bois n'en serait que la première étape. Après avoir laissé son téléphone allumé à Paris, il reviendrait discrètement à la faveur de la nuit et se garerait assez loin pour ne pas attirer l'attention. En évitant l'autoroute et les caméras, en limitant ses pauses aux endroits perdus en rase campagne, et surtout en n'utilisant aucune carte bancaire, il ne laisserait pas de traces. Le principal obstacle serait le vieux. Lui effacer la mémoire à l'alcool serait une priorité. Trouver les clés de la voiture en serait une autre.

Ensuite, il n'aurait plus qu'à se débarrasser du véhicule, dans un lac ou au détour d'un chemin forestier, avant de regagner Paris comme il était venu. L'aller-retour serait serré. Une nuit, pas une seconde de plus.

À l'instant précis où les filles atteindraient l'appartement d'Anna, c'est Nolwenn et Julie qui déclencheraient le chronomètre, et il n'y pouvait rien. À lui de ne pas perdre de temps pour être de retour avant que les flics ne viennent frapper à sa porte.

Dimitri inspecta la pénombre en direction de la ferme et de la cour. L'heure était venue d'affronter la vérité. S'il tardait, cette voiture cachée signerait son arrêt de mort.

Sa première tentative se solda par une chute. La suivante le mena plus haut avant qu'il ne perde de nouveau l'équilibre. Emportant avec lui une dizaine de morceaux de bois, il étouffa un juron douloureux, repoussant les messages lancinants de son tibia contusionné. Le cœur battant, il attendit une longue minute avant de reprendre son ascension. Dans sa tête, l'image du visage décomposé d'Anna le fixait, lourde de reproches.

Aucun d'eux ne quitterait les lieux avant qu'il n'ait parfaitement planifié les prochains coups de la redoutable partie de poker menteur qui se profilait derrière le rideau de bûches. Pourtant, tel un plongeur fasciné par la beauté des méduses, il avait oublié qu'on ne pouvait apprécier leur grâce qu'une fois sorti de l'eau. Et la surface était encore hors d'atteinte.

11 avril - 10 h 03

– Y avait un bras qui dépassait et un cathéter branché dans la veine, tu sais, sur la main. Ça ressemblait exactement à ma chambre, avec les mêmes odeurs et la même ventilation en bruit de fond. Je sentais même un petit filet d'air sous le nez. Je ressentais tellement les moindres sensations que ça aurait pu être moi dans ce lit, pour de vrai.

Nolwenn garda le silence. La nuit passée au chevet du vieux aurait mérité quelques heures de sommeil supplémentaires.

– Ce qui me perturbe le plus, c'est cette espèce de netteté. J'en garde une impression étrange, comme si c'était plus qu'un simple cauchemar, comme si j'étais vraiment concerné. Tu vois, comme un avertissement de mon subconscient, qui aurait frappé au carreau pour me forcer à regarder à l'intérieur.

Les yeux fermés, ils laissèrent s'écouler les minutes. Au loin, peut-être dans la chambre de Julie, une douche se fit entendre, comme pour prouver que la vie continuait.

– Je me souviens d'une présence et de mains, reprit enfin Yann. Des mains malveillantes, dangereuses. Et il y avait le puits. C'est par là que tout a commencé. J'avais allumé une cigarette et je m'en suis approché. J'étais devant, tout seul, en pleine nuit, et j'ai réalisé que les plaques de protection, qui empêchent de voir le fond, avaient disparu. Alors, et tu vois à quel point les rêves sont ridicules, j'ai entendu une voix qui m'appelait. Elle venait du puits, mais ça ne m'a pas étonné plus que ça ! Je me suis même penché en posant les mains sur la margelle, et c'est là que je me suis retrouvé parachuté dans cette chambre d'hôpital.

Nolwenn s'agita entre les draps, mal à l'aise. Ce rêve prenait trop de place.

– Il y avait cette voix aussi, toute douce, presque rassurante et en même temps terriblement inquiétante. Et je sentais qu'il fallait aider ce gars à sortir de son lit, le traîner hors de portée, le sauver des griffes de cette dingue ! Ne me demande pas pourquoi, mais je savais que c'était une question de vie ou de mort.

S'interrompant sur un soupir, il plongea son regard dans celui de la jeune femme.

– Et là, j'ai compris que, ce lit, c'était le mien ! J'étais retourné à l'hôpital, avant que je me réveille du coma. J'en suis certain, Nolwenn : c'était moi que je voyais allongé.

La main de Nolwenn se posa en travers de la poitrine du jeune homme, apaisante et rassurante.

– Ce vieux croûton et ses histoires ont dû réveiller quelque chose en moi que je ne soupçonnais même pas.

– Allez, ne te fais pas de souci. Dans quelques heures, on aura oublié tout ça. C'était qu'un rêve.

Yann acquiesça. S'éloigner de cet endroit et de ses influences néfastes l'aiderait. S'isoler ici avait été une mauvaise idée, et il le lui prouverait le soir même, à grand renfort de mojitos et de glace. À peine auraient-ils posé leurs valises qu'il la traînerait jusqu'au premier bar venu pour y fêter leur grand retour à la vie. Lui imposer ses états d'âme d'ado attardé était égoïste. Ses plongées en apnée dans des rêves sans queue ni tête ne la regardaient pas. Nolwenn méritait mieux qu'un pauvre type larmoyant. L'accident avait fait assez de dégâts comme ça.

Nolwenn referma les yeux. Ses huit semaines de coma avaient transformé Yann. À son réveil, le prof de philo insouciant et drôle s'était changé en une sorte de vieux sage qu'elle ne reconnaissait pas, mais qu'elle aimait tout autant. Blottie contre lui, elle le serra plus fort, comme pour se fondre dans la chaleur de son corps, laissant ses ongles s'aventurer le long de son torse.

Retrouver l'appartement la ramènerait aux soucis du quotidien qu'elle était venue oublier à la campagne. Ce matin, elle souhaitait aimer et être aimée. Tout le reste pouvait bien disparaître. Elle aurait voulu oublier la mort et les patients. Elle aurait voulu prendre le temps d'effacer le temps, loin du tic-tac des goutte-à-goutte et des respirateurs artificiels. Elle ne voulait pas revivre la vision d'angoisse qu'il venait de lui infliger. Elle voulait être, exister, respirer, loin du passé et des pensées morbides.

En reprenant leurs valises, ils laisseraient derrière eux l'accident et les angoisses d'un quotidien encombré. Ils salueraient Dimitri et Julie, peut-être même le vieux roublard, puis ils rouleraient vers l'avenir, débarrassés de leurs petites habitudes rythmées. Elle veillerait à ce qu'ils retrouvent la vie, la vraie, celle qui colle des paillettes au fond des yeux, celle qui fabrique des souvenirs et des rêves.

Laissant ses doigts poursuivre leur lent cheminement, elle comprit que Yann ne résisterait pas. Elle savait comment le ramener vers le présent, comment lui faire lâcher prise. Leur bébé serait la première pierre d'un édifice qu'ils bâtiraient ensemble, celui du bonheur retrouvé.

– Tu sais, chérie, hier, cette femme dans la chambre… je crois qu'elle n'était pas là pour me soigner. Je ne sais pas pourquoi, mais je pense qu'elle voulait me tuer.

La main de Nolwenn se figea.

11 avril - 15 h 57

Tâtant d'un pied hésitant la roue la plus proche, Julie réprima une fois de plus ses envies de meurtre. Chaque pneu consciencieusement tailladé leur jetait au visage le même message fatigué. Ils étaient coincés dans ce trou perdu. Personne ne rentrerait à Paris aujourd'hui.

La jeune femme serra les poings. L'heure n'était plus au départ mais aux explications. Dimitri les avait laissés tomber et les empêchait de le suivre, mais les comptes seraient réglés dès leur retour à Paris. Que ce mec se permette un coup pareil, à ce moment précis, la mettait hors d'elle. Crapahuter jusqu'à l'autre côté du pont, là où son téléphone avait pu reprendre du service, ne l'avait pas calmée. L'adrénaline qui avait reflué de son corps ne s'était pas dissipée, au contraire. Perchée sur le muret du vieux cimetière, elle n'avait eu aucun scrupule à appeler la gendarmerie. Puisque Dimitri les avait cherchés, alors il assumerait ses actes !

Les pneus lacérés les avaient pris au dépourvu. La disparition de Dimitri les avait estomaqués. Seules les roues de secours avaient été épargnées. Quelqu'un – Dimitri – s'était offert un plaisir solitaire sur les huit roues, l'une après l'autre. Huit !

Aucun d'eux ne desserrait les dents. Trop occupés à se repasser en boucle ce qu'ils diraient aux gendarmes, ils s'étaient repliés sur eux-mêmes. À cette heure, Julie n'était pas d'humeur à s'apitoyer sur l'ex d'Anna. Les paroles de sa mère avaient soudain pris un nouveau relief, que Nolwenn et Yann partageaient. Le lâche méritait au centuple ce qui lui était arrivé. Se faire larguer comme un chien n'était que la juste rétribution de ses actes, et Julie se promit de tout mettre en œuvre pour se venger.

La fourgonnette bleue qui émergea des arbres renforça sa détermination. Les deux hommes en uniforme les aideraient.

Allant droit au but, les gendarmes s'empressèrent de noter les noms de chacun avant de s'atteler à l'inspection minutieuse des caoutchoucs éventrés, comme pour en extirper l'identité du coupable. Alors que le premier noircissait avec application un carnet, où les schémas et les flèches se disputaient l'espace, l'autre multipliait les prises de vue pour immortaliser chaque entaille.

– Il n'y a personne d'autre, à part le vieux qui habite ici à l'année. Il y avait aussi Dimitri, qui était avec nous jusqu'à cette nuit, mais il a disparu, précisa Yann.

Julie s'interposa.

– L'enfoiré ! Il avait tout préparé. Quand je pense qu'on a fait attention à ne pas le réveiller, alors que ce porc s'était déjà barré en douce pendant la nuit ! C'était couru d'avance, il avait tout prévu ! Le pauvre type n'a pas supporté qu'on ne se plie pas en quatre pour le ramener à Paris et il s'est vengé comme il a pu !

– Et depuis, il a largement eu le temps d'arriver chez lui.

Tous les regards se portèrent sur le chemin sombre et silencieux qui les reliait au monde extérieur. Julie fit un signe de la tête vers la ferme.

– Avant de partir, il faudrait que vous posiez deux ou trois questions à M. Arthaud, le gardien. Pour les dégâts, on n'est sûrs de rien, et franchement ça pourrait aussi être lui. Il est tellement bizarre que ça ne m'étonnerait pas plus que ça.

Nolwenn et Yann échangèrent un regard étonné. Qu'on puisse accuser le vieux pour les pneus ne leur avait pas effleuré l'esprit.

– D'après ce que j'ai cru comprendre, reprit Julie. Cet homme traîne une bonne vieille série de casseroles sales qui ne datent pas d'hier. Et si vous voulez mon avis, il faudrait peut-être qu'on y jette un œil. Ça ne m'étonnerait pas qu'il ait fait du mal à un paquet gens avant d'atterrir ici. Sans parler des histoires bizarres qu'il raconte. Quand vous l'aurez interrogé, allez donc jeter un œil au puits. Pourquoi il l'aurait fermé à clé s'il n'avait rien à se reprocher ? Qui nous dit qu'on n'y trouvera pas un cadavre ?

Nolwenn approuva en silence. Les armes découvertes pendant la nuit la perturbaient. Il fallait que ces deux hommes interviennent et confisquent son arsenal pour le mettre en lieu sûr, et que le vieux fou prouve qu'il détenait une autorisation en bonne et due forme. Sinon, que la loi s'applique.

– Vous avez vu sa collection de cassettes vidéo ? Oui, je sais, y a encore des gens qui en ont. Et il a encore un de ces vieux trucs qui les lisent, mais c'est pas le sujet. Quand vous entrerez chez lui, prenez le temps de regarder les titres ! Que des corridas ! Le dingue en a une bonne cinquantaine !

Un sourire furtif passa d'un gendarme à l'autre, vite effacé par le regard noir de Nolwenn.

– Il y a autre chose dont on voudrait vous parler.

Elle hésita.

– Voilà, je me demandais si vous pouviez contacter notre sœur Anna, et pourquoi pas lancer un avis de recherche. J'ai peur qu'elle n'ait disparu.

24 brumaire an IV (15 novembre 1795)

Jeanne avait répondu à l'appel sans rechigner, malgré la fatigue. Victor, celui pour qui son cœur battait depuis si longtemps, devait vivre et surmonter cette épreuve.

Replaçant délicatement le linge mouillé sur son front, elle soupira, soucieuse. La fièvre qui le tenaillait depuis trois jours ne lui laissait aucun répit. Épuisé et assoiffé, il n'avait quitté sa torpeur qu'en de rares occasions, incapable de lire dans le regard de Jeanne, incapable de comprendre qui elle était.

La jeune fille avait espéré ce jour, elle en avait rêvé. Ce combat était une chance, un appel du pied du destin, une occasion inespérée d'exister et de l'approcher. Un jour viendrait où il serait à elle et ferait d'elle sa femme.

Depuis qu'il l'avait regardée, au bord de la rivière, une certitude n'avait plus quitté Jeanne. Ce jour-là, en l'apercevant qui venait, elle s'était contentée de détourner la tête, feignant de ne pas l'avoir vu, nue. Consciente du regard qui s'était posé sur ses seins, sur son ventre, sur ses jambes, elle avait fermé les yeux, souriante. Portée par les flots qui la protégeaient, elle avait laissé ses propres doigts s'égarer à l'ombre de son corps inondé de bonheur.

Seule au monde, loin des quolibets, elle avait ensuite regagné la rive pour s'y étendre à l'ombre des arbres, tout à la fois heureuse et terrifiée de son indécence. Tapi dans les hautes herbes, trahi un bref instant par la touffe de cheveux qui dépassait des taillis, le garçon était resté. Alors, elle avait pris son temps, certaine d'être le centre d'attraction de celui qu'elle désirait.

Depuis, les choses avaient repris leur rythme inaltérable, lui rappelant sans cesse qui elle était et ce qu'elle ne serait jamais, à moins de forcer la main du destin – même si, pour cela, il fallait lui briser quelques phalanges.

Victor l'avait bien reluquée de temps en temps, en douce, mais sans s'aventurer plus loin. Jamais il n'avait franchi la barrière invisible dressée autour d'elle par les habitants du hameau. Prisonnier des habitudes et des rumeurs, il s'était éloigné sans oser suivre ses propres désirs.

Pourtant, c'était elle qu'on était venu quérir pour le veiller, en une ultime bravade. C'était donc par ses mains et son savoir-faire qu'il reviendrait parmi les vivants. Embusquée aux avant-postes de la maladie, elle lutterait avec lui. Ou contre lui. Elle guiderait ses pas le long du chemin de la guérison et ne relâcherait plus son étreinte. Comme une femme l'aurait fait pour son mari, elle lui masserait les tempes, elle lui caresserait le visage. Si elle en trouvait le courage, peut-être poserait-elle ses lèvres sur les siennes pour un baiser furtif, et il lui en serait reconnaissant pour toujours.

Flattée et amère, elle avait gardé les yeux baissés quand, à la faveur de la nuit, la mère de Victor était venue quémander ses services. Loin de protester, son père avait négocié d'arrache-pied le prix de la guérison. Jeanne l'avait entendu s'exclamer et revenir à la charge, arguant des mérites reconnus de sa fille ! Pour ne pas influencer la décision de cette femme qui, comme tant d'autres, la renierait publiquement par trois fois avant le lever du soleil, Jeanne s'était éloignée, les laissant à leur marchandage. Prête à tous les sacrifices tant que son fils ne serait pas tiré d'affaire, la bonne femme avait cédé.

En pénétrant dans la pièce, Jeanne avait trouvé le jeune homme en plein délire, mais elle était prête, doublement : parce qu'elle guérissait les gens et qu'elle connaissait les plantes ; parce qu'elle l'aimait.

Les leçons des vieilles de la forêt paieraient. Dans quelques heures, quand le breuvage aurait passé la barrière de ses lèvres et pénétré son âme, Victor serait à elle, rien qu'à elle.

Elle aurait souhaité qu'il lui parle d'un futur où il n'aurait eu d'yeux que pour elle, où il l'aurait vue telle qu'elle était, et pas comme les autres la décrivaient. Un monde où les médisances n'auraient pas contaminé son esprit.

Terrassé par la fièvre, il n'avait cessé de répéter le nom d'une certaine Béatrice. De quel droit lui imposait-il le prénom de cette Béatrice de malheur ? Les sourcils froncés, elle s'était fermée aux paroles de Victor pour mieux cerner le mal qui rongeait son tourmenteur. Que son Victor se soit épris de cette idiote la révoltait. La grande brune au sourire accrocheur était tout juste bonne à donner du grain aux canards ou à s'agenouiller devant son Dieu sans se poser de questions. Cette pauvre gourde ne le méritait pas.

Intimidée par l'œil inquisiteur de la maîtresse de maison, Jeanne avait ravalé sa colère et sa détresse pour ne plus penser qu'au jour où, enfin, il lui appartiendrait. Pour ne plus entendre les mots murmurés, elle s'était mise à la tâche sans attendre. Dépliant avec le plus grand soin les linges qui ne la quittaient jamais lorsqu'elle accourait au chevet d'un malade, elle en avait extirpé les herbes qui viendraient au secours de Victor. D'abord la sauge et la spirée, puis la valériane, suivies de son pilon et d'un bol usé par le temps.

Préparant sans relâche les onguents et les breuvages, humectant les lèvres desséchées sans jamais renoncer, Jeanne s'était dévouée corps et âme à la guérison de celui pour qui elle aurait tout donné. Au cours des heures qui avaient suivi, elle n'avait pas cédé un pouce de terrain à la maladie. Guidée par un amour sans bornes, elle avait laissé ses mains agir, repoussant la fatigue et les doutes.

Quand la lune blafarde la laissa enfin seule, ses doigts trouvèrent les miettes dissimulées dans sa blouse. Loin des regards, les morceaux de champignons allèrent se mélanger à la potion qu'elle lui ferait avaler. En atteignant le cœur de Victor, en le délivrant du mal qui le rongeait, Jeanne balaierait les obstacles. Sous prétexte de repousser la fièvre, elle arracherait le mal du cœur de Victor.

À son réveil, Béatrice ne serait plus qu'un lointain souvenir sans intérêt. Alors, parce que plus rien n'occuperait l'espace laissé libre par la disparition de sa concurrente, Jeanne reviendrait graver son propre nom dans le corps, dans la chair de celui qu'elle désirait. Cette nuit ne serait que la première étape d'une nouvelle vie. Dans quelques semaines, quelques mois à peine, quand sa science aurait agi, elle serait enfin la maîtresse de son propre bonheur. Loin des railleries et des mesquineries imbéciles des autres hommes, Victor la comblerait. Il veillerait sur elle et sur leurs enfants. Elle veillerait sur lui. Bientôt, il la coucherait dans les foins et elle s'offrirait à lui, comme une femme se donne à celui qu'elle aime, comme elle l'avait rêvé au bord de la rivière.

Heureuse et impatiente, Jeanne hasarda un sourire face à la nuit, une main sur le ventre du malade.

11 avril - 17 heures

Yann n'en revenait pas. Comment les gendarmes pouvaient-ils s'en aller sans perquisitionner la maison ? Comment le vieux avait-il pu enrober la vérité et s'en tirer avec de simples pirouettes ? Ils l'avaient tous vu. Cette maison truffée d'armes n'avait rien de normal, et la chasse aux sangliers n'excusait pas tout.

D'abord réticent, René Arthaud avait écouté Nolwenn sans rechigner. Et puisque sa soi-disant armurerie se résumait bel et bien à deux fusils de chasse parfaitement en règle, incluant celui qu'elle lui avait confisqué, la jeune femme avait dû s'engager à lui rendre ce dernier dans les plus brefs délais. Estomaquée, elle avait tenté d'imposer son point de vue, avant de devoir plier face à la loi. Cette fois, les gendarmes fermeraient les yeux sur le fait qu'elle se soit emparée d'une arme qui ne lui appartenait pas. Conciliant, le vieux avait accepté qu'elle ne la lui rende que le jour de leur départ pour Paris. Si c'était le prix à payer pour retrouver la paix, il était prêt à se sacrifier.

Masquant leur désarroi et leur colère, Julie, Yann et Nolwenn avaient ravalé les remarques assassines. Sans mots inutiles, ils avaient suivi le groupe jusqu'à la chambre du vieux. Sous leurs yeux incrédules, l'homme avait extirpé une nouvelle arme et l'avait tendue aux gendarmes, prouvant sans le dire qu'une partie de son matériel attendait peut-être en silence que leur propriétaire lui redonne vie.

Rasé de près, René Arthaud aurait pu faire illusion sans sa lèvre tailladée ou son arcade sourcilière enflée. Devançant les questions, il leur avait expliqué en détail comment il avait glissé de son lit pour finir sa course contre l'angle de sa table de nuit. Son discours bien rodé et sa démonstration avaient convaincu les gendarmes, qui s'étaient contentés du permis de chasse et de la facture des fusils.

Pressantes, les deux jeunes femmes les avaient guidés jusqu'à l'arsenal trouvé au cours de la nuit... pour ne rencontrer qu'un grand vide. Julie avait alors insisté pour que la ferme soit fouillée de fond en comble, mais en vain.

Quant à la disparition présumée de leur sœur, les deux jeunes femmes avaient dû se faire une raison. Discréditées par leur entêtement à accuser le vieux, elles s'étaient fermé tout accès à la bonne volonté des gendarmes. Puisque Anna était majeure, qu'elle avait donné signe de vie en leur envoyant des messages et qu'il n'y avait aucune raison d'imaginer le pire, la gendarmerie n'ouvrirait pas d'enquête pour disparition inquiétante.

Le trio en était resté muet de frustration, particulièrement Nolwenn et Julie. Il s'agissait de leur sœur ! Les soupçons de violence évoqués par leur mère ainsi que le départ précipité de Dimitri n'avaient rien changé. La promesse zélée de rappeler si de nouveaux éléments se présentaient n'avait rassuré aucune des deux jeunes femmes, qui n'avaient obtenu aucune autre concession.

Quand Yann avait suggéré que Dimitri avait emporté les armes, l'un des gendarmes avait réprimé un sourire avant de leur conseiller de rentrer à Paris et d'oublier cet endroit, dès que les pneus auraient été changés.

11 avril - 17 h 28

René repoussa la porte derrière lui et s'y adossa une longue minute, guettant le bruit du moteur qui s'éloignait enfin. Les deux gendarmes étaient partis. Effrayé par les questions des deux hommes, il n'avait rien dit. Aucun détail de cette nuit atroce n'avait franchi ses lèvres. L'accident de mobylette et la furie de Nolwenn ne les concernaient pas. Pas plus que le retour de Dimitri en pleine nuit.

Traîné à travers la cour jusqu'au tas de bois, René n'avait dû son salut qu'à l'arrivée du jour. Pourtant, les gendarmes n'en sauraient rien. Maintenant que Dimitri avait disparu, René redoutait son retour. Qu'il ait été roué de coups resterait un secret. Leur parler aurait attiré les regards sur lui. Il avait donc choisi le silence plutôt que la prison.

Quand Nolwenn avait avoué leur razzia nocturne sur ses armes, il avait fait bonne figure. Malgré les battements de son cœur affolé, il les avait suivis docilement jusqu'à la cachette supposée. Lorsqu'il avait compris que la voleuse s'était elle-même fait damer le pion, son humeur avait viré à l'orage. Par la faute de ces inconscients, qui ne voyaient pas plus loin que le bout de leur nez, son arsenal, réduit à peau de chagrin, n'était plus que l'ombre de lui-même. En le dépouillant, Dimitri avait repris l'avantage.

Cette nuit, quand les mains l'avaient attrapé, il s'était d'abord cru en mission, de retour dans le passé. Puis la réalité lui avait sauté au visage. Non, il n'avait pas été réexpédié jusqu'à ce camp de fortune au milieu de la jungle. Il était dans son lit, et l'homme qui lui malmenait les épaules n'était autre que Dimitri. Aucun fou furieux armé d'une machette ne le menaçait.

Serrant et desserrant les doigts, il se remémora cette nuit, quand la peur était venue le secouer à l'idée de retrouver les barbares qui l'avaient torturé, laissant dans sa chair et le long de ses phalanges la marque indélébile de leur cruauté. Ses articulations meurtries ne s'étaient jamais tout à fait remises de l'attention toute particulière qu'ils avaient bien voulu leur accorder.

Non contents de l'attraper, les guérilleros s'étaient mis en tête de le faire parler. Entêtés, ils s'étaient crus assez forts pour lui faire cracher des informations sur ses hommes, mais René n'avait rien lâché. Ses gars ne l'abandonneraient pas. Chaque ongle arraché, chaque phalange brisée s'ajouterait à une note tellement salée qu'ils ne pourraient la régler qu'au prix de leur vie.

Le calvaire avait duré trois jours et deux nuits. Ensuite, l'enfer s'était déchaîné sur ses tortionnaires, au couteau et sans bruit. Une douzaine d'hommes étaient venus, agiles et rapides. Invisibles. Telle une vague silencieuse, ils avaient déferlé sur les cabanes, les submergeant de leur silence.

En guise d'avertissement, un cercle de quinze piques surmontées d'une tête avait été érigé. Personne n'avait parlé, mais René avait lu, dans les regards de ses soldats, le même plaisir partagé d'être à nouveau réunis.

Quand Dimitri l'avait secoué, puis jeté hors de son lit, il n'avait pas crié, persuadé que ses gars viendraient bientôt. Une première claque l'avait alors réveillé. Une autre lui avait fait comprendre son erreur. L'homme qu'il avait été n'existait plus, remplacé par un vieillard alcoolique incapable de repousser un assaillant isolé.

Quand Dimitri était venu le cueillir, il avait flanché. Traîné par le col jusqu'au premier étage de la ferme, il s'était laissé dominer. Il avait cru passer par la fenêtre ouverte avant de comprendre ce qu'il faisait là, accroché au désespoir d'un homme fou. Les yeux grand ouverts sur une carrosserie qu'il connaissait, terrassé par la vision qui s'offrait à lui, il avait cessé de se débattre, conscient de ce que signifiait la présence de cette voiture cachée derrière les rondins de bois.

De la nuit de la disparition, seuls restaient un mal de crâne et une sensation malsaine, de celles qui vous chatouillent la conscience. Dimitri n'avait rien voulu entendre et lui avait juré que cette voiture et tous ceux qui la verraient disparaîtraient avant que la police ne mette la main dessus. Désormais complice involontaire du forcené, le vieil homme ne parvenait pas à recoller les morceaux du puzzle incomplet qui l'innocenterait ou ferait de lui un assassin.

Le départ de Dimitri n'augurait rien de bon. Cet homme n'était pas fait du bois de ceux qui résistent à la pression. Pantin prêt à tout pour sauver sa peau, il n'était pas fiable. En immobilisant les voitures, il avait condamné le groupe, liant leur destin à la volonté du puits.

René chassa l'image d'une bouteille qui s'était imposée à son esprit. Malgré les courbatures et les ecchymoses, malgré l'humiliation qui lui vrillait l'estomac, il repoussa l'envie qui le tiraillait. Baignant sa gorge d'une ardeur nouvelle, la brûlure réconfortante de l'alcool lui aurait éclairci les idées, mais il devait reprendre le dessus.

Certes, il n'avait jamais été carré d'épaules, mais en d'autres temps, il n'aurait fait qu'une bouchée de Dimitri. Dépourvu de cette prestance qui intimide les uns et séduit les autres, son corps de jadis, tonique, musclé et sans peur, était venu à bout d'adversaires bien plus coriaces. Avant que l'alcool et l'âge ne viennent enrayer les rouages, ses réflexes, associés à la technique, l'avaient tiré de mauvais pas dont Dimitri aurait été bien en peine de s'extirper. Là où René était passé, l'autre n'aurait pas tenu une seconde. Et pourtant, quand le jeune abruti l'avait traîné par la peau des fesses, il n'avait pas su s'y opposer. Ce n'étaient pas les baffes ni les coups de poing qui l'avaient éjecté du lit, mais bien le fait d'en avoir été soulevé physiquement. Malgré les coups de pied dans les côtes, aucune plainte n'était venue briser le silence feutré de la nuit. Promené sans ménagement à travers la cour, écrasé contre les plaques cadenassées, il n'avait pas eu peur. Seule la force lui avait manqué. Comme pour en chasser les regrets, le vieux secoua la tête.

Le salaud n'avait pas répété les erreurs de Nolwenn, et c'est en le tenant par les vêtements qu'il avait agi, laissant René affronter seul les vérités qui étaient remontées du puits. Dimitri n'avait pas le droit de lui imposer ça ! Toutes ses précautions avaient volé en éclats sans qu'il y puisse quoi que ce soit, comme si cette bande d'inconnus s'était donné le mot pour le scotcher à ce maudit trou puant qui les reliait à l'enfer.

Le visage déformé par le contact du métal froid, sans ses gants pour le protéger des ondes diaboliques, il avait vu. Les visions lui avaient confirmé ce dont l'homme était capable : Anna, couchée sur la route, avait ouvert la bouche sur un cri silencieux qui n'était jamais sorti. Quand son crâne avait percuté le sol dans un bruit de noix de coco qui éclate, René n'avait pas détourné le regard, voyeur pervers de ses propres souvenirs.

Imperméable au monde qui l'entourait, la jeune femme n'avait regardé aucun des deux hommes qui la dominaient. Les yeux écarquillés sur la mort qui venait, elle avait fixé le néant sans le voir. Une pupille dilatée, l'autre resserrée, l'esprit d'Anna avait précédé son corps pour un voyage dont on ne revient pas. Ses cheveux blonds, étalés sur le bitume, s'étaient teintés de carmin.

Agenouillés à ses côtés, ils n'avaient rien tenté qui aurait pu la sauver. Résigné face aux signes avant-coureurs du désastre, René lui avait pris la main, comme pour l'accompagner. Sans un mot, Dimitri s'était contenté de fixer la bouche ouverte, fasciné par le filet rose qui s'en écoulait. Quand le corps agité de soubresauts avait enfin lâché prise, il avait hurlé. René n'avait pas bougé, les doigts serrés autour de ceux d'une femme qu'ils n'avaient pas su retenir.

Perdus, les deux hommes s'étaient faits complices de la Grande Faucheuse, celle-là même qui avait poursuivi René tout au long de sa vie. Soufflant son haleine froide dans le cou du vieil homme engourdi, rôdant sans relâche autour de lui, elle était revenue lui tapoter l'épaule au hasard de cette route déserte. Comme on rabâche un vieux souvenir entre amis, ce corps étalé sur le goudron froid n'était qu'un rappel cuisant de ce qu'avait été sa vie.

Le monde entier pouvait bien rire, chanter et croquer la vie à pleines dents, le malheur ne s'éloignait jamais de René. Suspendue à son bras, comme un herpès malsain prêt à s'épancher, la Mort était là, prête à faire feu de tout bois. Au nom de causes qui échappaient à toute logique, elle frappait, insouciante et arbitraire. Une fois encore, le vieil homme aurait voulu se rebeller, protester et la chasser, mais il savait que rien ne rattrape jamais les vies fauchées. Tous ces innocents emportés par des guerres qui ne les concernaient pas, ces femmes, ces enfants et ces vieux, écrasés, broyés, pulvérisés, sans autre raison que les ordres reçus et les promesses de gloire.

Alimenté par tous les René Arthaud de l'histoire, le gigantesque manège de souffrances qui pesait sur l'humanité n'en finissait pas de tourner, offrant des tours gratuits aux plus téméraires. Pendant que la Mort s'en donnait à cœur joie, la longue file d'attente des victimes et de leurs bourreaux s'allongeait sans fin. Écrasé par le poids de cette vérité, incapable de réagir face à cette mascarade monumentale, il avait retenu ses larmes. Accroupi devant le corps sans vie d'Anna, il avait préféré se taire, dépassé par la futilité de la vie. Comme bien d'autres avant elle, cette femme ne vivrait plus, par sa faute. Aucune prière, aucune compassion ne la ramènerait.

Maudit depuis son premier jour, René le resterait jusqu'au bout, entraînant avec lui ceux qui croisaient sa route. Effleurant sa peau, jouant avec ses nerfs, la Mort l'avait encore nargué. Refusant de s'en prendre à lui directement, elle lui faisait payer une dette dont il n'était pas redevable. C'était pourtant par sa naissance que tout avait commencé, quand il avait fallu ramener le nouveau-né à la vie pendant que sa mère rendait l'âme.

Comme pour mieux lui rappeler qu'il n'était que le survivant d'un miracle, son nom, murmuré, crié, chuchoté et répété à l'envi tout au long de sa misérable existence, avait toujours été synonyme de ce qu'il était : un mort qui n'avait pas sa place parmi les vivants. Re-né, « né à nouveau ».

En défiant le destin, il s'était désigné à la vengeance implacable qui, depuis, s'abattait autour de lui, en commençant par sa propre mère, emportée par une hémorragie quelques heures après la délivrance. Joueuse et impulsive, la Faucheuse n'avait pas attendu pour effleurer d'un doigt rigolard le ventre de celle qui aurait pu protéger et aimer le nouveau-né.

Marquée du sang des autres dès son premier cri, l'existence bafouée de René n'avait été qu'une succession de malheurs. Le sien, et celui de tous ceux qui s'étaient approchés de trop près. Anna n'était que la dernière d'une longue lignée de victimes touchées par les caprices corrompus du malheur.

René inspira profondément. Le puits ne lui avait rien dévoilé des circonstances exactes de la mort d'Anna. Il l'avait vue courir, poursuivie par la fureur de Dimitri. Et puis ce grand vide, blanc. Et le néant de sa mémoire défaillante, qu'il ne franchissait que pour la retrouver étendue sur le sol froid. Aucune vérité n'était venue éclairer les précieuses secondes dont il avait effacé le souvenir. Tout ce qui lui revenait, par à-coups désordonnés, c'était le sentiment, plus que le souvenir, d'avoir été là avant Dimitri, dans ce virage perdu au milieu de la nuit.

Fatigué, il se massa les tempes pour en éloigner la douleur lancinante qui ne le quittait plus. Malgré sa frustration, le fil de ses pensées dessinait toujours le même point de croix désordonné dont rien n'émergeait, si ce n'était la certitude que, par son intermédiaire, la mort avait encore frappé. Anna n'avait pas quitté la ferme.

11 avril - 18 h 32

Le visage de Dimitri reflétait un trouble intérieur que les heures passées à observer les lieux n'avaient en rien diminué. Immobiliser les voitures aurait dû lui offrir un répit de quelques jours avant que les autres ne se précipitent chez Anna, mais l'arrivée des gendarmes l'avait pris au dépourvu. Tout comme la disparition des clés, cet élément ne faisait pas partie de son plan initial.

Morose, il resta une longue minute à genoux. Si tout s'était déroulé comme prévu, il aurait déjà regagné son appartement, avec les clés de la voiture d'Anna en poche. Ensuite, il aurait surveillé le retour des deux sœurs, qui lui auraient donné le signal pour une virée rapide jusqu'à la ferme, sans se faire prendre. Personne n'aurait su qu'il était revenu et aucune enquête n'aurait pointé dans sa direction. En supprimant l'unique preuve, avant de retourner chez lui pour y attendre la police, en persistant dans ses affirmations, en restant dans son rôle de victime, il aurait fait en sorte que rien ne le désigne comme coupable.

Sauvé par le gong, le vieux s'en était tiré à bon compte, quand le jour s'était levé sans que les clés aient réapparu. Dimitri avait passé la journée à imaginer le châtiment qu'il lui ferait subir s'il ne retrouvait pas la mémoire. Quand il irait de nouveau lui parler, René Arthaud n'aurait pas le choix.

Cette fois, les deux hommes disposeraient d'une nuit entière pour retrouver les clés, et Dimitri ne reculerait devant aucun obstacle. Le vieux craquerait. La nuit dernière, quand il l'avait plaqué contre le puits, René avait parlé. Il avait vu Anna courir, il avait décrit les convulsions sur la route déserte, les jambes qui s'agitaient. Il avait revu le corps qui se débattait et se tétanisait, il avait entendu les gargouillis qui s'échappaient de la bouche ouverte.

Désespéré à l'idée de ne jamais retrouver les minutes qui lui manquaient, Dimitri focalisa son attention sur la forêt. Quelles qu'en soient les conséquences, il ne se laisserait pas prendre. S'ils voulaient la guerre, alors ils le trouveraient en travers de leur chemin. Désormais, le fusil de chasse qu'il portait en bandoulière ne le quitterait plus.

La disparition d'Anna le liait au vieil homme sans retour possible en arrière. Si l'un des deux parlait, son compagnon d'infortune n'aurait aucune prise, aucun refuge pour éviter la tourmente qui s'abattrait. Sans autre moyen de défense, chacun finirait par accuser l'autre, faisant des complices d'un soir les deux victimes d'une équation impossible. En disparaissant, Anna les avait condamnés au pire, à moins que l'un d'eux ne tire sa révérence avant, pour toujours.

S'ils le trouvaient, le corps d'Anna serait étudié de près et le premier légiste venu constaterait qu'elle avait été frappée. On fouillerait le passé et quelqu'un parlerait des emportements de Dimitri. Ses ex se feraient un plaisir de régler d'anciens comptes oubliés. Les femmes avaient toujours été comme ça avec lui, prêtes à effacer d'un battement de cils les meilleurs moments pour ne garder que les rares dérapages.

Serrant les poings, Dimitri redressa le torse. Oui, il agirait et ne laisserait pas le vieux le piéger pour une provocation de trop. Il ne laisserait pas un simple accident lui gâcher la vie. Le reste de son arsenal l'attendait en bas du sentier, près de la vieille barque pourrie.

11 avril - 19 h 04

Le souffle de panique qui s'était emparé de René, alors qu'il avait entendu le moteur approcher, se calma devant l'image de la dépanneuse qui se garait. Les gendarmes n'étaient pas revenus. Depuis la nuit dernière, les meilleures cartes avaient changé de main et l'idée de revoir Dimitri le rendait nerveux. Désormais, si, comme la nuit précédente, il se laissait prendre au dépourvu, la jeunesse de son adversaire pèserait lourd dans l'équation qui les opposait.

Il porta la main à sa lèvre fendue et grimaça. Son passé jonché de cadavres, ses années de marginalité ou son présent imbibé d'alcool feraient de lui un coupable idéal. Le premier des deux hommes qui comblerait les secondes manquantes prendrait le dessus sur l'autre. Comme tous les habitants de cette ferme avant lui, il s'était laissé engluer dans un piège tendu en travers de sa route. Aucune échappatoire ne s'offrait à lui.

Cédant à la curiosité, le vieil homme approcha de nouveau son visage de la fenêtre. Dehors, Julie, Nolwenn et Yann discutaient maintenant avec le dépanneur, qui prenait des notes en hochant la tête d'un air entendu.

René lâcha le rideau et se précipita jusqu'à la chambre voisine. Incapable de maîtriser les battements de son cœur, il plongea derrière la pile de draps qui cachait son précieux grimoire et souffla longuement. Le livre était là, sagement enroulé dans l'épaisse couche de papier journal qui le protégeait des regards.

Le visage de l'homme vira au gris. Un sourire provocateur, dessiné à la hâte, se détachait pour lui adresser un message. René arracha les couches de papier et poussa un cri. Seules quelques pages subsistaient. Son manuscrit mutilé ne le protégerait plus. Lorsque l'affrontement viendrait, aucune incantation ne s'interposerait pour parer les coups.

Résigné et abattu, le vieil homme se laissa tomber sur le bord du lit. Quoi qu'il tente, rien ne les détournerait de leur destin, et la dépanneuse n'y changerait rien. L'œil noir qui les fixait ne les lâcherait plus. Il aurait voulu hurler, se jeter sur le garagiste, le supplier de l'emmener, de les sortir de là, tout de suite.

Un sanglot lui échappa, puis deux. Écrasé par la douleur et la frustration, impuissant et malheureux, il sentit son corps usé s'affaisser davantage. Sur ses genoux, le grimoire inutile gisait, défiguré et mort. Quand la situation déraperait, son pistolet et la mitraillette Sten, cachée au grenier, ne feraient pas le poids.

Une bordée de jurons accompagna René jusqu'à la cuisine. Les pneus crevés, la disparition de ses armes et maintenant la destruction de son grimoire allumaient des feux de forêt dans son crâne. En déchirant les pages du grimoire, Dimitri avait piétiné le dernier rempart de civilisation qui aurait pu les sauver. Quand le chaos et la discorde viendraient fissurer le reflet que chacun donnait de lui-même, plus rien n'empêcherait la noirceur enfouie de leur sauter au visage. Dans les heures qui viendraient, chacun ne penserait plus qu'à sauver sa propre peau, quitte à se débarrasser des autres.

Dehors, Julie levait les bras au ciel en expliquant pourquoi le monde entier leur en voulait. Cette femme lui en rappelait une autre, Angélique Weber, avec qui il avait partagé sa vie. Autoritaire et inflexible, elle l'avait retenu par le chantage. Alternant les périodes d'euphorie et de profonde noirceur, elle l'avait mené par le bout du nez, jusqu'à cet instant où elle s'était mise à conjuguer leurs verbes au futur. Alors, il était parti sans se retourner, aspiré à nouveau par l'aventure. Disparu un matin, en direction d'une jungle que les hommes se disputaient pour son sous-sol, nomade sans identité, il avait choisi le camp du plus offrant, suivant les pistes et protégeant les convois de tous ceux qui s'en approchaient. Prenant la vie comme elle se présentait, il avait ensuite enchaîné les boulots, plongeant toujours plus loin dans l'anonymat de la guerre tarifée.

L'idée d'aller régler ses comptes avec Dimitri sans attendre le titilla, vite réprimée par la peur de devoir avouer son rôle dans la mort d'Anna. Comment expliquerait-il le cadavre couché sur la route ? Et comment justifier la présence de la voiture derrière le tas de bois ?

Une seule certitude s'imposait : le corps n'était pas dans les parages. Depuis le temps, l'arôme caractéristique de la mort l'aurait alerté si la pauvre fille s'était retrouvée enfermée sous ses fenêtres. La simple évocation de cette infection éclaira ses iris d'une lueur tourmentée. Il avait côtoyé assez souvent cette puanteur pour la reconnaître sans l'ombre d'un doute. Imprégnés dans les vêtements ou l'air, ces effluves ne lâchaient plus celui qui les croisait. Peu importaient les années écoulées, toujours égal à lui-même, ce bouquet suave lui aurait sauté à la gorge pour en extirper toute envie de vivre. La dernière fois qu'il en avait croisé les relents, Fandiño, le dernier de ses chiens, avait basculé tête la première dans le puits.

Les appels de détresse du pauvre animal lui avaient déchiré l'âme. Tiraillé entre l'urgence d'aller le repêcher et l'idée d'abréger son agonie par une balle tirée du haut de la margelle, il avait perdu un temps précieux.

Incapable de franchir le rebord maudit, René avait tourné autour du puits en laissant les minutes, puis les heures s'égrener. Les appels s'étaient faits plus rares, plus courts. Quand, enfin, il l'avait rejointe, la carcasse de Fandiño flottait à la surface de l'eau. Éreinté, son dernier ami n'avait pas eu la force de l'attendre. Les trois jours qui avaient suivi s'étaient noyés dans une masse de coton brumeux que René avait largement imbibé de tout ce qui lui était tombé sous la main.

Ensuite, c'était l'odeur qui l'avait réveillé. Pénétrante et lourde, entêtante et repoussante. Comme un parfum alourdi de souvenirs, elle s'était glissée jusque dans sa bouche et son esprit, l'inondant de pans entiers d'un passé disparu. S'insinuant jusqu'aux tréfonds de sa mémoire, la puanteur en avait extirpé les morts. Les siens et ceux des autres. Du désert jusqu'à la jungle, il avait revécu chacun des instants maudits de son existence, se gorgeant de ces relents de désespoir qu'aucune victoire ne défait jamais. Si Anna s'était trouvée dans le coffre, alors il l'aurait su. Le parfum de la morte l'aurait trahie.

Plus calme, René arpenta la cuisine, puis la chambre, prenant le temps de réfléchir, posant les jalons des actions à venir. Se glissant entre le lit et l'armoire, il s'agenouilla devant la dernière lame de plancher et la fit basculer. Cette cachette, indécelable pour un œil non averti, n'avait pas été visitée et ne le serait jamais. Le pistolet qu'elle renfermait ne suffirait pas, mais le savoir là lui réchauffait le corps et l'esprit.

Soulevant l'arme, il ne put retenir une exclamation effarée. Jusque-là cachées, des clés de voiture le narguaient.

11 avril - 19 h 15

Ces clés étaient un message, un signe qu'il s'était laissé à lui-même, un pont construit au-delà de la rivière d'alcool qui le séparait encore de ses souvenirs. Chaudes et moites dans le creux de sa paume, elles étaient bien plus qu'une invitation à aller affronter la vérité. En cachant ce précieux sésame, il s'était donné un ordre à lui-même, et c'est en bon soldat qu'il irait au-devant de l'obstacle. Quelle que soit la réponse à ses questions, la voie qui l'y mènerait s'étalait sous ses yeux.

Empoignant l'échelle, il la colla sur les bûches empilées. Contrairement à Dimitri, il n'abuserait pas de sa force. Caché par le mur de bois, il explorerait chaque millimètre carré du véhicule, après s'être assuré qu'aucune surprise macabre ne l'attendait au volant ou sur les sièges. Ensuite, il s'aventurerait jusqu'au coffre. À défaut d'y trouver Anna, il y dénicherait peut-être une pelle, ou une carte, ou toute autre piste qui le mènerait jusqu'à elle. Peut-être y découvrirait-il l'indice qui le mettrait hors de cause.

La voix de Nolwenn le ramena brutalement à la réalité.

– Qu'est-ce que vous faites perché là-haut ?

Au bord de la crise cardiaque, René Arthaud se raidit. Assis sur les rondins, il ne l'avait pas vue arriver. Empêtré dans ses pensées, il en avait oublié l'essentiel, le fameux FOMECBO : forme, ombre, mouvement, éclat, couleur, bruit et odeur. L'art du camouflage, le b.a.-ba qui permet au soldat de disparaître dans son environnement.

Imbécile et maladroit, perché sur son tas de bois, il n'avait rien à envier à ces canards de fête foraine qui attendent sans sourciller qu'un fusil se lève. En oubliant les bases mêmes de ce qui lui avait permis de traverser sans encombre les pires endroits de la planète, il venait de se faire prendre la main dans le sac par une jeune femme sans expérience. En négligeant les règles de l'art, il s'était désigné comme la cible parfaite !

Furibond, il fronça les sourcils. Comment expliquer à cette fouine ce qu'il faisait perché là ?

Les premiers mots qui lui vinrent à l'esprit ne furent pas les bons.

– Je voulais m'assurer que le bois n'avait pas bougé pendant l'hiver.

La jeune femme le dévisagea, incrédule.

– Je monte là de temps en temps pour vérifier, insista René.

Elle s'approcha, l'esquisse d'un sourire accrochée aux lèvres.

– Et à la fin de l'année, vous vous déguisez en père Noël pour sauter dans les cheminées ? Allez, descendez de là et expliquez-moi ce que vous mijotez. Vraiment.

S'il ne réagissait pas, la catastrophe qui en découlerait atteindrait des proportions auxquelles il ne voulait pas penser.

– De quel droit devrais-je vous rendre des comptes ?

L'hypocrite serait sur lui d'un instant à l'autre.

– Vous croyez que j'ai besoin de vous pour me dire ce que je dois faire ?

L'argument n'empêcha pas Nolwenn de poser le pied sur le premier barreau de l'échelle.

– Allez, je vais vous donner un coup de main. De toute manière, on n'a rien d'autre à faire en attendant le retour de la dépanneuse. Tant qu'on y est, vous pourrez me dire d'où vous sortez cet œil au beurre noir et cette lèvre fendue. Je n'ai pas voulu en parler devant les flics, tout à l'heure, mais j'ai un affreux doute.

Le visage de Nolwenn s'éleva d'un barreau supplémentaire. Quoi qu'il dise, quoi qu'il fasse, elle grimperait jusqu'à lui. Il aurait voulu la repousser, la faire basculer en arrière, mais il retint son geste. Que ferait-il ensuite, perché sur son rempart illusoire ? Il lui jetterait de l'huile bouillante ? Et comment expliquerait-il son geste ? D'autant plus que rien ne garantissait que Yann, Dimitri ou Julie ne rappliqueraient pas aussitôt avec une furieuse envie de le déloger de son promontoire.

Glacé, il regarda la jeune femme se rapprocher du sommet, conscient de la descente aux enfers qui l'attendait s'il ne l'arrêtait pas immédiatement. D'un côté, la preuve de la mort d'Anna, et de l'autre, celle qui, dans quelques petites secondes, provoquerait le malheur. À peine aurait-elle posé les yeux sur la voiture qu'une lame de fond viendrait balayer son existence.

Surmontant un irrépressible besoin de tourner la tête vers la voiture, il focalisa son attention sur l'envahisseuse, lui jetant sa dernière carte au visage.

– Je sais ce que vous faites dans votre maison de retraite, avec les vieux.

Nolwenn se figea. Dans ses yeux, l'incrédulité ne fit que passer, aussitôt transformée en explosion sourde. René avait touché un point sensible.

Il attaqua de nouveau :

– Je vous ai vue, avec votre seringue remplie de cochonneries ! Je ne sais pas ce que c'est, mais j'ai l'impression que vous ne lésinez pas sur les quantités ! C'est le puits qui m'a tout dévoilé.

La jeune femme éclata d'un rire forcé, menaçante.

– Ah ouais ? Et de quoi on parle ici ? Je suis infirmière, si vous voulez savoir, alors mes patients, contrairement à ce que vous insinuez, je peux vous dire que je les soigne !

– Et vos produits chimiques, glissés en douce dans les tuyaux, ne me dites pas que c'est pour leur redonner des couleurs !

– C'est ma mère qui vous a parlé de mon boulot ?

– Puisque je vous dis que j'ai tout vu ! Je ne peux rien prouver, mais je crois qu'on se comprend, vous et moi. Les piqûres dont on ne se réveille pas, si vous voyez ce que je veux dire ! Et je ne parle même pas de votre collection de montres !

Abasourdie, Nolwenn ouvrit la bouche, puis la referma.

– J'ai un marché à vous proposer, enchaîna le vieux, bien décidé à pousser l'avantage jusqu'au bout. Vous cessez immédiatement de piétiner mes plates-bandes et je vous laisse tranquille avec vos propres histoires.

Comme pour s'assurer qu'aucune oreille indiscrète ne traînait dans le voisinage, la jeune femme détourna le regard avant de reprendre, dans un murmure :

– Je ne vois pas de quoi vous voulez parler. Maintenant, ça ne sert à rien de vous énerver. Si vous ne voulez pas que je monte sur votre tas de bois, alors je redescends, voilà tout.

Prenant son temps, elle recula d'un barreau.

– On ne va pas en faire tout un fromage. Regardez, c'est pas plus compliqué que ça !

René n'en relâcha pas pour autant son attention. Elle l'avait déjà trompé en le plaquant contre la margelle du puits. Il devait s'attendre à toutes les ruses venant de cette femme perfide.

Les yeux plantés dans les siens, il la défia. Si elle remontait, il reprendrait son chantage et la ferait de nouveau descendre. Qu'elle capitule si facilement le confortait dans ses certitudes. Il avait deviné juste. Nolwenn tuait les hommes de son âge. Sans scrupules, elle abrégeait leur existence sans leur demander leur avis. Quand elle aurait rejoint les autres pour la nuit, il reviendrait discrètement fouiller la voiture sans aucun témoin.

Cette femme ne faisait probablement qu'épargner des souffrances inutiles, et la fin qu'elle proposait à ses malades était, somme toute, ce qu'il aurait lui-même souhaité, mais l'heure n'était pas aux échanges de mondanités. Sa vie d'homme libre était en jeu et il ferait le nécessaire pour le rester. Tous deux savaient qu'elle risquait gros s'il parlait.

Une lueur nouvelle brillait dans les yeux de Nolwenn, annonciatrice du pire. Le cœur de René s'emballa de plus belle.

– Éloignez-vous et laissez-moi descendre !

Les deux pieds au sol, les mains sur les barreaux, elle recula d'un pas, emportant l'échelle avec elle.

– Puisque vous en savez tellement sur moi, alors vous ne serez pas surpris d'apprendre que je ne me sépare jamais de ma trousse de secours et qu'à l'intérieur, juste au cas où, j'y garde toujours une petite dose de benzodiazépines. Vous avez déjà dû en entendre parler. C'est un drôle de nom, mais je vous garantis que ça ferait plonger un cheval dans les vapes en un battement de cils. C'est un anesthésiant du diable ! Satisfait ou remboursé, juré !

Elle le gratifia d'un large sourire.

– Mais chut, c'est un secret !

Un terrible sentiment d'impuissance s'empara de René. La menace était claire, et quoi qu'il advienne, son destin serait lié au bon vouloir de cette criminelle. Il n'utiliserait pas son pistolet contre elle, et tous deux le savaient.

– Et puisque nous en sommes aux confidences, j'aimerais bien savoir pourquoi vous avez voulu me faire chanter. Qu'est-ce que vous cachez de si important derrière ce tas de bois pour que ça en vaille la peine ?

Saisi de peur, René comprit qu'il s'était piégé lui-même. En le menaçant, il avait aiguisé la curiosité du serpent qui lui faisait face. En tentant de se sauver d'un mauvais pas, il n'avait fait que resserrer l'étreinte du destin autour de son propre cou.

La seule issue serait désormais celle qu'elle lui offrirait.

– Yann, Julie, venez voir ! hurla alors Nolwenn en direction de la ferme.

27 brumaire an IV (18 novembre 1795)

Jeanne se relâcha un instant. Le danger était passé. Sa connaissance des plantes et de l'art sacré lui avait permis de triompher de la maladie. Sauvé des griffes de la fièvre, Victor se remettrait rapidement de sa faiblesse passagère.

Aucun mot de remerciements, ni du père ni de la mère de celui pour qui elle vibrait, n'était venu saluer la prouesse de la guérisseuse. Pour cette famille, elle ne serait jamais qu'une servante dont on use, rien de plus. Les sourires sans vie de Victor et ses appels à cette Béatrice l'avaient rendue folle. Le chagrin et l'angoisse qui l'avaient saisie, tout au long de ces jours de lutte, l'avaient épuisée. Ne rien montrer, ne rien laisser paraître avait été une torture que rien n'était venu apaiser.

Dans le regard de Victor, aucun brasier ne s'était allumé. Crucifiée sur place par sa quasi-indifférence, elle avait passé et repassé en revue la liste des ingrédients pendant que Victor ajoutait de nouveaux clous à sa souffrance, appelant sans relâche sa Béatrice à la rescousse.

Victor n'avait pas succombé au philtre d'amour. Ses sourires lointains et l'expression de ses yeux écrasaient Jeanne d'un poids insupportable. Amère, elle se jura de traiter l'envahisseuse comme elle l'aurait fait d'une mauvaise herbe : elle l'écraserait jusqu'à la racine.

Peut-être les champignons n'étaient-ils pas assez frais ? Peut-être n'en avait-il pas avalé assez ? D'ici peu, elle retournerait dans les bois. Les mois passés aux côtés des deux vieilles de la forêt avaient fait d'elle une experte. Sa mémoire n'avait perdu aucun de leurs précieux conseils. Attentive aux détails, elle savait se méfier d'une collerette mal dégagée ou d'un reflet cuivré pour distinguer le bon grain de l'ivraie. Comme les hommes, les champignons pouvaient se montrer impitoyables, et la plus insignifiante des erreurs se payait au prix fort.

Maintenant qu'elle avait guéri Victor, d'autres occasions se présenteraient. La froideur du jeune homme n'était qu'un contretemps. Quand elle aurait trouvé la faille, plus aucun obstacle ne se dresserait entre elle et lui. Elle s'emparerait de ses sentiments et embraserait leur passion d'une flamme d'un éclat sans pareil. Dans quelques semaines, quelques mois tout au plus, il la réclamerait à cor et à cri. Maintenant que les deux vieilles femmes étaient mortes, elle ne pouvait compter que sur elle-même, mais elle gardait confiance. Les longues heures d'apprentissage ne seraient pas perdues.

Deux années plus tôt, la chance n'avait été pour rien dans leur rencontre. Après avoir entendu maints récits, Jeanne avait suivi les indications glanées pour les rejoindre. Nerveuse, elle avait fouillé les recoins les plus éloignés des forêts alentour jusqu'à les y dénicher. Comme l'avaient annoncé les villageois, les deux sœurs vivaient loin de tout, dans une misérable cabane.

Jeanne n'avait pas osé leur parler, restant prudemment cachée tout en les espionnant. Jour après jour, elle était retournée les observer, toujours plus près, jusqu'à ce que les deux femmes la prennent à son propre jeu. Surgissant des feuillages, elles l'avaient toisée de la tête aux pieds, l'étourdissant de mille questions sur les plantes et les animaux, la rabrouant ou la félicitant tour à tour.

L'apprentissage qui avait suivi, long et éreintant, lui avait pourtant révélé le sentiment nouveau d'être la bienvenue. Disparaissant de longues journées dans la forêt, Jeanne avait découvert la joie d'être reconnue pour ce qu'elle était, une jeune fille curieuse qui comprenait ce que beaucoup se contentaient d'ignorer.

Ensuite, la nature avait repris ses droits. Brutale et sans états d'âme, elle était revenue jeter le malheur. Quand la jeune fille avait trouvé les deux vieilles étendues à même le sol, elle avait compris que la parenthèse de bonheur s'était refermée, emportée par la raideur de leurs corps noueux.

Au prix d'un terrible effort, elle avait pioché le sol de cette forêt pour un dernier hommage sans témoins. Hormis celles de Jeanne, aucune larme n'avait été versée pour celles que personne n'approchait sans se signer.

Désormais privée des enseignements de ses aînées, de nouveau seule au monde, elle n'avait pas renoncé. Là-bas, au fond de cette cabane sans vie, elle avait persévéré, puisant à la source de nouvelles connaissances, plongeant sans relâche dans les livres et les recettes oubliés.

Marchant d'un pas tranquille, Jeanne s'éloigna sans hâte. Dans une heure, les premières maisons du hameau voisin lui livreraient Béatrice. Prétextant un message de Victor, elle serait accueillie à bras ouverts.

Loin du spectacle qui s'annonçait, Jeanne n'assisterait pas à l'agonie qui suivrait leur rencontre. Dans deux jours, trois au maximum, la douleur se glisserait jusqu'au dernier fragment de peau et de chair de l'aguicheuse. Mais lentement, très lentement, afin que rien ne relie la visite d'un soir aux symptômes. Elle ne verrait pas la pauvre fille vaciller et s'effondrer.

Terrassée par un mal inconnu, le visage plus pâle que la mort, la malade serait mise au lit. Des mains prieraient pour son rétablissement, des prières inutiles s'élèveraient. Son corps frêle et gracieux se ferait plus raide, plus douloureux. Plus rien ne réfrènerait le mal qui la rongerait. Béatrice s'étiolerait sans bruit, misérable coquelicot fané, fripé et laid. Certains affirmeraient qu'elle se serait consumée de tendresse. D'autres, plus tatillons, pointeraient un doigt inquisiteur vers Victor sans savoir qu'ils avaient touché la vérité. Car c'était en jetant son dévolu sur cette fille insignifiante que le jeune homme avait scellé son destin tragique. C'était par amour qu'elle dépérirait. C'était par amour que Jeanne agirait.

Plus tard, quand la saison reprendrait ses droits et que l'hiver viendrait étendre ses griffes sur les terres ankylosées, chacun trouverait le temps de penser à la pauvre fille emportée dans la fleur de l'âge. Chacun pleurerait et se rebellerait contre les maux qui affligent les campagnes et fauchent les âmes sans discernement. Alors, les jours qui se succéderaient effaceraient les plaies et tous retrouveraient leur place autour de l'âtre.

Ici, la variole et les maladies n'accordaient aucun pardon aux faibles. Ici, seuls les plus coriaces atteignaient l'âge de raison. La mort de l'un venait inexorablement effacer le souvenir de toutes les autres. Par la grâce du Seigneur, d'autres enfants mourraient, bientôt remplacés par les suivants.

Un jour prochain, Jeanne reparaîtrait auprès de Victor. Avec elle s'évanouirait cette langueur que ressentent parfois les hommes face à la disparition de leur bien-aimée. Bienveillante, elle effacerait le malheur. Pour ne rien laisser au hasard, elle s'assurerait qu'il boive chacune de ses préparations jusqu'à la dernière goutte. Qu'il le veuille ou non, son cœur s'emballerait alors pour elle.

La jeune fille entonna la chanson que lui fredonnait sa grand-mère, retrouvant les paroles joyeuses qui l'avaient bercée d'amour et de vie avant que la mort ne vienne planter ses crocs jusqu'au creux de sa chair.

En posant son regard sur elle, au bord de la rivière, Victor avait signé un pacte qu'il n'avait pas respecté. Quand la cloche de Sainte-Radegonde sonnerait l'angélus, aucune Béatrice ne viendrait ternir l'éclat de leur amour.

11 avril - 19 h 23

Nolwenn fixait la voiture sans comprendre. Isolée du remue-ménage et des cris provoqués par la découverte, elle ne pouvait se détacher de l'image impossible qui s'étalait sous ses yeux.

En appelant les autres, elle n'avait pas anticipé l'apparition de cette voiture ni le raz-de-marée qui avait suivi. En cédant, le vieux avait ouvert une boîte de Pandore qui ne se refermerait qu'avec des certitudes. Portée par les reflets métalliques de la carrosserie jaune citron, une vague de destruction que rien n'arrêterait, que rien n'effacerait s'était abattue sur Nolwenn et sa sœur. Séparant l'avant de l'après d'un trait rouge sang, l'ombre de la mort venait de poser ses griffes sur leurs vies.

Anna, jusque-là bien vivante, ne s'était pas simplement réfugiée dans son appartement. Jamais elle n'aurait abandonné sa voiture derrière elle !

Clouée sur place, au sommet du mur de rondins, Nolwenn fixait le vide. Déboussolée, hébétée, assise sur le rebord vacillant d'un monde impossible, elle attendait que son corps veuille bien reprendre le contrôle. La logique implacable qui la terrassait l'écrasait d'un poids contre lequel elle ne pouvait lutter.

Une seule phrase, une seule petite phrase se mit à tourner en boucle dans son esprit comme l'aurait fait une bête de somme accablée par le destin : Anna n'aurait jamais abandonné sa voiture derrière elle !

Dimitri l'avait tuée. René l'avait aidé. L'un comme l'autre n'étaient que des bombes à retardement dont personne, elle la première, n'avait pris la peine d'entendre le tic-tac. Maintenant, sa sœur était morte. Anna n'aurait jamais abandonné sa voiture derrière elle !

Les yeux béants de Nolwenn ne virent pas René basculer sur le toit de la voiture. Elle ne prêta attention ni aux cris hystériques de sa sœur, qui le traînait du pare-brise jusqu'au capot, ni à Yann, qui se jeta dans la mêlée.

Anna avait abandonné sa voiture derrière elle !

Noyée, loin de cette ferme et de cette carrosserie trop familière, Nolwenn découvrit qu'elle aussi s'était mise à crier.

– L'enfoiré a les clés ! Fouille ses poches, Julie !

Nolwenn se laissa glisser jusqu'à l'homme étendu en travers du capot. Éteint, le vieil homme attendait que le sort décide pour lui de la suite des événements. Grimaçant en silence, il n'opposa aucune résistance aux mains qui exploraient ses poches.

Saisies de la même soif de compréhension, les deux sœurs s'engouffrèrent tête la première dans la voiture pour y confirmer ce qu'elles avaient déjà entrevu par les vitres : Anna n'était pas là.

– Où elle est, espèce de salaud ? cracha Julie.

– C'est Dimitri qui m'a obligé !

Folle de rage, Julie le secoua. Puisqu'il avait les clés, parce qu'il habitait ici et qu'il ne pouvait pas ignorer comment cette voiture était arrivée jusque-là, il parlerait !

– C'est Dimitri ! J'y suis pour rien !

– Et ça, c'est quoi ?

Tous les yeux se portèrent sur Nolwenn, qui émergeait du coffre. Dans sa main, un mouchoir maculé d'ocre brun, l'un de ces carrés de tissu brodé que seuls les gens d'un certain âge utilisent encore.

11 avril - 19 h 45

Égaré en pleine folie, le vieil homme digérait mal la situation. Son cauchemar avait rejoint la réalité à la vitesse d'un mur de rondins qui s'écroule. Les bras qui charriaient le bois autour de lui ne s'accordaient aucun répit.

Étrangers à son trouble, les trois jeunes gens se relayaient sans relâche pour dégager la voiture qui les ramènerait vers la civilisation. Pour René, la gendarmerie la plus proche ne serait que le premier jalon d'un chemin de croix dont il ne reviendrait pas. La brutalité du puits, qu'il était parvenu à éviter depuis tant d'années, allait enfin s'abattre sur lui et le broyer.

– Comment vous voulez que je me rappelle quoi que ce soit ? J'étais plein comme une barrique cette nuit-là !

– Tu vas voir si tu vas te foutre de nous longtemps ! lâcha Julie. Dès qu'on sera sortis de là et que les flics t'auront mis la main dessus, tu leur parleras comme jamais auparavant. Tu chanteras même, c'est moi qui te le garantis.

Inéluctable, la main du destin se refermait sur le vieillard. La prison de bois laissait maintenant entrevoir un passage à hauteur des yeux. Yann et Julie travaillaient vite. Demain, la ferme et les arbres ne seraient plus qu'un lointain souvenir. Pour la troisième fois de sa vie, René perdrait sa liberté. Malgré son âge, la justice des hommes se montrerait inflexible. Désormais, aucun commando ne se fondrait dans l'encre de la nuit pour l'extirper manu militari des griffes de ses geôliers. Ce soir, des fonctionnaires zélés lui liraient ses droits avant de faire disparaître ses lacets et sa dignité. Les questions s'enchaîneraient au gré des heures pour se resserrer inlassablement sur les trous noirs de cette nuit d'égarement dont il ne sortirait plus. Comment pourraient-ils croire qu'il ait caché cette voiture sous la contrainte ? Comment pourraient-ils admettre qu'il n'ait aucun souvenir d'un meurtre ?

– Traînez-moi jusqu'à Cayenne ou Fleury-Mérogis si ça vous soulage ! Puisque je vous dis que je ne me souviens de rien ! Mon cerveau, c'est du gruyère, alors allez-y !

– Tu vas fermer ta grande bouche ! aboya Julie sans autre forme de procès.

– Oh, mais j'en ai vu d'autres, vous savez, et je serai pas le seul à laisser des plumes dans cette histoire ! À votre avis, pourquoi vous croyez que Nolwenn fait seulement semblant de travailler ?

Tous les regards se portèrent sur la jeune femme, aussi surprise qu'eux, apportant une note d'espoir au vieux. En semant la discorde, il tirerait peut-être son épingle du jeu. En d'autres temps, c'est par la force qu'il se serait débarrassé d'eux, mais la donne avait changé. Ses articulations étaient rouillées, et le petit vieux desséché qui habitait désormais son corps ne faisait plus peur à personne, pas même à ces gringalets.

Il reprit l'offensive.

– Julie, comment croyez-vous que je sois au courant pour votre sœur ?

– Mais vous allez nous lâcher avec ça ? On a bien compris que vous savez qu'elle travaille à l'hôpital, c'est pas une raison pour y passer la nuit ! C'est de la démence, votre histoire. Ça ne marche pas, vos salades. Pourquoi elle aiderait des gens à mourir ? C'est du grand n'importe quoi !

Déçu, il porta son attention sur Yann, qui le dévisageait en silence.

– Et vous, ça ne vous chagrine pas que votre femme tue des gens ? Moi, à votre place, je me ferais du souci.

Nolwenn se précipita sur lui.

– Connard ! Je vais te les faire bouffer, tes insinuations de merde ! Je ne fais que mon boulot, d'accord ? J'aide ceux qui me le demandent, rien de plus ! C'est mon boulot, juste mon boulot, espèce d'abruti !

– Ah oui ? Et les montres, alors ? D'où elle sort, votre collection de montres ?

– Tu vas la fermer, vieux débile ? Ça ne te suffit pas d'avoir fait du mal à ma sœur ? Tu crois que personne ne te voit venir ?

Elle le repoussa rudement contre la voiture.

– Et qu'est-ce qu'elle t'avait fait, Anna, hein ? Mais quoi que tu dises, quoi que tu fasses, on te traînera jusqu'aux flics. Et si tu crois qu'en mettant le bazar tu sauveras ta peau, tu te mets le doigt dans l'œil !

Saisissant les poignets de la jeune femme, Yann s'interposa.

– Ça suffit ! Tu l'as dit, c'est pas à nous de régler ça. On va tranquillement dégager ce bois et ensuite on roulera jusqu'à la première gendarmerie, rien de plus !

Rejetant au loin son envie d'écouter ce qu'avait à dire René, Yann plongea un regard silencieux dans celui de la jeune femme. Le rêve de la nuit précédente pouvait-il la concerner ? Nolwenn, sa Nolwenn aidait-elle vraiment les patients à prendre leur envol pour le grand plongeon ?

Malgré son envie d'en découdre, elle recula d'un pas. Derrière elle, le va-et-vient qui devait dégager la voiture avait cessé. Julie fixait le vieux. Dans ses yeux perçait une froideur résolue.

– Je vous préviens, si n'importe lequel d'entre vous change d'avis, je traîne moi-même le vieux croûton jusqu'aux flics, même s'il faut le porter pour ça ! Alors, vous avisez pas de tomber dans le panneau. C'est juste une entourloupe pour nous diviser !

Nolwenn acquiesça et s'empara d'une bûche, qu'elle jeta au loin.

– En plus, comment il pourrait savoir ce que je fais de mes journées ? Franchement, réfléchissez, ça ne tient pas debout, son truc ! Cet abruti veut nous empêcher de dégager la voiture, c'est tout !

– C'est le puits qui a tout étalé au grand jour ! Le puits ! l'interrompit le vieux, plus déterminé que jamais.

– Vous voyez, reprit Julie, il est prêt à tout ! Depuis que tu lui as pris son fusil, Nolwenn, il ne sait plus comment se sortir de là. Évidemment, le seul truc qu'il ait trouvé, c'est de semer la pagaille entre nous. Yann, quand même, ne me dis pas que tu vas marcher dans ses combines ?

Yann hésitait. L'obstination du vieux le perturbait tout autant que la réaction à fleur de peau des deux sœurs. Pourtant, comment accepter l'idée d'un puits porteur de vérités, et surtout comment accorder le moindre crédit à un vieil ivrogne ?

Il secoua la tête. Non, l'hyperréactivité de Nolwenn tenait au choc provoqué par cette voiture sortie de nulle part. Elle disait vrai et le vieux délirait. S'il se mettait à croire au surnaturel et à toutes les foutaises que racontait le bonhomme, alors il se rabaisserait au même rang que lui. Sans oublier que le vieux renard ne reculerait devant rien pour passer entre les mailles de la justice. Si Anna était morte, alors Nolwenn aurait besoin de lui, et il ne laisserait pas le doute s'immiscer dans leur couple.

René se redressa. La double rangée de rondins à déplacer ne serait bientôt plus qu'un souvenir. Le temps était venu de décocher ses dernières flèches.

– Puisque je vous dis qu'elle va me tuer comme tous les autres ! reprit-il, aussitôt interrompu par le bruit d'une bûche qui s'abattait.

Bouche bée, Yann et Julie virent l'homme s'effondrer aux pieds de Nolwenn.

11 avril - 20 h 20

Prenant sa sœur de court, Julie avait tourné la clé et enclenché la première. La priorité était d'amener la pièce à conviction et l'un des coupables jusqu'à ses juges. Yann avait approuvé. Seuls les flics sauraient démêler le vrai du faux. Que le vieux ait accepté de planquer la voiture chez lui ferait converger tous les regards sur sa personne, mais Julie restait persuadée que le vrai coupable, Dimitri, avait regagné Paris.

Confortablement vautré sur son canapé, il ne se doutait pas une seconde de ce qui lui tomberait dessus quand la police aurait vu la voiture. Seul un coup de téléphone les séparait de ceux qui iraient le coincer. La garde à vue lui ferait amèrement regretter de s'en être pris à Anna. La suite ne serait que justice.

Une nouvelle embardée secoua les passagers sans que Julie leur accorde un mot. En s'emparant du volant, elle ne leur avait pas laissé le choix et rien ne l'aurait fait changer d'avis, pas même Nolwenn, qui s'était entêtée à ne pas vouloir monter dans cette voiture, leur unique moyen de transport, leur unique preuve ! En affirmant à qui voulait l'entendre que la déplacer et y ajouter leur ADN brouillerait les pistes, Nolwenn faisait fausse route.

En focalisant leur attention sur les pneus, les gendarmes qui étaient venus dans l'après-midi étaient passés à côté de l'essentiel. C'est sur Dimitri qu'ils auraient dû diriger leurs efforts et leurs pensées. Sa violence, même supposée, aurait dû faire pencher la balance vers une disparition inquiétante. Replacée dans ce contexte, la fuite de Dimitri n'était pas anodine. Aucune certitude n'aurait dû s'immiscer dans les esprits des enquêteurs avant qu'ils n'aient réussi à joindre Anna en personne. Les SMS ne démontraient rien. Ils auraient bien pu être envoyés par n'importe qui. Localiser les appels et mettre la main sur le téléphone auraient dû être leur priorité. S'ils l'avaient retrouvé aux alentours de la ferme, qu'en auraient-ils déduit ?

Julie avait retourné les hypothèses dans tous les sens. Après réflexion, les messages envoyés par Anna étaient probablement des faux. Si Anna ne reparaissait pas et en l'absence de preuves formelles, ils ne sauraient jamais ce qu'il s'était passé. Faire parler Dimitri et le vieux serait leur seul moyen d'approcher la vérité. Mais pour ça, cette voiture devait regagner la civilisation.

– Pourquoi t'as pris ce flingue ? l'attaqua Nolwenn entre deux secousses. Et d'abord, de quel droit tu t'es permis de me le piquer ?

– Écoute, ça suffit, tes arguments qui nous polluent ! Quand tu l'as planqué dans ta chambre, tout le monde savait où il était. Avoue que c'était un secret pour personne, alors tu peux comprendre que j'aie eu peur. Je me suis dit qu'il valait mieux que je le déplace avant que Dimitri ne le fasse disparaître. Après ce que nous avait raconté maman, j'étais pas tranquille. Qu'est-ce qu'on aurait fait si on s'était retrouvés avec deux dingues armés au lieu d'un ? C'est quand même pas compliqué de comprendre ça !

La boîte de vitesse craqua. Maintenir la voiture sur ce chemin tortueux et obscur s'avérait plus difficile que prévu.

– Et pourquoi tu ne m'as rien dit ? T'as pas confiance ?

– Bon, Nolwenn, on en reparlera autant que tu voudras quand on aura le temps. Dans l'immédiat, on a autre chose à faire que de se chamailler. C'est pas le moment ! On va à la gendarmerie et on règle ça. Le reste n'a plus aucune importance. Tu te rends compte qu'on parle peut-être d'un meurtre ?

Les roues arrière dérapèrent, imposant le silence.

– T'es complètement dingue ! s'impatienta Julie dans un nouvel élan de rage. Pourquoi t'as tabassé le vieux ?

– Tu crois qu'il serait venu avec nous de son plein gré ? Mais regarde-le ! T'as vu comment il nous montait les uns contre les autres ?

Julie jeta un regard en coin à sa sœur. Sa réaction l'avait consternée. En frappant René, elle avait tout simplement ruiné leurs chances de le faire parler rapidement. Leur seule occasion de savoir si Anna était vivante s'était évanouie avec le vieux. Sans oublier que Nolwenn s'était mise elle-même dans une situation délicate. Comment expliquerait-elle son geste aux gendarmes ?

Les gémissements de l'homme sur la banquette arrière ne la rassuraient qu'en partie. Le temps pressait.

– Fais gaffe, il y a un truc là, devant, l'interpella la voix de Yann.

Assis à l'arrière, il protégeait René Arthaud des cahots dans un duo désordonné qu'en d'autres circonstances elle aurait trouvé amusant.

Sur le siège passager, Nolwenn ne riait pas du tout.

– Freine, je te dis ! Tu ne vois pas les sangliers devant toi !

Julie n'aurait pas pu les manquer. Croisant et recroisant les faisceaux des phares, leurs ombres s'étaient rapprochées, se multipliant au gré des hésitations de la voiture. Les animaux disparaissaient pour mieux reparaître l'instant d'après, toujours plus rapides, toujours plus nombreux, inondant la pénombre d'une marée sans forme.

Julie rétrograda. Maintenant qu'ils savaient qu'Anna n'était pas partie de son plein gré, rien ne les empêcherait de livrer le salaud qui gémissait sur le siège arrière à la justice. Aucun de ces maudits sangliers ne les détournerait de leur but. L'une de ses mains lâcha le volant pour aller s'écraser sur l'avertisseur, rendant la conduite plus chaotique et incertaine que jamais.

Engluée dans la lumière des phares, la masse de poils et de muscles les aurait percutés si Nolwenn n'avait tourné le volant vers elle, projetant la voiture à droite. Surprise, Julie perdit définitivement le contrôle, catapultant le véhicule contre un sanglier, le télescopant de plein fouet. Le choc, brutal, projeta les quatre occupants en avant, épinglant la voiture et l'animal sur place.

Une longue minute s'écoula. Julie se frotta les tempes et la nuque. Sa tête et son épaule avaient heurté la vitre.

– Putain, mais c'est pas vrai !

Derrière elle, les yeux hagards du vieux la fixaient sans la voir. Yann se tenait le nez en grimaçant.

– Mais qu'est-ce qu'il t'a pris ? s'insurgea Nolwenn, de nouveau agressive. Je t'avais dit qu'il fallait y aller à pied ! Mais non, il a fallu que tu insistes, et regarde maintenant dans quel pétrin on se retrouve ! Putain, on a même pas quitté la forêt ! On a fait quoi, trois ou quatre cents mètres, et déjà tu nous fous dans le décor ! Putain de putain, je rêve ! Comme si c'était le moment de faire du rodéo !

Deux portières s'ouvrirent à l'unisson sur le côté droit de l'habitacle, déclenchant l'enfer dans un double flash de lumière, suivi immédiatement d'un claquement sec. Chevauchant le silence feutré des arbres, un fusil venait de faire feu, déchargeant son agressivité sur la voiture immobile.

Emportés par de vieux réflexes surgis de la nuit des temps, René, Yann, Nolwenn et Julie se plaquèrent contre les sièges, devançant de quelques millimètres la seconde salve, qui fit exploser l'air autour d'eux. Plantant ses griffes autour des passagers, une gerbe de verre cribla l'habitacle.

Julie hurla, Yann se jeta au sol, Nolwenn plongea derrière l'arbre le plus proche. Allongé sur la banquette, le vieux ne broncha pas. La portière le dissimulait et celui qui leur avait tiré dessus ne serait pas sur eux avant de longues secondes. S'il contrôlait ses mouvements, il survivrait à l'assaut suivant. S'il laissait la peur prendre le dessus, il se ferait cueillir comme un lapin, fauché en pleine course par une décharge de chevrotine. La détonation ne laissait planer aucun doute. Il aurait reconnu cette mélodie entre mille. Son propre fusil, le .300 Winchester Magnum, venait de leur tirer dessus.

– C'est Dimitri, chuchota le vieil homme à l'adresse des autres.

Une nouvelle détonation lui coupa la parole, suivie d'une voix qui se voulait amicale.

– Ça va, rien de cassé ?

C'était Dimitri.

11 avril - 20 h 31

– Il faut qu'on parle ! Je vous jure que le vieux est dans le coup. Je sais ce que vous pensez, mais c'est archifaux ! C'est lui qui a tout fait !

Seuls les grognements des sangliers qui s'éloignaient comblèrent l'espace qui les séparait.

– Je sais qu'il est là avec vous ! Demandez-lui ce qu'il en pense et vous verrez si j'ai pas raison !

Dans le crépuscule, leurs yeux agrandis s'agitaient en tous sens, éblouis par la lumière d'un phare miraculeusement intact. Dimitri ne les aurait pas aussi facilement.

La nuit tombante se révélait une alliée de poids. Julie se faufila en silence vers la portière ouverte. Accroupis à l'abri des arbres, Nolwenn et Yann l'encourageaient en silence. Aucun d'eux ne s'était préparé à cet assaut. Aucun d'eux n'avait jamais eu à affronter la colère d'un fusil.

Franchissant le cap du levier de vitesse, Julie se coula sur le siège de Nolwenn pour glisser jusqu'au sol moite du sous-bois. Le souffle court, elle rampa vers les arbres, ignorant le sanglier couché devant la voiture.

La voix de Dimitri s'éleva de nouveau. Face à sa folie, leur survie ne tenait qu'à un fil. S'ils ne prenaient pas les bonnes décisions, le dingue aurait le dernier mot. Après s'être acharné sur Anna, c'était à eux qu'il ferait la peau. L'un après l'autre.

Révoltée, Julie rebroussa chemin vers les portières ouvertes. Puisque leur salut en dépendait, elle lui rendrait coup pour coup. L'arme récupérée dans la chambre de Nolwenn servirait. Le fameux fusil que sa sœur avait confisqué au vieux les sauverait. Tant pis si Nolwenn avait mal digéré qu'elle ait pu le lui prendre sans le lui dire. Cette arme lui appartenait tout autant qu'à sa sœur. D'ailleurs, sans sa présence d'esprit, personne n'aurait ratissé la cour pour retrouver les cartouches qui l'accompagnaient. Grâce à elle, quoi qu'ils en pensent, le groupe se tirerait de ce mauvais pas.

Glissant une main hésitante entre les sièges, elle reconnut aussitôt le froid métallique du canon. L'arme n'avait pas bougé, probablement calée par les pieds de Yann. Pourtant, ce fusil vide ne lui assurerait aucune sécurité tant qu'elle n'aurait pas trouvé les munitions. Pour stopper Dimitri, le bluff ne suffirait pas.

– Vous allez rester là sans bouger pendant longtemps ? intervint la voix, plus proche. Ou alors vous préférez que je vienne vous chercher ?

Consciente des secondes qui s'écoulaient et des pas qui approchaient, Julie plongea un bras fébrile sous les sièges pour y explorer chaque centimètre carré. Sa vie dépendait de ce que ses doigts trouveraient avant que Dimitri n'ait le temps de les rejoindre.

– Promis juré, si vous me donnez le vieux, je vous laisse tranquilles.

– Et tu nous laisseras passer ?

C'était Nolwenn. Ulcérée, Julie poursuivit ses recherches, repoussant les morceaux de verre du bout des doigts. Sa sœur venait de dévoiler sa position !

– Pas encore. D'abord, je dois parler à René.

Sa main droite rencontra enfin une cartouche, puis l'autre.

– Eh, le vieux, t'es là ? Vous n'allez pas croire l'aïeul, tout de même ! Puisque je vous dis que c'est lui qui a fait du mal à Anna.

La voix lui vrillait les tympans. Encore quelques mètres et il la rejoindrait.

– Arthaud, dis-leur que j'y suis pour rien !

Tremblante, Julie tira à elle le fusil et tenta de l'ouvrir, s'escrimant sur la languette de métal qui séparait le canon de la crosse. Elle avait vu le vieux ouvrir ce même fusil en un tour de main ; elle y parviendrait, elle aussi. Poussant et tirant le clapet, elle écarta les images de Dimitri s'avançant vers elle, l'arme au poing.

Sans crier gare, le fusil s'ouvrit en deux, révélant deux tubes prêts à accueillir les munitions. Elle y enfourna les cartouches. Coincée entre les sièges, elle leva les yeux vers les vitres, inquiète à l'idée d'y rencontrer le visage de son ennemi, quand une détonation déchira l'air.

– C'est ça qu'il vous faut ? Y a que la trouille qui vous ouvrira les yeux !

Refermant enfin son arme, Julie se précipita vers le premier arbre.

11 avril - 21 h 03

La forêt s'était faite silencieuse, comme pour se donner le temps de réfléchir ou de cerner chacune des proies dissimulées. Julie fouilla la nuit en tous sens. René Arthaud n'était plus avec eux.

– Où est le vieux, putain ? Mais qu'est-ce que vous avez fait ? Il fallait le surveiller !

– Julie, je sais que tu es là et que tu m'en veux pour cette voiture, s'écria la voix de Dimitri.

– Va te faire voir !

– Je le savais, t'es contrariée ! Et toi, Nono, tu ne dis plus rien, c'est bizarre ! Toi qui es si maline ! Personne ne se demande pourquoi c'est derrière chez lui qu'on a retrouvé la bagnole ?

– Ça veut dire que tu savais qu'elle était planquée là, espèce de salaud ! s'indigna la jeune femme.

– Et tu crois que c'est en nous tirant dessus que tu vas nous convaincre ? intervint Julie, plus remontée que jamais. Espèce de gros débile psychopathe ! Je te préviens, moi aussi, j'ai un fusil.

Dans sa main, l'arme chargée attendait, prête à faire feu. Si Julie venait à tirer et qu'elle manquait sa cible, elle n'aurait pas de deuxième chance.

– Mais qu'est-ce que vous voulez que je vous dise de plus ? Je ne sais pas ce qu'il s'est passé ce soir-là ! C'est dingue que vous ne puissiez pas comprendre ça ! Je me suis pris une cuite épouvantable, c'est tout ! Le seul qui détient la vérité, c'est le pauvre ahuri que vous protégez. Avec Anna, on s'était disputés, rien de plus. C'est pas avec ça que vous pourrez m'accuser de quoi que ce soit. Yann, dis-leur que ça vaut le coup de se poser et d'en discuter !

Personne ne répondit.

– Je sentais bien qu'elle en avait assez de notre histoire, mais j'ai pas voulu comprendre. Après, il était trop tard. Ses bagages s'étaient envolés, et elle avec. Alors, vous voyez, c'est facile de faire des raisonnements, mais vous auriez fait quoi à ma place ? En plus, elle répondait plus à mes appels !

Le dos collé au tronc qui la protégeait, Julie se laissa tomber jusqu'au sol et posa le fusil en travers de ses cuisses.

– Et la bagnole, quand est-ce que tu l'as trouvée ?

Elle devait continuer de le faire parler. Comme un radar dans la tourmente, les paroles qui lui revenaient trahissaient la position de Dimitri. Tant qu'il resterait assez loin, ils seraient en sécurité.

S'il reprenait son mouvement, elle quitterait son abri et l'affronterait.

– Justement, c'est pour ça qu'on doit discuter avec le vieux. C'est lui qui l'a planquée et qui s'est arrangé pour me faire porter le chapeau ! Laissez-moi régler ça avec lui.

Nolwenn réfréna son envie de retrouver René et de le faire parler elle-même.

– Puisque t'es tellement convaincu de ton innocence, alors pourquoi tu nous as menti ? Tu nous as raconté qu'elle t'avait plaqué.

– Et les SMS, ils venaient d'où ? reprit Julie.

– Justement, j'y comprends rien.

– Tu penses vraiment qu'on va gober tout ça sans rien dire ?

– Mais bien sûr que non ! Et puis laisse-moi rire, Julie ! Que, toi, tu me fasses la morale, avoue que c'est quand même le pompon ! Puisque tu te souviens toujours de tout, alors pourquoi tu ne parles pas de ta petite vie cachée, hein ? Pourquoi tu ne nous racontes pas ce qu'il s'est passé entre Yann et toi, il y a deux ou trois ans ? Et ne dis pas le contraire, je l'ai vu dans le puits !

Julie étouffa un cri de rage. Le regard de Nolwenn alla percuter Yann de plein fouet.

– Eh oui, moi aussi, j'en sais, des trucs ! reprit Dimitri, coupant court aux protestations des deux sœurs.

Certain de faire mouche, il enchaîna :

– Ce foutu puits m'a montré des tas de choses. Bon, j'avoue que j'y ai pas trouvé ce que je cherchais, mais je peux vous dire que j'ai été servi à propos de Julie ! Une vraie bombe !

La voix se fit rieuse, presque moqueuse.

– Alors, mon pote, on t'entend moins la ramener, hein ? Et toi, Nono, franchement, tu trouves pas qu'il cache bien son jeu, le petit Yaya, avec sa tête de premier de la classe ? Vas-y, demande donc à ton petit hypocrite ce qu'il en pense ! Et demande à ta sœur, ta propre sœur, tant qu'on y est !

Aucune réponse ne se fit entendre. Yann se contenta d'écarter les bras pour montrer qu'il était innocent.

– Tu sais, Julie, insista Dimitri, vu qu'il suffit de prendre un ticket pour être servi, on aurait pu se payer du bon temps ensemble ! Tu n'imagines pas ce que tu as loupé !

– Pauvre attardé ! Jamais je n'aurais voulu de toi !

– Bon, tu te doutes bien que ça n'aurait pas duré, comme avec tous les mecs que tu t'envoies. J'ai comme l'impression que c'est toujours un peu la même histoire avec toi. On dirait que t'as toujours pas compris pourquoi, ma pauvre. Mais, tiens, puisqu'on en est aux confidences, je vais t'expliquer ce qui cloche, ça pourrait servir.

Julie fulminait. Non seulement elle devrait affronter le regard de Nolwenn, mais cet avorton se permettait de lui déballer ses quatre vérités devant tout le monde. Incapable de répliquer, elle serra les doigts autour de son arme.

– Il te faut des types qui t'admirent, alors qu'en réalité, ils en ont rien à cirer de ta pomme ! Tant que t'auras pas pigé qu'ils ne pensent qu'à ton petit cul et rien de plus, ça ne pourra pas marcher. Même Yann, il était pas là pour faire de la philosophie à la con, pour une fois !

– Ta gueule !

– C'est pas compliqué, t'es comme une montagne qu'il faut conquérir. Mais le problème, avec toi, c'est que t'es trop facile ! Tu n'as rien à offrir, aucune hauteur d'esprit, aucun mystère. Tu n'es rien qu'un petit vent fade et froid qui chatouille la nuque sans jamais la rafraîchir. Comme une fleur d'opéra pleine de couleurs, mais sans saveur, sans odeur. T'es qu'une illusion à deux balles qui disparaît quand les lumières se rallument et que la musique s'arrête.

Incapable de se contenir, Julie se planta, elle aussi, au milieu du chemin. L'arme levée, prête à en découdre, elle repoussa hors de son champ de vision les deux ombres qui se faufilaient entre les arbres. Que Yann et Nolwenn rebroussent chemin ne changerait rien à sa détermination.

La jeune femme inspira une longue bouffée d'air froid.

– Bon, maintenant, j'en ai ma claque, Dimitri. Tu vas arrêter ton grand cirque et nous laisser passer !

L'homme, très calme, se contenta d'un murmure.

– Sinon, tu fais quoi, cow-boy ? Tu tires sur tout ce qui bouge ?

Le coup partit, faisant reculer Julie dans un cri de douleur. Son épaule n'était pas prête.

30 frimaire an IV (21 décembre 1795)

La mère de Victor ne discuta pas les instructions. Lassée de regarder son fils dépérir, elle avait de nouveau frappé à la porte de cette jeune fille au regard inquiétant. Parce qu'il avait perdu le goût de vivre avec la disparition de sa Béatrice, elle était prête à tout.

Emportée par un mal inconnu, la misérable fille ne reviendrait pas, et personne n'y pouvait quoi que ce soit. Morte et enterrée après une longue semaine d'agonie, la pauvrette était partie dans la douleur.

L'hiver, sinistre et glacial, plus intraitable qu'à l'accoutumée, n'avait rien arrangé à l'état de Victor. Ses os saillants, ses soupirs et son teint blafard s'étaient imposés dans le quotidien comme un avertissement répété.

Après la variole, la disette et le froid avaient encore ravagé les campagnes, écrasant de leur fardeau les familles déjà lourdement touchées. Dans les maisons alentour, trois filles étaient mortes en quelques mois, diminuant d'autant le nombre de prétendantes qui auraient pu ranimer le cœur du jeune homme. Maintenant que Victor avait atteint l'âge de prendre femme, le temps n'était plus aux hésitations. Il devait se ressaisir et fonder un foyer.

Ce n'était qu'en découvrant les préparatifs d'un départ imminent que sa mère avait pris la mesure du danger. Victor, son Victor se préparait à rejoindre l'armée républicaine. Cette Révolution, qui n'avait semé que du malheur, allait maintenant frapper à leur porte. Pour oublier Béatrice, Victor irait rejoindre ces soldats qui erraient aux quatre vents, la panse vide et l'œil hagard.

L'idée de voir partir son garçon la révulsait et c'est sans sourciller qu'elle avait accepté le marché de dupes que Jeanne lui avait proposé : si Victor surmontait son chagrin, elle laisserait la jeune fille approcher son fils.

Mais la mère du garçon n'était pas femme à se laisser mener par la première jeunette venue. Avant de mettre la main sur leur Victor, Jeanne se heurterait encore à bien des obstacles.

– Tenez bien le vase pendant que j'y enfoncerai le tison, insista Jeanne, penchée sur le feu. Il ne faut pas en perdre une goutte. Ce breuvage n'est pas ordinaire, vous savez.

La mère acquiesça, pressée. Trois longues journées s'étaient ajoutées aux précédentes depuis que la guérisseuse était venue au chevet du garçon. Mais Jeanne avait été formelle : l'eau lustrale ne souffrirait aucun raccourci de temps. Tirée du puits par une nuit de nouvelle lune, elle ne pouvait être préparée que par celle-là même qui l'avait extraite des entrailles de la Terre.

Après y avoir ajouté quelques gouttes d'eau bénite empruntée à la chapelle voisine, la jeune femme psalmodia d'obscures paroles et cracha au sol, sous le regard consterné de la mère, avant de plonger un morceau de charbon incandescent au fond du vase

– Cette eau est un peu jeune. Nous veillerons à ce qu'il en boive trois pleines gorgées à l'instant où le soleil atteindra son zénith, aujourd'hui, demain et le jour d'après.

La mère de Victor hocha la tête avec application. Elle suivrait les instructions.

– Et faites bien attention à ne pas perdre l'eau qui resterait. Elle n'est pas destinée à retourner dans le sol. Tant qu'il restera du liquide, vous en déposerez quelques gouttes à chacun des points cardinaux de ce logis. D'abord à l'aube, puis au crépuscule. Ainsi, grâce à vous, la terre, l'air, l'eau, le feu et l'esprit viendront s'unir pour donner à Victor toute la force que son âme réclame.

Jeanne tira une bougie du grand châle qui lui servait de sac.

– Vous allumerez cette neuvaine à chaque coucher de soleil et vous demanderez au Seigneur de faire disparaître cette fille morte du cœur de votre fils. Si vous suivez mes consignes, quand il se réveillera de sa langueur, l'idée de vous quitter pour aller mourir à la guerre ne sera plus qu'un mauvais souvenir.

La jeune femme plongea un œil noir dans le regard de la mère.

– Vous n'oublierez pas notre accord ? Vous tiendrez votre promesse ?

La vieille se signa.

– Dieu m'en est témoin, bientôt vous deviendrez ma fille, je vous en fais le serment solennel ! Devant l'Éternel !

Désormais, le destin de Victor ne lui appartenait plus. Jeanne s'autorisa enfin un sourire. Elle attendrait patiemment qu'il vienne la retrouver. Les herbes ajoutées à sa potion accompliraient le miracle qu'elle était venue chercher. En pénétrant le corps de Victor, en atteignant son cœur, elles lui ouvriraient la voie du bonheur.

11 avril - 22 h 07

Un éclat de rire avait répondu à la volée de plombs. Planté au milieu du chemin, Dimitri était vivant et indemne. En provoquant Julie, en l'obligeant à sortir de sa cachette, en ne fuyant pas devant elle, Dimitri venait de prouver que les visions du futur pouvaient être changées. En ouvrant le feu, Julie avait changé le destin. Le puits, lui aussi, commettait des erreurs, et la chasse à l'homme tant redoutée n'aurait pas lieu.

Pas un projectile n'avait atteint sa cible, pas un. Inspectant ses jambes, ses bras et son torse, il s'assura une nouvelle fois qu'aucune trace de sang n'apparaissait. Un large sourire accroché aux lèvres, il jubilait, désormais certain de pouvoir inverser le cours des événements. Personne ne lui imposerait sa volonté.

– Et après, tu vas recommencer jusqu'à ce que tu aies raison ? Tu crois que tu me fais peur parce que tu as un fusil ? C'est pas comme ça que tu me feras avouer ce que je n'ai pas fait, Julie ! Je n'ai rien à voir avec la disparition d'Anna !

– Arrête ton cinéma ! Tu me prends vraiment pour ce que je ne suis pas, Dimitri !

– La dernière chose qui me revienne, c'est qu'elle courait sur le bord de la route et que j'avais picolé.

La voix était calme, posée.

– Je ne peux même pas te dire où c'était. Juré, c'est tout ce qui me revient. Tu peux le comprendre, ça ?

– Et ce que t'as fait avant, l'œil au beurre noir et les coups dont m'a parlé maman, c'est pas un détail dont tu devrais te souvenir ? Avoue que tu la tabassais !

– C'est du délire, Julie. Du pur délire ! T'as jamais pu comprendre que ta mère peut pas m'encadrer et qu'elle est prête à tout pour vous manipuler ! Elle n'a jamais pu admettre qu'on ne la mette pas sur un piédestal. Méfie-toi de ta mère, Julie. Elle se débrouille toujours pour faire tourner le monde dans son sens. Mais c'est qu'une langue de vipère qui répand son venin dès qu'elle le peut ! Moi, je te le dis, on peut vraiment se mettre la tête en vrac en se prenant l'angle d'un meuble ! La preuve, c'est arrivé à Anna. Et c'est pas parce que tous les salauds qui cognent leur femme utilisent la même excuse pourrie que ça ne peut pas exister dans la vraie vie.

Retenant une grimace de douleur, Julie repoussa les vagues concentriques qui irradiaient de son épaule vers son coude. Dimitri ne devait pas savoir à quel point le recul de l'arme l'avait affectée. Il ne devait pas savoir qu'elle ne disposait plus que d'une cartouche.

– Alors, on fait quoi maintenant ? On règle ça comme dans les westerns ? Je te rappelle que, pour Anna, c'est au vieux dingo qu'il faut demander des comptes, pas à moi.

Julie s'avança d'un pas, prête à aller jusqu'au bout de son jeu de poker.

– Tu sais bien que vous ne faites pas le poids, lança Dimitri, alors laissez-moi lui parler, au vieux, qu'on règle ça une bonne fois pour toutes. Vous ne pouvez rien contre moi, vous n'avez aucune preuve ! En plus, si je ne me trompe pas, tu vas vite tomber à sec de munitions. Tu vois, je ne m'y connais pas vraiment en flingues, mais il faudrait peut-être que tu le recharges, non ? Enfin, si tu veux vraiment passer.

Une longue seconde s'écoula. Autour d'eux, la forêt se figea.

– Et pourquoi tu ne viens pas vérifier par toi-même ?

S'il la prenait au mot et qu'il s'avançait, Julie aurait le choix entre tirer ou le laisser prendre le dessus. Cette fois, son doigt ne traînait plus sur la détente et elle ne se laisserait plus surprendre par le départ du coup. C'est sciemment qu'elle utiliserait sa dernière cartouche.

– Allez, je vais avancer et on va s'expliquer sans se hurler dessus. Moi aussi, j'ai besoin de tout savoir sur cette soirée et je veux comprendre comment cette putain de caisse s'est retrouvée derrière la ferme. Et avant tout, je veux savoir où est Anna !

Julie osa un coup d'œil rapide en direction de la forêt. Elle aurait voulu que les autres soient restés avec elle et pria pour qu'ils soient partis chercher des munitions. L'idée qu'ils la laissent seule face à ce dingue la révoltait.

– S'il le faut, je propose qu'on aille tous ensemble jusqu'au puits et que René y colle les mains, proposa Dimitri. On verra bien ce qui arrive. Qu'est-ce que t'en dis ?

– Et s'il confirme que t'es une pourriture, qu'est-ce qu'on fait ?

– Mais puisque je te dis que je n'y suis pour rien ! Cette histoire est déjà allée beaucoup trop loin, Julie. Il faut qu'on se calme et qu'on trouve une solution. Je demande pas la lune.

Dimitri s'avança à son tour, faisant reculer son adversaire d'un pas.

– C'est pas la mer à boire, si ? On écoute ce qu'il a à dire et ensuite, s'il le faut, c'est moi qui irai voir les flics, promis ! Baisse ton arme et écoute la petite voix qui te dit que j'ai raison.

Julie épaula son fusil.

– Stop. Si tu avances encore, je tire !

Malgré le contact de la crosse sur son épaule tétanisée, elle ne se laisserait pas intimider.

– Tu racontes n'importe quoi, Julie. Je te jure que, tout à l'heure, je ne vous ai pas visés. Bon, j'avoue que j'ai un peu merdé sur ce coup-là et j'en suis désolé, mais personne n'a été blessé, pas vrai ? D'ailleurs, j'aurais largement eu le temps de recommencer si j'avais voulu. Toi, en revanche, quelle excuse tu auras si tu tires encore ? J'ai les mains vides, je viens t'offrir une solution, et toi, tu débarques avec une étoile de shérif pour faire ta propre loi ?

– On va attendre Nolwenn et Yann. Ensuite, on avisera.

– Parce que tu crois que tu peux leur faire confiance ? T'as pas compris qu'ils nous détestent ? Tu ne saisis pas que, pour eux, t'es qu'une potiche ? Sinon, pourquoi ils auraient filé en te laissant toute seule face à un type armé ?

– C'est moi qui leur ai demandé.

– Bien sûr, je te crois, fit Dimitri, sarcastique. Et tu vas lui dire quoi, à ta sœur, à propos de ta petite histoire avec Yann ? Et pour l'hôpital, quand vous l'avez presque zigouillé, tu lui en as déjà parlé ?

Un large sourire éclaira les traits du jeune homme.

– Si tu veux savoir, ça, c'est pas le puits qui me l'a dit, c'est René ! Mais ça revient au même. Il sait tout, l'ancêtre, y compris pourquoi on a retrouvé cette voiture derrière chez lui. Ce que vous n'arrivez pas à vous coller dans le crâne, c'est que, notre ennemi à tous, c'est ce bouffon de René Arthaud, et personne d'autre.

Dimitri marqua une pause, convaincu d'avoir touché au but.

– Ce mec est dangereux, Julie. On devrait se serrer les coudes plutôt que de s'entretuer. Alors, on va poser nos flingues et on va s'occuper de lui. Promis, après on va voir les flics. Mais d'abord, il faut savoir ce qu'il a à leur dire. Si on le livre sans l'avoir fait parler nous-mêmes, on ne saura jamais ce qui est arrivé à Anna. C'est ça que tu veux ? Et il faudrait pas qu'il les embobine pour me faire porter le chapeau.

11 avril - 22 h 23

Dominant René Arthaud de toute sa hauteur, Nolwenn lui administra une nouvelle claque retentissante.

– Allez, espèce d'enfoiré, réveille-toi !

Sur sa chaise, le vieux s'anima enfin, passant sans transition de l'état de poupée de chiffon à celui de ressort bondissant, se contorsionnant en vain pour échapper aux bandes d'adhésif qui entravaient ses bras et ses jambes.

– Pauvre tarée, mais lâchez-moi ! Vous n'avez aucun droit sur moi !

Nolwenn avait été rapide. Elle aussi avait compris que les armes et le temps joueraient en leur défaveur. Profitant de la détermination de Julie, elle avait joué le tout pour le tout. Laissant sa sœur parlementer avec Dimitri, elle s'était précipitée jusqu'à la ferme pour mettre la main sur l'arsenal du vieux.

Rattraper René avait été une surprise, comme un signe d'encouragement, qu'elle avait saisi. Alors qu'elle le croyait encore planqué dans la voiture, elle avait aperçu sa silhouette de zombie qui se détachait dans la nuit. Tombant et trébuchant en direction de sa ferme, le vieux n'avait pas résisté au raz-de-marée qui l'avait traîné jusqu'à cette cuisine.

Une nouvelle gifle percuta l'air surchargé. Vicieusement scotché à sa chaise, René comprit que le grenier resterait hors de portée. S'il ne se libérait pas de ses liens avant que Dimitri n'apparaisse dans l'encadrement de la porte, il se ferait plomber sur place. Face au dingue qui leur bloquait le passage, Nolwenn et toute sa bande ne feraient pas le poids. Sans la Sten, cachée au grenier, aucun d'eux ne verrait le lever du jour. Mais c'est à lui qu'elle appartenait. C'est lui qui irait la chercher et qui l'utiliserait. Confier sa vie à ces inconscients équivaudrait à un suicide.

Les claques et les menaces n'y changeraient rien. Il ne céderait pas. Sa vie en dépendait. Que sa tortionnaire ait profité de ses moments d'inconscience le révulsait. Sonné, il avait trébuché jusqu'ici et ne se souvenait que par bribes de sa rencontre avec la furie qui lui faisait face.

– Vous êtes à côté de la plaque, tous ! C'est à Dimitri qu'il faut vous en prendre ! Il a tué votre sœur.

Un revers de main lui vrilla le tympan.

– Où est-ce que t'as planqué tes flingues ? Je sais qu'il t'en reste quelque part !

– Allez-y, défoulez-vous autant qu'il vous plaira ! Sans moi, vous ne sortirez pas d'ici vivants. Dimitri vous fera votre affaire avant que vous ne l'entendiez venir. Foutus, vous êtes foutus !

La jeune femme ne l'écoutait plus. Dispersant méthodiquement le contenu des meubles sur le sol, elle balayait la pièce de coups de pied rageurs.

– Détachez-moi et je vous promets de vous aider !

Le contenu d'un tiroir alla s'étaler à travers la cuisine.

– Tu peux jouer les débiles autant que tu veux, je te jure que je vais trouver où tu planques tes munitions.

– J'avais un pote autrefois qui s'énervait pour un rien, un peu comme vous. C'était pas un mauvais bougre au fond, juste un peu soupe au lait, rien de plus. Il s'appelait Karsten.

Un nouveau tiroir s'écrasa contre le mur derrière René, ponctuant sa phrase sans l'interrompre.

– Avec le temps, j'ai découvert que les hommes, c'est comme les chiens. Dans le fond, y a pas de mauvais chiots, y a que des mauvais maîtres. Vous pouvez prendre n'importe lequel, si vous le tabassez avec toute l'application nécessaire, assez pour le rendre accro à la haine, vous le transformerez en bête hargneuse qui disjoncte sur commande.

Une rangée de verres se fracassa contre l'évier.

– Pourtant, parfois, quand les circonstances changent, alors la vraie nature de l'animal montre le bout de sa patte.

Le vieux marqua une pause, fier de son jeu de mots, malgré l'ouragan qui se déchaînait autour de lui.

– C'est mon pote, Karsten, qui m'a fait comprendre ça. Et depuis, je peux vous dire que j'ai croisé assez de gros durs pour les reconnaître. Les vrais, ceux qui montrent les crocs et qui n'ont besoin de rien pour mordre jusqu'au sang. Mais vous, vous n'êtes pas comme ça, Nolwenn. Vous êtes comme Karsten. Derrière les apparences, il vous reste un petit quelque chose d'humain.

Un bocal de confiture passa près de son oreille pour répandre son parfum rouge à travers la pièce. René s'agita.

– Détachez-moi maintenant ! On a assez rigolé. Vous valez mieux que ça, Nolwenn !

La jeune femme le toisa sans un mot, les mains sur les hanches.

– C'était un ancien nazi, Karsten. Un de ces pauvres types nourris à la propagande virile. Un de ces gosses perdus à qui on avait appris à mordre. Un drôle de type, je vous l'accorde, mais je l'aimais bien quand même. Je me rappelle qu'un jour, on s'était arrêtés dans un bled ravitaillé par les corbeaux à musette, en plein milieu du djebel. Et là, qu'est-ce qu'on voit ? Une fontaine. Ah, je peux vous dire qu'on a fait fissa ! En moins de deux, on était tous désapés. Comme des gosses. Et c'est là que j'ai découvert son tatouage sous le bras, la marque de reconnaissance des SS.

Nolwenn le secoua.

– Mais je m'en fous, de ton nazi de merde ! Tu t'entends quand tu parles ? T'as été pote avec une des pires crevures de l'humanité et tu t'en vantes ! Et puis qu'est-ce que j'en ai à faire ?

Le vieil homme retint un soupir.

– Vous savez, même s'il m'a raconté des trucs pas jolis-jolis, je suis sûr que, s'il était né ailleurs ou à une autre époque, on aurait pu faire de lui un chic type, comme les chiens dont je parlais. Reconnaissez qu'il a pas été verni. Naître en Allemagne, dans les années vingt, ça ne vous facilite pas l'existence.

Nolwenn quitta le champ de vision de l'homme.

– Je sais pas par quoi il est passé, pendant la guerre, mais il a fini par se faire cueillir par les Ricains, qui l'ont refilé à l'armée française. Le problème, c'est qu'après la Libération, des types comme lui, ils en avaient des pleins camions. Tellement qu'ils savaient plus quoi en faire. Alors, ils lui ont donné le choix : soit il s'engageait dans la Légion étrangère, soit on le gardait au trou assez longtemps pour que plus personne ne le reconnaisse à sa sortie, si vous voyez ce que je veux dire.

Nolwenn arpenta la cuisine de long en large avant de revenir vers René d'un pas énergique. Les cheveux en bataille, elle n'avait plus rien de la jeune femme qu'il avait vue arriver quelques jours plus tôt. Une nouvelle claque s'écrasa sur son visage, le clouant sur place.

– J'en ai vu d'autres, vous savez. Et s'il faut faire Camerone, lança-t-il, ramenant au présent une expression utilisée autrefois dans la légion, je peux vous dire que je n'ai pas peur. J'ai la couenne tenace, et vous aurez beau me tabasser autant qu'il vous chantera, ça n'y changera rien. Que dalle. Tant que vous ne m'aurez pas libéré, je ne lâcherai rien !

– Ça prouve donc qu'il y a des flingues et des munitions dans cette foutue ferme ! Espèce de salaud, ils sont où ?

René se figea. Pour ne plus se trahir, il devait se concentrer. Se focaliser sur le passé le détournerait de la vision entêtante de la Sten. Comme autrefois, il tiendrait bon face aux coups en détachant son attention de la douleur.

– Karsten, il était comme ces milliers de soldats qui, après l'avoir combattue, sont allés se faire trouer la peau pour la France. Il avait même fait Diên Biên Phu, c'est pour dire ! Le nom ne vous rappelle peut-être rien, mais je peux vous dire que j'en ai entendu parler, de cette affaire-là ! Moi, j'étais rien qu'un gamin quand c'est arrivé, mais je sais que, les légionnaires, ils avaient pas fait dans la dentelle, et il y en a eu, des Allemands qui sont tombés pour la France ! Toute une tripotée ! Tombés pour la France, vous vous rendez compte ? Si c'est pas un comble !

Un coup de pied vengeur termina sa course sur le tibia du vieil homme.

– Mais je m'en fous, de tes salades ! Je m'en fous !

La jeune femme leva encore la main pour une nouvelle claque, mais se ravisa. Le temps pressait et Arthaud se montrait plus coriace que prévu. Lui accordant involontairement un répit, elle disparut dans la pièce adjacente.

– Vous n'êtes pas faite pour la violence, Nolwenn. Vous n'avez pas grandi avec. Vous avez d'autres valeurs. Vous pouvez encore faire demi-tour et retrouver la part d'humanité qui se cache au fond de vous. Tout le monde en a une. Tenez, même Karsten. Vous le croirez pas, mais un jour, en Algérie, il m'a prouvé que, lui aussi, il était humain. C'était en fin d'après-midi. On s'approchait d'un groupe de maisons – vous savez, ces taudis en terre qui poussent au milieu de nulle part. Eh bien, quand on a croisé une fille qui portait de l'eau, la petite, elle nous a vus et, au lieu de se carapater, elle s'est arrêtée sans rien dire. Tiens, je la revois avec ses grands yeux noirs qui nous lâchaient pas. J'ai tout de suite vu qu'elle avait compris ce qu'on faisait dans le coin. Tu parles, avec notre barda, on n'était pas là pour ramasser les champignons ! Eh bien, vous le croirez ou non, mais la petiote, elle nous a donné à boire, comme elle l'aurait fait pour des promeneurs égarés ! Et Karsten, ça, ça l'a touché. Je le sais parce qu'il lui a souri et que ça lui arrivait pas si souvent. Et puis aussi parce qu'il l'a épargnée. Et, venant de lui, c'était quelque chose, croyez-moi. Il a suffi d'un peu d'eau de rien du tout pour dénicher la bonté. Alors, je vous le dis, Nolwenn, même si vous êtes perdue et que vous voyez rouge, je le sais, moi : les armes, c'est pas votre truc !

Folle de rage, Nolwenn l'empoigna par le col.

– Ah oui ? Et qu'est-ce que t'en sais ? Tu crois que tu peux me comparer à un putain de nazi et t'en tirer comme ça, alors que ma sœur est peut-être morte à cause de toi ? Tu veux qu'on règle ça à ma manière, vraiment ? Tu veux que j'aille chercher ma trousse de secours et qu'on fasse comme à l'hôpital ?

Une dernière claque fendit l'air, allumant une lueur de méchanceté dans le regard du prisonnier.

– Où sont les fusils et les munitions ? C'est la dernière fois que je pose la question. Après, je te montre de quoi je suis capable.

Les yeux de la jeune femme plongèrent dans ceux du prisonnier.

– J'espère que les piqûres ne te font pas peur…

11 avril - 22 h 46

Les mots tout autant que l'intonation et la claque ébranlèrent le cœur de Yann. À travers la vitre, les paroles de Nolwenn l'avaient pris au dépourvu. La regarder torturer cet homme l'avait déboussolé. L'entendre avouer ses meurtres le laissait sans voix.

Piétinant leur amour, bafouant la confiance qu'il lui avait toujours portée, cette femme, pour qui il aurait tout sacrifié, avait révélé son vrai visage, celui d'un monstre. Étourdi par sa découverte, Yann trébucha jusqu'aux arbres, à l'autre bout de la cour.

Au loin, les voix de Julie et de Dimitri se faisaient entendre, hystériques. L'un comme l'autre avaient utilisé leur arme, et Julie, dernier rempart contre l'indicible, avait tenu bon. Joueuse de l'extrême, engagée dans une partie de poker menteur dont l'issue pourrait être la mort, elle n'avait pas cédé un pouce de terrain. Portée par la colère, elle avait trouvé le courage de braver la bête qui lui tenait tête.

Chargé de trouver de nouvelles cartouches, Yann avait repris le chemin de la ferme. Dans sa tête, l'image de sa belle-sœur l'avait porté en avant. Dimitri l'ignorait, mais les atouts se trouvaient tous du même côté de la table. Avec une seule cartouche, Yann, Nolwenn et Julie étaient perdus.

Groggy, le jeune homme s'approcha encore du puits, incapable de prendre une décision, blessé et sidéré. En ramenant sans cesse l'hôpital dans la conversation, René Arthaud n'avait fait qu'énoncer une vérité dont Nolwenn ne voulait pas. Pour le faire taire, elle ne reculerait plus. L'assommer, puis le ramener ici et l'attacher, ce n'était que les étapes d'une descente aux enfers dont il ne sortirait pas vivant. Contaminée par la folie du lieu, elle avait perdu pied. Désormais, la vie de René Arthaud ne tenait plus qu'à un fil. Scrutant un instant la fenêtre qui se détachait de la nuit, il la vit, penchée sur l'homme attaché. Maintenant qu'il savait de quoi elle était capable, Yann tremblait.

Le monde entier se liguait contre eux pour les faire plonger dans l'absurde et il n'y pouvait rien. Rien de rationnel n'expliquait les révélations de Dimitri sur sa liaison d'un soir avec Julie. Jamais elle ne se serait confiée à qui que ce soit, encore moins à cet abruti.

Le doute qui l'assaillait ne trouverait de réponse qu'en affrontant lui-même le puits, en posant ses propres mains sur la pierre, en ne se contentant pas de ce que les autres avaient à en dire. Ce puits, qu'il avait d'abord ignoré, avait grignoté leur cœur et leur esprit. Les révélations, trop grandes pour être partagées, les engloutissaient les uns après les autres.

S'approchant de la margelle, il serra les mâchoires. Aucun avenir ne serait possible sans certitudes, et lui aussi irait braver la vérité à pleines mains. Prêt au pire, il laissa ses doigts établir le contact et cligna des yeux, ébloui par la série de néons qui éclairaient la pièce. Le monde qui venait de prendre vie n'était autre que l'hôpital de son rêve, avec ses couleurs trop propres et son odeur aseptisée. Plongé dans cet environnement familier, il comprit pourquoi la scène l'avait tant perturbé. Les murs qui s'étalaient sous ses yeux étaient ceux de sa chambre, celle du coma, celle de l'accident. Les doigts qui caressaient son bras étaient ceux de Nolwenn.

En arrière-plan, serrées l'une contre l'autre, Anna et Julie les fixaient sans un mot. Leurs deux visages, fermés par le chagrin et l'angoisse, restaient rivés aux gestes de Nolwenn, dévastée elle aussi par l'émotion.

Silencieuse comme la mort, elle hésitait, la main posée sur un minuscule robinet. Jouant avec le temps, les trois femmes échangèrent un dernier regard, inconscientes de la présence qui aurait voulu s'interposer et hurler. Estomaqué par sa vision, Yann se débattit contre l'idée qu'il assistait à sa propre mise à mort.

Seul un infime tour de vis le séparait du sommeil sans fin que Nolwenn s'apprêtait à lui offrir, le berçant à tout jamais de rêves éternels, perçant son cœur d'une flèche empoisonnée, celle de la trahison.

Pris au piège de cette vision, d'un passé qu'il aurait voulu ignorer, Yann écrasa ses paumes contre la pierre froide. Nolwenn avait voulu le tuer, avec la complicité de ses deux sœurs ! En proie à la panique, il lutta contre le sentiment de déjà vu qui lui serrait la gorge et le faisait vaciller. Les yeux brouillés par l'émotion, il regarda Anna et Julie interrompre le geste de Nolwenn. Leurs doigts, délicatement posés sur les siens, écartaient maintenant le danger. En douceur.

Retenant un gémissement, il comprit que sa vie aurait dû prendre fin ce jour-là, dans cette chambre d'hôpital. Parce que Nolwenn l'avait décidé. Parce qu'elle l'aimait. Ce que le puits venait de lui révéler marquerait à tout jamais la fin de leur union. L'image de son propre corps soumis au bon vouloir d'une folle le révulsait.

Détachant ses mains de la pierre chaude, il coupa un instant le cordon ombilical qui le reliait au puits et recula, hagard, avant de replonger en avant, vers la vérité en marche. Pourtant, le prenant de nouveau au dépourvu, c'est la nuit qui s'imposa à lui, puis le visage d'Anna. Loin de l'hôpital, loin des lumières, il découvrit une route, déserte et froide, et Anna, effrayée, qui courait, poursuivie par Dimitri, qui la rattrapait. Au loin, un moteur approchait.

11 avril - 23 h 17

– Ça suffit, Nolwenn ! s'interposa Yann, faisant reculer la jeune femme. Tu ne peux pas tout régler par la violence !

– Ne me touche pas ! Tu me dégoûtes. Après m'avoir trahie, voilà que tu vas te mettre avec le vieux ! Mais qu'est-ce que je t'ai fait ?

– Tu oses me le demander ? Mais tu débloques, ma pauvre ! Je t'ai vue dans le puits ! Toi et tes sœurs, en train d'essayer de me tuer, à l'hôpital ! Alors maintenant, c'est toi qui vas m'écouter !

Nolwenn porta les mains à sa bouche. Dans ses yeux, Yann trouva la confirmation de ce qu'il redoutait.

– Tu ne peux plus me mentir, Nolwenn. Tu ne peux plus *te* mentir. J'ai vu la seringue, j'ai vu Anna, j'ai vu Julie. Je sais que

René dit la vérité et que tu tues les gens sans même t'inquiéter de ce qu'ils en pensent !

– Vous voyez que j'avais raison, lança une voix que personne n'entendit.

Le visage fermé, Nolwenn avait déjà repris ses esprits.

– On a un dingue aux trousses, et toi, tu viens me bassiner avec les divagations du vieux ? Je ne sais pas comment Julie s'en sort avec Dimitri, mais je peux te dire que c'est pas comme ça qu'on va l'aider ! On a d'autres chats à fouetter, Yann, et de toute urgence ! Si on ne trouve pas un fusil ou des munitions, on est tous morts. Personne viendra nous sortir d'ici. Alors franchement, tes putains d'états d'âme, on en discutera plus tard !

– Là, je crois qu'il faudrait l'écouter, insista la voix. Détachez-moi et je vous trouve autant de munitions que vous pourrez en porter !

– Pas question ! Jamais je n'accorderai ma confiance à une crevure qui s'apitoie sur ses anciens potes nazis ! Faut vraiment être complètement ravagé de la tête pour sortir des trucs pareils !

Un nouveau coup de feu retentit au loin. Nolwenn se précipita vers la chambre attenante.

– René, où est-ce que tu planques le reste de ton matos ?

Le visage du vieux se contracta.

– Non, mais vous me prenez pour une truffe ou quoi ? C'est gros comme une maison, votre truc. Je vous dis tout et après vous disparaissez sans moi. Ma parole, vous me prenez pour un lapin de six semaines, les jeunes !

– Julie m'a parlé d'un bateau abandonné. C'est par là qu'on va se barrer. Sans toi, Yann, puisque c'est ce que tu veux.

– Pour aller où ? Vu l'état du rafiot, vous ne vous éloignerez pas de dix mètres que vous aurez déjà de l'eau jusqu'aux oreilles. Les derniers qui ont essayé ont pris la flotte dans la minute.

– Ça y est, on est repartis dans le grand n'importe quoi ! Tu vois bien, Yann, qu'il ne faut pas croire ce sale type et son foutu puits. C'est à cause de lui qu'on est tous partis dans des délires de psychopathes !

Yann leva les bras au ciel.

– J'ai compris, va, c'est plus la peine d'essayer. Je sais ce que j'ai vu, Nolwenn. Si on sort d'ici, je veux une explication en bonne et due forme. Et je peux te dire que t'auras intérêt à être convaincante !

Le vieux esquissa un sourire sans joie. Dans l'encadrement de la porte, Nolwenn arborait une boîte à chaussures.

– Bingo ! Je savais bien qu'on pouvait s'entendre !

– Attends, tu ne peux pas aller jouer au cow-boy comme ça, Nolwenn, la retint Yann. On récupère Julie et on revient se barricader ici en attendant qu'il fasse jour. Si on sort maintenant, sans savoir où il est, on va se faire plomber comme des canards. Tout ça pour gagner quelques heures ? Réfléchis !

– Hors de question que j'attende ici qu'il vienne nous faire la peau. Maintenant que j'ai des munitions, on pourra l'empêcher de nous coller de trop près.

Elle le fusilla du regard.

– J'espère que t'es pas en train de te dégonfler, Yann. Toi aussi, tu ferais mieux d'y réfléchir à deux fois. Si tu restes, tu seras tout seul ! Moi, je vais chercher Julie et on se casse. On va jusqu'à la rivière et on traverse. Après, y a plus qu'à rentrer chez quelqu'un et trouver un téléphone.

La jeune femme s'interrompit une seconde, à court d'arguments.

– C'est le vrai monde ici. On est pas dans un de tes devoirs de philo à la con où on peut discuter sans fin sur des hypothèses.

– Et moi ? Vous faites quoi, pour moi ? les interpella René sans que quiconque lui prête attention.

– Si tu préfères te planquer en attendant que l'autre dégénéré te tombe dessus, libre à toi. Mais c'est pas pour moi. On peut pas juste attendre comme des flans. C'est maintenant qu'il faut agir. Soit on trouve des secours, soit on se bat. Ma solution, elle est faisable, alors faut y aller. Arrête de réfléchir, pour une fois ! Y a rien du tout à traverser jusqu'à l'autre rive. Y a quoi ? Cent mètres ? Ça fait à peine deux piscines !

– Ou trois, la reprit le vieil homme. Je dirais qu'il y en a peut-être pour cent cinquante mètres. Et dans l'eau froide, c'est long ! Alors, faudrait voir à me détacher, et je vous montrerai où trouver le reste des munitions et des armes.

La porte s'ouvrit avec violence sur Julie.

– Dimitri est d'accord pour nous laisser passer si on lui refile le vieux !

Tous les regards se portèrent sur le prisonnier.

– Vous n'y pensez pas, j'espère ! Si vous le laissez m'approcher, alors que je suis ficelé comme un cochon, je suis un homme mort ! Vous ne voyez pas qu'il va tout me mettre sur le dos à propos de votre sœur ? Ensuite, il n'aura qu'à faire croire que j'ai voulu le tuer pour s'en tirer comme une fleur.

Nolwenn et Julie échangèrent un regard qui en disait long sur leurs intentions. Aucune des paroles du vieux ne trouverait d'écho.

– Si vous laissez cet enfant de cocu faire ce qu'il veut, vous vous rendrez complices d'un meurtre ! Vous m'entendez ? Un meurtre !

– Tu vas fermer ta bouche ! hurla Nolwenn, qui perdait de nouveau le contrôle.

– Arrêtez ! Vous faites fausse route, s'insurgea Yann. Je vous dis que le vieux n'y est pour rien. C'est Dimitri qui l'a frappée. Je l'ai vu dans le puits.

– Ah ouais ? Alors, maintenant, tu as changé d'avis ? Aussitôt qu'il se passe quelque chose, c'est à cause du puits, hein ? Mais laisse-moi te dire ce que j'en pense, Yann ! On prend le vieux, on le refile à son pote et on met les voiles. Après, dans deux heures grand max, on les fait coffrer et on les laisse gérer sans se prendre la tête.

– C'est bien beau, tout ça, mais qu'est-ce qui se passe si Dimitri le zigouille avant ? Ou s'ils accordent leurs pendules pour bidonner leur témoignage et qu'ils s'en tirent ni vu ni connu ? Vous voulez qu'on ne retrouve jamais Anna ?

– Et sinon, on fait quoi ? Je te rappelle qu'un détraqué veut nous faire la peau. Le choix est simple : c'est René ou nous.

– Libérez-moi et je vous aide. Je suis peut-être vieux, mais justement, je me suis sorti de situations bien pires que celle-là. Yann vous a pourtant expliqué que j'avais rien fait, mais tout le monde s'en tamponne le coquillard ! C'est le puits qui nous monte les uns contre les...

Une claque retentissante vint interrompre sa phrase. Yann se précipita sur Nolwenn, mais trop tard.

– Vous déraillez complètement ! Puisque je vous dis que ce type est innocent ! On va tout de même pas le refiler à un psychopathe ! Toi avec tes claques, et l'autre avec son flingue, vous vous attendez à quoi ? On sait tous qu'il tabassait Anna à tour de bras, et maintenant vous voulez lui mettre le vieux entre les pattes ? Mais faut vous réveiller, les filles ! Eh, oh, Nolwenn, Julie, y a quelqu'un ?

Julie soutint son regard une seconde avant de lâcher prise. Ses épaules s'affaissèrent. Son corps tout entier se tassa sur place. Son visage, d'abord hostile, laissa enfin déborder la vague de chagrin tapie au fond de son âme. Anna était morte et rien ne la ramènerait. Celle qu'elles avaient vue grandir, qu'elles auraient dû protéger et qu'elles aimaient depuis toujours avait succombé aux assauts d'une brute. Personne n'était intervenu pour la sauver.

Abandonnant son fusil sur le sol, la jeune femme tourna les talons, passa la porte d'entrée et disparut dans la nuit. Sans un regard en arrière, Nolwenn ramassa l'arme et se précipita à sa suite. Un téléphone les attendait de l'autre côté de la rivière, et ceux qui s'en étaient pris à leur petite sœur le paieraient au prix fort.

La voix de René s'éleva, hésitante.

– Si on me coffre, tu diras tout à la police ? Tu leur diras que je suis innocent ?

Les yeux fixés sur la porte ouverte, Yann hocha la tête d'un air absent.

– J'ai une Sten au grenier, une mitraillette anglaise. C'est pas très fiable, mais c'est tout ce qui me reste. Je t'y emmène ?

19 germinal an IV (8 avril 1796)

Blottis l'un contre l'autre, à l'abri d'un bras de rivière, Jeanne et Victor n'avaient pas vu le temps passer. Couchés dans l'herbe, ils venaient d'éviter deux enfants, qui s'éloignaient en riant sur la rive opposée. Tapis contre le sol, ils restèrent immobiles un instant, conscients d'être passés trop près du drame.

Le visage tendu, Victor se détourna de Jeanne, qui le fixait. Incapable de supporter plus longtemps la lueur de malice qui brillait dans les yeux de la jeune femme, il roula sur le côté et attrapa sa chemise. Il s'en était fallu de peu. Un jour, quelqu'un finirait par les prendre en plein émoi et le drame éclaterait. Sa mère reviendrait à la charge et lui rappellerait à quel point cette fille étrange l'inquiétait.

Les rires qui s'éloignaient ne lui disaient rien qui vaille. Les enfants les avaient-ils aperçus ? Pourquoi s'exclamaient-ils aussi bruyamment ?

La main lascive posée sur sa fesse ne le rassura pas. Jeanne se faisait trop possessive, trop entreprenante. Par ses maladresses et sa façon de l'approcher, au détour des chemins, par son empressement au sortir de la messe, elle le mettait en danger.

D'abord fou éperdu, il s'était vite lassé de sa peau et de son corps, se demandant chaque jour ce qui l'avait attiré chez cette femme trop maigre et sans grâce. Étrangement, l'amour s'était éteint aussi vite qu'il était survenu, lui faisant regretter son ardeur des premiers jours. Désormais, il se contentait de prendre ce qu'elle lui donnait, en égoïste. Il ne partageait plus rien avec elle. Insidieusement, une certitude s'était glissée en lui : elle ne serait pas la femme avec qui il fonderait un foyer. La pauvre fille l'ignorait encore, mais ce n'était pas avec elle qu'il voulait des enfants.

Bien sûr, Béatrice revenait parfois dans ses rêves et elle lui manquait encore, mais le problème venait d'ailleurs. Peu à peu, son image avait disparu, remplacée un temps par celle de Jeanne, avant qu'une autre fille ne vienne remplir les vides de son âme, d'abord à l'improviste, pour maintenant ne plus quitter ses pensées. Guettant sa silhouette, il se languissait d'elle. La croiser, répondre à ses sourires appuyés et la poursuivre du regard lui faisaient perdre la tête. Catherine, deuxième des filles du père Jean-Marc, le meunier, faisait battre son cœur d'un tempo qu'il n'avait jamais connu auparavant.

Jeanne se releva, contrariée. Les enfants avaient disparu, alors pourquoi ne pas reprendre le fil de leur journée ? Elle encercla la poitrine de Victor de ses bras et posa ses lèvres entrouvertes sur son dos.

– Pourquoi on se cache ? Tu ne crois pas qu'il serait temps de parler à nos parents ?

La mâchoire de Victor se contracta.

– On pourrait aller les voir maintenant. D'abord les tiens, puis mon père. Tu lui ferais ta demande.

Il se dégagea de son étreinte. La voix suppliante l'irritait. Il aurait voulu qu'une autre soit là. La pauvre fille ne suscitait plus qu'une envie charnelle, sans émotions, bestiale et sans avenir. Et la situation le perturbait. Cette femme l'envahissait.

Sa mère avait fini par toucher du doigt la vérité et lui avait expliqué les risques encourus par quiconque se ferait surprendre dans les bras de cette fille trop facile. Les pouvoirs qu'on prêtait à la sorcière faisaient d'elle un être dangereux au-delà de l'imagination. S'il s'entêtait, les voisins lui montreraient la même méfiance que s'il avait lui-même pratiqué les arts occultes. En se liant à Jeanne, il rejoindrait le camp des déshérités, devenant aux yeux de tous un homme mauvais qu'ils apprendraient à redouter. On lui reprocherait le lait qui tourne, les mauvaises herbes dans les champs ou les moissons trop chiches. On ferait de lui un pauvre, un homme sans honneur et sans vertu. Il ne serait plus que le mari d'une ensorceleuse. Quoi qu'il fasse, quoi qu'il dise, il serait montré du doigt. Et si ce n'était pas sur lui que les accusations se porteraient, ce serait sur ses enfants que le sort s'acharnerait.

Avec Catherine, il deviendrait quelqu'un. On ne murmurerait pas dans son dos, on ne l'accuserait pas de tout et de rien. On ne lui demanderait pas de comptes pour chaque feu de Saint-Antoine ou pour chaque crise de goutte inopinée. Personne ne viendrait lui jeter de pierres.

Avec Jeanne, les portes de l'enfer s'ouvriraient sous ses pieds. Avec Catherine, il trouverait le bonheur.

– Jeanne, je ne veux plus te revoir.

Les yeux ronds, elle n'émit aucun son. Désemparée, elle ne pleura pas, ne se rebella pas. Le monde venait de s'écrouler à ses pieds et elle ne comprenait pas pourquoi. Les doses n'avaient-elles pas été les bonnes ? La préparation n'avait-elle pas été donnée assez longtemps ? La mère de Victor avait-elle respecté ses instructions ?

– Tu n'as pas le droit de me faire ça ! Tu dois m'aimer ! Tu es à moi !

– Ma mère m'a parlé, Jeanne. Je ne suis pas tranquille. Je crois qu'elle a raison. Je crois que tu m'as ensorcelé !

– Tu racontes des fadaises, mon Victor ! Il s'agit d'amour, tu comprends ? Rien d'autre n'a d'importance !

– Et comment expliques-tu que je ne t'ai pas remarquée avant que tu ne viennes me soigner ? Et pourquoi aurais-je oublié Béatrice aussi vite si personne ne m'avait envoûté ?

– Tu me fais peur, Jeanne, je crois qu'ils ont raison, tous ! Je ne veux pas d'une sorcière qui ferait de moi un indigent. Je veux vivre, tu comprends ? Alors, tu peux le garder, ton malheur !

Victor tourna les talons.

– Jamais je n'aurai d'enfants avec une empoisonneuse, jamais !

Saisie de vertiges, la jeune femme s'effondra dans l'herbe couchée.

12 avril - Minuit

Yann résista à la furieuse envie de secouer le vieux. Pour accélérer la manœuvre, il l'aurait porté à bout de bras s'il l'avait fallu, sans se soucier de l'odeur écœurante d'eau de Cologne ou des commentaires à n'en plus finir. Mais il se ravisa. Pour mettre la main sur la mitraillette, il suivrait sans broncher.

Malgré les traces laissées par Dimitri, puis Nolwenn, sur le visage de René, l'homme gardait au fond des yeux une expression résolue qui rassurait Yann. Le vieux tiendrait sa promesse et, ensemble, quel que soit le temps qu'il leur faudrait, ils graviraient les marches jusqu'à l'arme promise. Cette Sten serait l'atout majeur qui renverserait le jeu. Barricadé jusqu'au matin, Yann aurait de quoi répondre aux attaques de Dimitri. Le lendemain, avec le retour de la lumière, les secours viendraient le cueillir et sortir tout le monde de cet enfer.

Aucune plainte ne s'échappa des lèvres tuméfiées, aucune marque de faiblesse ne vint émailler le rythme saccadé mais régulier de l'ascension. La faible lueur qui éclairait le premier étage d'un halo lunaire les poussait en avant. Laissant les marches grinçantes derrière eux, ils atteignirent enfin le palier. Là, René tourna la poignée de ce qui aurait pu passer pour une simple porte de placard, révélant une nouvelle volée de marches raides et sombres. Là-haut se trouvait leur but : le grenier et sa fameuse mitraillette Sten, vestige d'une guerre mondiale qu'aucun des deux hommes n'avait connue.

– Quand tu l'auras en main, il faudra pas oublier à quel point c'est chatouilleux, ces bestioles. Tu n'imagines pas le nombre d'accidents provoqués par ces foutues pétoires anglaises, qui partent au quart de tour. Rien qu'en la laissant tomber, ça peut te vider un chargeur dans le corps ! Et crois-moi, bon nombre de gamins du maquis l'ont appris à leurs dépens.

Le vieux haletait, en quête d'un nouveau souffle ou d'un verre d'alcool.

– Tu vois, petit, je tiens plus la route comme avant. Et ce soir, avec ce que j'ai encaissé, il faut que je respire un peu.

Yann hocha la tête, prêt à tout entendre à condition que son complice reprenne l'ascension.

– Je me demande si les filles vont pouvoir passer l'eau. Elles n'ont pas idée de ce qui les attend, les pauvres, sans parler de la barque, qu'est plus bien vaillante. J'ai peur qu'elle ne coule entre leurs doigts et qu'elles partent au fond comme des fers à repasser. Mais bon, t'as entendu comme moi, elles veulent y aller, alors qu'est-ce qu'on peut y faire ! On pourra pas dire qu'on n'a pas essayé de les retenir ! Mais tu le sais, les femmes, quand elles ont une idée en tête, y a plus moyen !

L'homme s'interrompit un instant, les yeux brillants.

– Mais dis-moi, pourquoi t'y es pas allé, toi aussi ? C'est à cause de ta patte folle ? Tu crois que ça t'empêche de trouver le courage là où il faudrait aller le chercher ? T'as pas l'air d'une mauviette, pourtant. Au lieu d'essayer de les retenir, t'aurais peut-être dû les accompagner.

Pris de court, Yann garda le silence.

– Je vais te dire, moi, ce que je pense du courage, du vrai. Ce que t'as fait, tout à l'heure, quand tu t'es opposé à Nolwenn, c'est un truc qui m'a épaté. C'est ça qui m'a décidé à t'aider. Tu vois, les hommes, y passent leur temps à bomber le torse en jouant les durs, mais quand il s'agit de dire leurs quatre vérités à leur femme, là, il n'y a plus personne. J'ai connu des gaillards taillés comme des enclumes qui chialaient comme des mômes, oui, comme des mômes, quand il s'agissait de laisser tomber une fille. Moi aussi, ça m'est arrivé, avec mon Angélique. Eh bien, tu vois, je suis parti la queue entre les jambes, sans me retourner au cas où j'aurais dû croiser son regard.

Impatient d'en terminer, Yann passa devant. Cette conversation le mettait mal à l'aise. La proximité de cet homme le perturbait. Dehors, Nolwenn et Julie agissaient pendant que Dimitri rôdait. Lui, il écoutait des histoires à dormir debout.

– Parfois, il faut affronter ce qui vient sans chercher à l'éviter, reprit René en posant sa main sur la sienne. Tu vois, ce Dimitri est peut-être là pour remettre les pendules à l'heure, après tout, comme le puits. Ta Nolwenn, ce qu'elle a voulu te faire, c'est pas joli-joli, mais toi, avec sa sœur, avoue que c'était pas terrible non plus.

Yann haussa les épaules. Il n'avait pas à subir les divagations d'un type dont l'existence se résumait à un bouillon de haine déversé sur tous les continents. Secouant la main, il tenta de la dégager de l'étreinte du vieux, qui s'agrippa à son bras.

– Il y a des moments où le courage se planque sans qu'on sache vraiment où le trouver. Alors, on devient un lâche, à la merci du plus costaud ou de celui qui gueule le plus fort. Au lieu d'agir, on attend que l'orage passe en se pissant dessus. Sans même y penser, on prend l'habitude de rentrer la tête dans les épaules et on devient le paillasson sur lequel tout le monde vient essuyer ses pompes pleines de merde. Et un jour, sans raison, voilà que ça remonte à la surface. Peut-être parce qu'on en a ras le bol ou parce qu'on ne peut plus blairer l'image qu'on donne. Un peu comme si on plongeait dans un miroir et qu'on allait jusqu'au bout de soi-même pour découvrir à quoi on ressemble vraiment, là où personne ne va jamais. Comme si on écartait les toiles d'araignée qu'on traîne depuis l'enfance pour enfin laisser entrer la lumière. Et là, mon gars, je crois que ça y est, que c'est ton tour, que, toi aussi, t'es prêt à grandir. Tu le sais pas encore, mais je vais te le dire : en essayant de te tuer, ta Nolwenn, elle t'a donné la vie !

Pour toute réponse, la porte du rez-de-chaussée vola en éclats. Le choc de la détonation, mêlée à l'odeur de poudre, suspendit le temps. Si Dimitri les trouvait avant qu'ils n'aient atteint la Sten, ils étaient cuits.

12 avril - 0 h 16

Passant en trombe de la cuisine à la chambre, Dimitri en ratissa chaque mètre carré. L'homme ne trouverait de repos qu'en rencontrant enfin sa cible : René.

Dans sa main droite, un fusil chargé. Dans sa main gauche, un jerrican d'essence. Puisque Julie avait rompu le contrat tacite qu'ils avaient fixé, il achèverait le travail lui-même. Il trouverait le vieux et le ferait parler, à moins qu'il ne le fasse disparaître pour mieux lui faire porter le chapeau ensuite.

– Arthaud, je sais que tu es là, quelque part dans ton putain de trou à rat ! Sors de là et je te laisse une chance ! Crois-moi, cette fois, tes histoires à dormir debout, ça ne va pas suffire !

Plaqué contre la porte du grenier, le vieil homme frissonna. Le message était clair. La tornade qui se déchaînait sur les meubles du rez-de-chaussée montrait à quel point Dimitri déraillait. Hors de contrôle, sa folie ne serait freinée que par le bruit des armes.

Coincé dans son corps de vieillard, terré dans un grenier avec, pour tout équipier, un jeune sans expérience, René ne donnait pas cher de sa peau. Avec la prudence d'un Sioux, accroché aux vêtements de Yann, il atteignit enfin les combles. Sous leurs pieds, Dimitri ravageait méthodiquement le premier étage, alternant les moments de parfait silence et de chaos absolu.

Les mains de René plongèrent entre les couches d'isolant, à la rencontre de la mitraillette. La vue de l'arme et son contact froid lui firent oublier un instant l'angoisse paralysante qui engourdissait ses gestes. Retrouvant les automatismes d'antan, il actionna la tige de métal qui mènerait la première balle jusqu'à la chambre de percussion. Hochant la tête d'un air entendu, il s'assura que Yann avait bien reçu le message. Pour sortir vivants de cette ferme, ils prendraient leur destin en main.

Une simple porte les séparait du danger et de l'ouragan qui braillait, une planche de rien du tout qui protégerait leurs vies tant que Dimitri ne l'aurait pas ouverte. Ensuite, leur choix serait sans ambiguïté : frapper ou mourir.

Quand la fenêtre du premier vola en éclats, la main du vieux se crispa sur l'épaule de Yann. Piégés comme des rats, à la merci du sort qui déciderait si le dingue se lancerait ou non à la conquête du grenier, ils fixèrent l'escalier en contrebas et retinrent leur respiration.

Couvrant le silence, un bruit liquide se fit entendre.

– J'ai une surprise pour toi, l'ancêtre ! Si t'es d'accord, on va jouer aux devinettes. Alors, ouvre grand les oreilles. C'est pas de l'eau mais ça coule. Écoute.

Le bruit caractéristique d'un jerrican que l'on traîne résonna, métallique et mouillé.

– Allez, je vais t'aider. C'est pas une bouteille, mais ça contient du liquide !

La voix était maintenant toute proche, faisant monter d'un cran la température du grenier.

– Ça vient de la cabane à outils. Facile, non ? Allez, je vais être sympa. Voici donc le deuxième indice !

Le cœur de Yann s'emballa.

– Ça ne se boit pas… et ça fait avancer les mobylettes !

Dimitri ne mentait pas. Pour faire sortir le vieux, il était prêt à mettre le feu à la ferme !

– T'es où ? continua la voix, presque joyeuse.

Scrutant le visage de son compagnon, René comprit qu'il devait agir. Céder à la panique maintenant signifierait leur mort. Il posa la main sur l'épaule du jeune homme, lentement, comme pour amadouer un animal blessé, et plongea son regard dans le sien. Dans sa main, dans ses yeux, la force cachée par les ans passa de l'un à l'autre, apaisante. Malgré la peur, ils s'en sortiraient. Malgré le danger, ils quitteraient cet endroit sur leurs deux pieds. Le vieux s'y engageait. Dans le silence qui les reliait, les deux hommes comprirent qu'ensemble, ils surmonteraient cette épreuve. Yann hocha lentement la tête. René lui adressa un sourire forcé.

À l'étage du dessous, le chaos avait repris ses allées et venues destructrices, passant d'un endroit à l'autre, s'éloignant et revenant, mais sans jamais s'arrêter. Sans voir la porte qui les séparait de la mort.

René, quant à lui, ne bougeait plus, une main toujours posée sur l'épaule de Yann, l'autre fermement amarrée à la mitraillette.

L'escalier qui menait à la cuisine grinça et le silence s'installa. Le vieil homme leva un sourcil interrogateur. Yann haussa les épaules et les minutes passèrent, ponctuées de raclements de meubles et de bruits de vaisselle éloignés. Aucune fumée, aucune chaleur ne vint les alerter. Dimitri n'avait pas mis sa menace à exécution. Pas encore.

Comme pour confirmer leurs échanges silencieux, un coup de feu résonna au loin. Dimitri avait quitté la ferme. Les hurlements qui l'accompagnaient, portés depuis l'extérieur par des mètres de nuit noire, les rassurèrent. Dimitri était sorti de la ferme. Il les poursuivait ailleurs.

Les deux hommes patientèrent encore de longues minutes. Peut-être Dimitri les attendait-il dans la cour ? Le suivre les exposerait. Rester ici les maintenait à sa merci. Sans un mot, les deux hommes se faufilèrent jusqu'au premier. La vague de destruction qui les accueillit ne laissait planer aucun doute sur ce qui attendait ceux qui croiseraient le chemin du forcené.

Yann brisa le silence.

– Il faut retarder Dimitri. S'il attrape les filles, il les tuera. Attendre au grenier était une idée franchement pourrie.

Le ton était résolu.

– Elles doivent passer. Alors, soit vous me suivez, soit vous me donnez ce flingue, mais il faut se grouiller. On ne peut pas attendre qu'il nous cueille les uns après les autres.

D'un geste du menton le vieux lui désigna la fenêtre fracassée. Yann acquiesça. Enjambant les débris de verre et de bois, il agrippa le rebord de la fenêtre et se laissa glisser au-dehors. D'abord une jambe, puis l'autre, et ses pieds trouvèrent leur chemin le long du mur, jusqu'à ce que, retenu uniquement par le bout des doigts, il termine sa descente par un saut.

Se faufilant entre les rondins éparpillés, il retrouva l'échelle abandonnée quelques heures plus tôt et rebroussa chemin jusqu'au mur. Par deux fois, il la plaqua contre l'orifice béant du premier étage. Par deux fois, elle bascula en arrière.

René refusait de le suivre. L'homme lui ordonnait de l'abandonner là. Chaque tentative essuya le même entêtement. Confirmant sa décision sans appel, la Sten alla s'écraser au sol.

– Dépêche-toi ! Nolwenn et Julie ont besoin de toi, et j'ai passé l'âge de courir dans les bois la nuit. Prends l'arme, j'en ai d'autres.

La décision du vieux était irrévocable. Les deux hommes échangèrent un dernier hochement de tête avant que le visage fermé de René ne disparaisse dans l'ombre.

12 avril - 0 h 30

– Comment peux-tu croire un truc pareil ? Moi, coucher avec Yann ? T'es ma sœur, quand même !

– Mais j'en sais rien, Julie ! T'as toujours tourné autour de tous les mecs qui passaient, alors qu'est-ce qui me garantit que t'as pas voulu y aller une fois de plus, juste pour le fun, comme au bon vieux temps ? Tu te souviens qu'à une époque, c'est pas les scrupules qui t'étouffaient !

– Je te jure que c'est pas vrai. Ma parole, Nolwenn ! Dimitri raconte n'importe quoi juste pour embrouiller tout le monde !

– Dans l'immédiat, demande-toi comment il aurait pu inventer un truc pareil, franchement !

– J'te jure, Nolwenn !

– Bon, de toute façon, c'est pas le moment ! On en reparlera, ça, tu peux en être sûre, mais pas maintenant !

Julie préféra se taire. L'urgence se rappellerait à elles bien assez tôt. Le chemin qui les avait menées jusqu'au rivage l'avait exténuée et la douleur dans son épaule perturbait le fil de ses pensées.

Affolées à l'idée de rencontrer Dimitri, les deux femmes avaient affronté cette forêt comme on traverse un cauchemar, épiant les ombres, s'arrêtant à chaque bruit, perdant un temps précieux en battements de cœur désordonnés qui ne les menaient nulle part. Pourtant, chacune le savait, Dimitri finirait par comprendre, et dès qu'il réaliserait qu'elles ne cherchaient plus à forcer le passage, il se dirigerait, lui aussi, vers cet endroit. Alors, la chasse reprendrait de plus belle. Surmontant leur découragement, elles poursuivirent jusqu'à la rivière et le vieux canot dont Julie avait parlé.

Dans les mains de Nolwenn, le fusil abritait de nouveau deux cartouches toutes neuves. Si Dimitri ou le vieux tentaient de leur interdire le passage, elle ferait feu, bien décidée à ne pas subir le même sort qu'Anna. L'angoisse ne prendrait fin qu'avec la traversée de ce plan d'eau et lorsqu'elles parleraient à la police. Aucune d'elles ne plierait l'échine face aux brutes qui les poursuivaient. Si leur salut devait passer par les armes, Nolwenn appuierait sur la détente.

Prises dans le faisceau de leur lampe, les cloques de peinture qui émergeaient de l'eau croupie les laissèrent sans voix. Luttant contre l'envie de rebrousser chemin, elles inspectèrent les planches. Retourner à la ferme n'était pas une option et poser des mots sur leur consternation aurait signé leur arrêt de mort. Chacune savait ce que l'autre pensait, et craquer maintenant les condamnerait. Même s'il fallait finir à la nage, le vieux rafiot les ferait traverser.

Julie se massa l'épaule. En partant tout seul, le premier coup de feu l'avait surprise au-delà de ce qu'aurait pu imaginer Dimitri. Étourdie par le choc qui lui avait broyé l'épaule, elle n'aurait pas pu répondre à une riposte. S'il avait tiré ou s'il avait couru vers elle, Dimitri aurait pu gagner la partie dès le premier set.

Julie ferma les yeux un instant pour ne pas tomber. Des aiguilles brûlantes jouaient maintenant avec son articulation, propageant une vague de chaleur qui l'aurait fait crier si elle n'avait serré les dents. Quoi qu'il arrive, elle monterait dans la vieille barque et elle ramerait, quitte à en mourir ! Elle ferait de ce supplice la source d'énergie qui la mènerait jusqu'à l'autre rive. Comme à l'époque, où elle s'élançait sur la piste sans tenir compte des points de côté ni des crampes, elle oublierait la douleur et elle franchirait l'obstacle. S'il le fallait, même avec un seul bras, elle nagerait jusqu'au bout du monde. L'eau froide ne l'arrêterait pas. Maintenant que les secours étaient à portée de main, rien ne la ferait flancher.

À défaut de rame, Nolwenn s'empara d'une longue branche et la tendit à sa sœur. Aujourd'hui, aucune couleur pimpante ne viendrait égayer leur périple. Aucun sourire n'illuminerait leurs selfies. Personne n'éclabousserait personne avec de grands éclats de rire. Le temps de l'insouciance et des week-ends en famille était révolu.

Toutes deux savaient que le retour à la civilisation marquerait tout à la fois leur délivrance et leur séparation. Associées de fortune, le temps d'un dernier voyage, elles ruminaient déjà le chagrin à venir.

Nolwenn scruta la pénombre une fois de plus.

– Bon, on va y aller. Tu t'assois et je te fais passer le fusil et les munitions. Ensuite, je monte et on rame.

Julie acquiesça et plongea jusqu'aux chevilles dans l'eau qui masquait le fond du canot.

– Je crois que je n'ai pas toujours été un bon exemple. En tant que grande sœur, j'aurais dû faire mieux.

– Tu vois la lumière là-bas ? la coupa Nolwenn. On la prend comme repère et on se fout du reste. Si la barque nous lâche, on finit à la nage.

– Finalement, ça doit être vrai, ce qui se dit des frères et sœurs qui se détestent parce qu'ils sont jaloux les uns des autres. Inconsciemment, j'ai dû mal digérer ton bonheur.

– Bordel, c'est vraiment pas le moment, Julie !

– Tu te souviens du chat en feutrine qu'on avait passé des jours et des jours à chercher ? T'avais ramené ça de l'école. Il était tout noir sur fond orange.

Nolwenn fixa la bande de ténèbres qui la séparait de l'autre rive. La traversée serait longue. Peut-être aurait-elle dû partir seule.

– Je savais parfaitement où il était, puisque c'est moi qui te l'avais piqué.

Julie soupira.

– Ça m'a rongée pendant des années. T'imagines pas comme je m'en suis voulu à mort de t'avoir fait un coup pareil. Mais j'étais jalouse, tu comprends ?

– Tu crois que c'est le moment ? On a de l'eau jusqu'aux chevilles dans un rafiot tout pourri, un dingue nous poursuit, et toi, tu me parles de tes états d'âme !

– Tu étais plus petite que moi et tu faisais toujours tout mieux que moi. Alors, tu vois, c'était plus fort que moi. Et après, je pouvais plus te le rendre sans me trahir parce que, ton chat, je l'avais découpé en lamelles. Et t'aurais su que c'était moi.

Julie sentit le poids du regard de Nolwenn qui ne la quittait plus.

– Et tu attends quoi de moi ? Tu crois que je vais dire amen et te pardonner tes offenses juste parce que t'en as parlé ? Qu'est-ce que tu veux à la fin ?

– Je sais pas, Nolwenn, je sais pas. C'est juste que, maintenant qu'on est plus que toutes les deux, et vu qu'on n'est pas encore tirées d'affaire, il ne faudrait pas qu'on reste sur des non-dits s'il doit se passer quelque chose… Je veux dire : si on ne termine pas la traversée.

– Bon, allez, magne-toi de ramer. On avance et on la ferme, d'accord ? Cent cinquante mètres, c'est tout ce qui nous sépare d'un foutu téléphone. Cet enfoiré de Dimitri va payer pour ce qu'il a fait, tu peux me croire ! Et c'est là-dessus qu'il faut se concentrer. Trois longueurs de piscine, rien de plus, comme quand on était gamines ! Trois misérables piscines !

À quelques mètres de la berge, les fourrés s'écartèrent sans bruit.

19 germinal an IV (8 avril 1796)

Jeanne referma la porte de la cabane avant d'allumer la lampe à huile. Cet endroit, jadis habité par les deux vieilles, pourrissait doucement, à l'abri des regards indiscrets.

Loin des mains destructrices de son père, loin de l'ignorance et de la méchanceté, c'est ici qu'elle venait se réfugier au gré des brimades et des humiliations. Et cette nuit, elle serait seule. Connu de tous, son refuge n'attirait plus les curieux. Repoussés par la peur, ils se détournaient du lieu.

Prise au dépourvu, amoureuse de cet homme ingrat, éprise de son corps, elle avait cru à la sincérité de ses étreintes. Elle s'était laissé dompter par ses paroles. S'oubliant au bonheur de chaque instant, elle n'avait pas voulu renouveler le breuvage qui les unissait, laissant sans le savoir les brèches du passé reprendre le dessus. Rattrapée par la dure réalité, elle avait retrouvé le Victor froid et insensible d'avant. Celui qui passait sans la voir, celui qui riait sous cape avec les autres.

Essuyant les dernières larmes à l'aide de sa chemise, elle s'attela à la tâche. Le lapin qu'elle venait d'attraper serait l'instrument de sa volonté et c'est par lui que passerait le fil du destin. Après avoir ouvert l'animal, elle en ôterait le cœur et le nettoierait de tous ses péchés. La prière et l'eau salée donneraient un sens nouveau à leur communion. Grâce à sa magie, Jeanne ne doutait pas que Victor regretterait bientôt ses paroles assassines. De son erreur, elle puiserait une force nouvelle et reprendrait ce qui lui appartenait.

Une larme, amèrement, s'écrasa sur la vieille table branlante. Pareil à tous les hommes, il l'avait souillée pour satisfaire son unique plaisir ! En la rejetant, il avait trahi l'amour qu'ils s'étaient juré. En l'humiliant, en se rabaissant au niveau des autres, il avait prouvé qu'il ne méritait pas mieux qu'eux.

La fièvre embrasait le regard de la jeune femme. Le sort réservé à Béatrice n'avait été qu'un avertissement. Puisqu'il ne voulait pas respecter la parole donnée, il l'accompagnerait sur le chemin de la souffrance. Au bout de ce miroir où chacun n'aurait dû exister que dans le reflet de l'autre, Jeanne lui dévoilerait la véritable signification de l'amour éternel.

Retrouvant les gestes de sa grand-mère, elle déroula la longue mèche que Victor lui avait confiée et en ôta un cheveu, qu'elle passa, d'un geste expert, à travers le chas d'une aiguille.

Loin de cette forêt, le jeune homme endormi se retourna avec une grimace de douleur. Arraché au sommeil par la chaleur qui pénétrait sa poitrine, il posa les pieds au sol et bascula en avant.

Jeanne, sérieuse et appliquée, se passa la langue sur les lèvres et plissa les yeux. Faire pénétrer l'aiguille sans flancher demandait une concentration de tous les instants et la lumière chancelante ne l'aidait pas. Entre ses doigts froids, le cœur blessé se débattait, glissant et sautant en illusoires bulles de résistance que l'aiguille perçait d'une onde de joie assassine.

Les yeux écarquillés sur la nuit, un filet de sang s'échappant de sa bouche entrouverte, Victor céda à la panique. Chancelant sous les coups de poignard qui le transperçaient, il s'effondra au sol. Le visage levé au ciel en une supplique inutile, il tenta de fuir, sans comprendre que la main qui s'était refermée sur lui ne le lâcherait pas avant d'avoir pleinement savouré sa vengeance.

S'interrompant pour nouer le fil qui dépassait de la masse rougeâtre, Jeanne s'assura de la solidité de l'ouvrage. Protégée de l'obscurité qui bruissait de mille cris, elle prendrait le temps de nouer chaque cheveu à la suite du précédent. Dévouée corps et âme à son art, elle laisserait la nuit filer entre ses doigts.

Un nouvel assaut embrocha Victor, le projetant au sol en gestes désordonnés. Ses pieds et ses mains battirent le vide, comme pour s'y accrocher. Les dents figées sur un filet de bave, Victor se débattit, souffla, hurla, pleurant et suppliant tout à la fois, malgré les prières de sa mère et les bras impuissants de son père. Comme une succession de soldats qui auraient marché de concert, baïonnette au canon, chaque nouvelle salve déchirait l'air de ses cris aigus. Quittant peu à peu le monde des vivants, Victor sentit sa conscience dériver vers le néant. S'affaissant et retombant pour se relever encore, il cessa peu à peu de lutter contre l'implacable étau de douleur. Les deux genoux à terre en une supplique silencieuse, il posa le front au sol, vaincu et soumis. Crucifié sans jugement, cloué à son destin par une main impitoyable, il supplia la mort de ne plus attendre.

Écrasés par l'horreur, ses parents tentèrent encore d'invoquer le Seigneur, multipliant les Notre Père en marchandages superflus, incapables d'éloigner les démons acharnés à consumer le corps de leur fils.

Pourtant, dissimulée dans l'ombre de la forêt, la main de Jeanne allait et venait, sans états d'âme, précise et brutale. Par à-coups, les cris se firent moins clairs, moins forts, jusqu'à s'éteindre, plongeant Victor et ses parents dans le silence.

Hébétée, fatiguée, Jeanne reposa enfin son ouvrage sans comprendre que l'homme à qui elle s'était donnée n'était plus. Domptée par des forces qui la dépassaient, emportée par l'amour et la haine, elle avait franchi la limite qui sépare les hommes du précipice.

Pendant qu'une mère prostrée serrait le corps de son fils contre elle, incapable de comprendre, Jeanne se laissait emporter par le sommeil. Contre son sein, le cœur sanguinolent et froid avait accompli son œuvre.

12 avril - 0 h 54

Nolwenn et Julie se figèrent en regardant Yann émerger des branchages. Surprise, chacune d'elles oublia la rame de fortune qu'elle s'apprêtait à plonger dans l'eau.

– Pourquoi tu as voulu me tuer, Nolwenn ? lança le jeune homme sans attendre.

Nolwenn s'agrippa au canot. Yann et Julie avaient couché ensemble, et il osait venir la retarder pour lui demander des comptes ! Portée par la rancœur, elle réfréna la joie qui l'avait traversée en découvrant que Yann avait échappé à Dimitri. Comment sa propre sœur et celui à qui elle avait tout donné avaient-ils pu lui faire ça ?

– Explique-moi pourquoi j'ai vu tes doigts sur cette seringue, quand j'étais dans le coma, s'impatienta Yann.

Nolwenn hésita, luttant contre les larmes qui montaient.

– Je ne voulais pas que tu te réveilles comme un légume, Yann. C'est parce que je t'aime que j'ai voulu t'épargner !

– Tu as voulu m'épargner ?

Accablé par la révélation, il en oublia tout ressentiment.

– Tu as voulu me tuer pour m'épargner ?

– Tu ne peux pas imaginer comme je m'en suis voulu. Si tu savais comme je suis soulagée de ne pas être allée jusqu'au bout ! Parfois, je me réveille encore en sursaut avec une boule au creux du ventre à l'idée de ce qui aurait pu arriver si je ne m'étais pas dégonflée au dernier moment ! Alors, crois-le ou non, c'est par amour que j'ai voulu faire ça, je te le jure. C'est parce que je t'aime, Yann. Oui, c'est parce que je t'aime que j'ai voulu t'épargner la souffrance !

– Et tes sœurs, qu'est-ce qu'elles fabriquaient là ? Vous m'auriez tué ensemble parce que ça vous chantait de le faire ?

Nolwenn éclata en sanglots. Yann, debout sur la rive, ne fit pas un mouvement. Seul dans la nuit, il tentait de digérer l'information.

– Mais qu'est-ce qu'il t'a pris de décider pour moi ? Tu te rends compte de ce que tu racontes ? T'es qui pour prendre des décisions pareilles ?

Aucune réponse ne se fit entendre.

– Et les vieux ? C'est pareil avec les vieux ? Je t'en prie, dis-moi que c'est mon imagination, que c'est pas vrai, que je vais me réveiller !

– Non, Yann, tu peux pas dire ça ! Personne ne les tue. Je les aide à partir, rien de plus ! C'est pas du tout la même chose. Grâce à moi, ils ne souffrent plus, ils s'en vont sans peur et sans douleur. Parce que je suis là pour eux !

Yann la fixa, sidéré.

– Tu comprends la différence ? Ils s'endorment et ne se réveillent plus. C'est ça, la vérité que personne ne veut voir parce que ça les dérange. Mais demande-toi si c'est pas plus humain que de laisser les gens se finir au fusil de chasse ou aux cachets ! Alors, d'accord, c'est dur, mais c'est parfaitement dégueulasse de s'en foutre et de faire comme si ça existait pas, tout ça. J'en ai plus que ras le bol de cette constipation républicaine qui fait qu'on a pas le choix et qu'il faut en baver jusqu'à la dernière minute, la dernière seconde, même quand on veut en finir !

Un hoquet vint interrompre ses paroles.

– Parce que, oui, le désespoir, ça existe ! Derrière chaque lit d'hôpital !

– Et ça serait à toi de décider ?

– Mais mets-toi donc à leur place ! Quand personne ne vient jamais te voir, que t'as mal tout le temps, que tout est trop bas, trop haut ou trop lourd, et que tu t'emmerdes à cent sous de l'heure !

– Mais, Nolwenn, t'as pas le droit de faire ce que tu fais !

– Non, je te l'accorde, mais tu ferais quoi à ma place ? C'est eux qui me le demandent. Alors, oui, comme je te l'ai dit, je les aide, à mon petit niveau, comme je peux. Et, crois-moi, ça n'a pas de prix ! Alors, tu vois, la loi, je m'en fous, Yann. Je m'en fous ! C'est à elle de s'adapter, parce qu'en attendant, les gens souffrent pour rien. Et pour toi, j'étais prête à recommencer, parce que tu risquais de te réveiller avec le cerveau en compote !

– Non, Nolwenn, non ! Je n'avais pas demandé à partir ! Je ne voulais pas mourir.

– Et qu'est-ce que t'en sais ? C'est facile à dire maintenant que tu t'en es tiré !

– Et ma jambe, tu trouves que c'est rien ?

– Franchement, qu'est-ce que t'en aurais pensé si t'avais été une loque, incapable de bouger autre chose qu'une paupière et qu'on t'avait annoncé que c'était pour la vie ?

Les deux amants se fixèrent une longue minute, chacun se demandant ce qui aurait pu être.

– Je t'aime, Nolwenn, mais je ne pourrai jamais avoir d'enfants avec toi !

La jeune femme encaissa le coup sans un mot.

– Ça n'a rien à voir avec ce que tu viens de dire. Je me rends compte que je ne suis pas prêt, que la vie est trop moche pour que je participe à sa prolifération.

– Et là, tu ne crois pas que tu choisis pour les autres ? s'insurgea Nolwenn. De quel droit tu empêches l'enfant qui aurait dû naître de vivre ? Comment tu as pu me faire croire que c'était qu'une question de temps, alors que t'as jamais voulu prendre ton courage à deux mains ! T'as jamais assumé quoi que ce soit, Yann ! La seule dignité que t'aies jamais eue, c'est dans le sourcil, quand tu prends tes airs de « monsieur je comprends tout et je juge les autres sans chercher à aller plus loin que mon nombril » !

Nolwenn poussa sur la rame. S'éloigner de cette berge, disparaître loin de Yann était tout ce qui comptait.

– Tu n'es qu'un vampire, Yann, un vampire ! Nous deux, notre histoire, c'était impossible depuis le début. En m'utilisant pour te sortir de ton accident, tu as pompé mon énergie sans rien engager en retour.

– Tu n'avais pas le droit de me tuer, Nolwenn, pas sans mon accord !

– Tu n'avais pas le droit de me faire croire que je pouvais vivre, Yann ! J'étais prête à tous les sacrifices pour toi, y compris celui de t'aider à mourir, alors de quel droit tu te permets de me juger ? Je ne veux plus te voir, je ne veux plus de toi. En t'aidant à partir, c'est moi qui aurais affronté la douleur et la peine, pas toi. Tu ne pourras jamais comprendre à quel point je regrette, parce que t'es qu'un égoïste. Mais c'est fini tout ça, pauvre loser ! Maintenant, je veux vivre ! Loin de tes raisonnements toxiques, loin de tes jugements à l'emporte-pièce. Vivre, tout simplement. Pas comme toi et tes foutus philosophes, qui se font dessus parce qu'ils peuvent pas affronter la réalité !

Le canot se détacha de la rive. Julie, qui n'avait pas ouvert la bouche, se contenta de plonger sa branche dans les profondeurs du liquide opaque et glacé qui les porterait jusqu'à l'autre rive. Elle serra les dents sur la douleur. Son bras tétanisé et sa poitrine oppressée ne l'empêcheraient pas de ramer. Le temps n'était plus aux paroles.

12 avril - 1 h 02

René posa la main sur le Tokarev TT33 et pria pour que la seule balle qui lui restait, celle-là même qu'il n'avait jamais tirée, n'ait pas à répandre le sang cette nuit. Écrasé de lassitude, il contempla le vide. En n'intervenant pas, il n'avait pas rempli son rôle de gardien.

En les avertissant, il n'avait fait qu'attirer leurs regards vers ce qu'ils auraient dû continuer d'ignorer. Pris dans les filets d'une malédiction qui s'abattait tel un métronome psychopathe sur leurs vies, il avait laissé venir le 12 avril sans agir. Pion sans importance, déplacé au gré d'un jeu dont il ne comprenait pas les règles, appât malgré lui parmi les fous, il avait participé au drame qui s'annonçait.

Fuir avec Yann signifiait accepter leur défaite avant même d'avoir engagé le combat. Pour être efficace, il agirait seul. Les pièces du puzzle n'attendraient plus. En dévoilant les vérités cachées, en empoisonnant les esprits, le puits toucherait au but à l'instant qui lui plairait. Simple miroir grossissant, de ceux qui vous jettent à la face les vérités et déchirent les cœurs, il avait définitivement corrompu les âmes des hommes et des femmes qui s'en étaient approchés.

Julie et Nolwenn n'étaient pas de méchantes personnes, mais les deux jeunes femmes venaient de perdre leur sœur. Leurs réactions, dictées par la peur, n'étaient plus rationnelles. Les révélations sur la liaison entre Julie et Yann, réelle ou non, n'avaient rien arrangé. Quant à Dimitri, en cédant à ses penchants naturels, il n'avait fait que suivre ce que cet endroit maudit lui dictait.

Le puits s'était contenté de souffler sur les braises d'une violence qui n'attendait que l'opportunité de s'étaler au grand jour. Beausoleil n'avait été qu'un catalyseur, choisissant ses victimes au gré de ses desseins malsains. Dimitri serait le bras armé d'une malédiction qui, après avoir fait de lui et d'Anna ses premières victimes, irait faucher Yann, Nolwenn et Julie.

Le visage de René se contracta. Jamais il n'avait reculé devant un obstacle. Marquant une pause craintive à chaque marche, il atteignit enfin le rez-de-chaussée. Passer la porte d'entrée lui prit de longues minutes. Douloureusement courbé, il se jeta en avant, pistolet au poing, persuadé que son bourreau silencieux l'attendait. Mais aucun coup de feu ne vint percuter son envol. La cour était vide.

Le vieil homme souffla. Dans sa poitrine, son cœur tenait bon malgré ses battements erratiques. Invisible parmi les ombres, il contourna le bâtiment jusqu'à l'appentis où sommeillaient ses outils. Son pistolet et la seule balle qui lui restait ne rempliraient pas la tâche qu'il s'était fixée.

Pris par l'urgence du moment, il soupesa une fourche, puis une pioche. La rapidité serait de mise et le quart de seconde perdu à lever l'outil avant de frapper pourrait lui être fatal. Un marteau attira son attention, rejeté aussitôt pour les mêmes raisons. La fourche serait plus rapide. Avec elle, il frapperait directement, sans élan, sans perte de temps.

Il s'engagea dans la forêt, guidé par la pente escarpée et les indices qui menaient à Dimitri. D'abord le bruit, puis le mouvement entre les feuilles, et enfin sa voix. L'arsenal qu'il devina entre les branchages n'aurait jamais dû tomber entre les mains de cet homme.

Le jeune homme marchait vite, disparaissant pour reparaître toujours plus loin. Comme jadis, le vieux soldat agirait en prédateur, surgissant là où l'autre ne l'attendrait pas pour mieux le juguler avant qu'il n'ait le temps de réagir.

S'il le pouvait, le sang ne coulerait pas. René neutraliserait le danger et laisserait la justice suivre son cours. Quelle que soit l'issue, il assumerait les actes que l'enquête révélerait. S'il était innocent, il serait libéré. S'il ne l'était pas, alors il aurait les réponses à ses questions. Dans un cas, il perdrait son boulot pour n'avoir pas été à la hauteur de sa tâche ; dans l'autre, il finirait ses jours à l'abri du monde et des regards. À moins que la balle qui l'avait accompagné jusque-là ne vienne le délivrer.

Résolu, il glissa plus profondément entre les feuillages. Maintenant qu'il avait atteint les années Scrabble, celles qui comptent double ou triple, il ne piocherait pas de nouvelles lettres. La fin de la partie se profilait et c'est d'une main lasse qu'il tirerait sa révérence.

En n'ayant pas pris le temps de vivre ses rêves, il avait fait de son existence un cauchemar dont aucun puits n'était responsable. En croyant suivre ses propres règles, en fuyant l'amour et les mains tendues, il n'avait fait que creuser toujours plus profondément un fossé qu'aucun bonheur n'était venu combler.

Désormais ne se dessinait qu'une seule issue, dans quelques minutes ou quelques heures. Seul parmi les ombres, René envia les vieux sur lesquels Nolwenn avait posé le regard.

12 avril - 1 h 15

Nolwenn et Julie ramaient en ordre dispersé, sans grand résultat. Leur canot, lourd et difficile à manier, résistait au mouvement. Lesté par l'eau embarquée, il flottait mal. La traversée s'annonçait longue et périlleuse.

Yann aurait voulu les aider, pousser avec elles, mais il se contenta de les regarder s'éloigner. Le vieux rafiot n'aurait pas survécu à un passager de plus. Oui, il la comprenait et il aurait voulu lui crier qu'il l'aimait, qu'il voulait un enfant et qu'il lui pardonnait, mais aucun son ne sortit de sa gorge serrée. L'eau froide et sombre qui le séparait de Nolwenn n'était que le reflet de la vie qui les attendait, loin l'un de l'autre, séparés à tout jamais par le souvenir de ce geste qu'elle n'avait pas commis. Nolwenn l'avait trahi. Il l'avait trompée.

Il aurait voulu lui dire à quel point il la comprenait, à quel point il aurait préféré le néant à une vie d'immobilité absolue. Mais il était trop tard. Quoi qu'elle en pense, en le privant des années à venir, Nolwenn aurait commis un meurtre. Un meurtre ! Désormais, il se concentrerait sur la réussite de leur traversée et l'arrivée de la police. Ensuite, il retournerait à sa vie d'avant, sans elle. Incapable d'oublier qu'il l'aimait, il garderait quelques photos.

Plongeant la main dans sa poche, il en extirpa une cigarette. Puisque l'heure était venue, il ne jouerait plus au chat et à la souris avec Dimitri. Dorénavant, c'était en homme libre qu'il l'affronterait. Affranchi de ses peurs, il serait le roc sur lequel se briseraient les assauts de la brute qui leur barrait le chemin.

Dimitri entendrait ce que le puits l'avait chargé de transmettre. Ensemble, ils revivraient les événements qui avaient scellé le destin d'Anna. Ils parleraient de cette femme qui courait pour sauver sa vie face aux poings vengeurs de Dimitri. Il lui expliquerait le déroulement de cette terrible nuit, où le hasard était venu détourner la main du destin pour y ajouter sa petite note sombre, en inversant les rôles au dernier moment. Ensemble, ils rejoueraient la scène qui avait fait d'un innocent un coupable et tué une femme qui n'avait rien fait de plus que de vivre. Quand il aurait entendu la vérité, Dimitri comprendrait où était son intérêt et il se livrerait. Il les guiderait jusqu'au corps d'Anna.

Brandissant sa cigarette au-dessus de sa tête, Yann tourna le dos à la rivière et défia l'ennemi qui se cachait dans la forêt, hurlant son nom à travers la nuit. En attirant Dimitri à lui, il le détournerait de Nolwenn et de Julie.

Distants l'un de l'autre de quelques mètres, deux hommes se figèrent, les sens en alerte, le cerveau en ébullition. Jamais René n'avait vu une proie appeler un prédateur à le rejoindre. Que Yann tente de lui résister le laissait perplexe : jamais Dimitri n'aurait imaginé un tel courage de la part de cet avorton.

– Je sais que tu en veux à la terre entière, mais je veux que tu m'écoutes, Dimitri ! lança Yann.

Dans l'eau, Nolwenn et Julie cessèrent de ramer, leurs yeux incrédules happés par le point rouge qui s'agitait.

– Tu avais raison, j'ai passé trop de temps à me cacher derrière des excuses. Alors, je vais te dire ce qu'il s'est réellement passé. Tu m'entends ?

– Quel idiot, murmura Nolwenn. Il va se faire tuer !

– J'ai tout vu, je sais tout ! Je sais que c'était un accident ! Tu comprends ? Un accident ! C'est le puits qui me l'a montré !

– Tais-toi, grinça Julie du bout des lèvres. Tu vas nous faire repérer !

Yann s'éloigna de la rive en direction des arbres. Nolwenn plongea sa branche dans l'eau, furieuse. En focalisant l'attention, alors qu'elles n'étaient qu'à une vingtaine de mètres de la grève, Yann attirait le danger.

Ravalant les larmes de frustration qui montaient, Julie se massa l'épaule, en vain. Les picotements dans ses doigts lui lançaient un message qu'elle ne pouvait plus ignorer. Une fois encore, elle ne serait pas à la hauteur de ce que les autres attendaient d'elle.

Sur la berge, alors que la cigarette attirait tous les regards, faisant de lui une cible parfaite, Yann ne vit pas Dimitri se faufiler derrière lui. Sous-estimant son adversaire, il s'était montré trop naïf, n'imaginant pas que l'autre le prendrait à revers.

Nolwenn posa sa rame en travers du bateau et empoigna le fusil. L'eau qui s'insinuait entre leurs jambes attendrait encore.

20 germinal an IV (9 avril 1796)

Le premier coup prit Jeanne par surprise, la faisant reculer d'un bon mètre. Le second l'envoya mordre la poussière. La mère de Victor s'abattit sur sa victime pour frapper, encore et encore, sans retenue, vicieusement. Les coups de sabot pleuvaient, l'enfer se déchaînait.

Après avoir tenté de s'agripper aux jambes de son assaillante, Jeanne rampa pour échapper au déluge, mais en vain. La femme s'acharnait.

– Espèce de diablesse, tu vas comprendre ce qu'il en coûte d'avoir tué mon fils ! Je vais t'aider à le rejoindre, tu vas voir !

Jeanne vacilla, inconsciente de la rumeur qui s'élevait. De quoi parlait cette femme ?

– Tu l'as ensorcelé, je le sais ! Mais par tous les saints, je jure devant Dieu que tu vas goûter au fruit de tes péchés, maudite rosse !

La voix du père de Victor s'ajouta au tumulte.

– Sale vipère ! Tu peux nous jeter autant de sorts que tu voudras, ça m'est bien égal, je vais te briser comme tu l'as brisé !

Le cercle hostile se referma autour de la jeune femme étourdie. Elle connaissait tous ces visages malveillants. Chacun à son heure, au détour d'une fièvre ou d'une toux persistante, était venu un jour quémander son aide. Pour eux, jamais elle n'avait ménagé sa peine ni rechigné à la tâche. Elle n'avait pas compté les bleus, les fièvres et les furoncles dont ses potions avaient eu raison. Tous lui étaient redevables. Pourtant, en ce jour de germinal, leurs regards, leurs mâchoires serrées et leurs poings dressés annonçaient le pire. Si personne ne les arrêtait, c'est dans le sang qu'ils effaceraient leurs dettes. Rongés par leur propre bêtise, ils avaient enfin trouvé le courage de défier ce qu'ils ne comprenaient pas.

Jeanne n'opposa que le maigre rempart de ses bras contre la vague de furie qui allait déferler. Franchissant l'espace qui la séparait de sa proie, la mère de Victor repassa à l'attaque, suivie du reste de la meute. Plus nombreux, plus forts et plus déterminés, ils la submergèrent, incapables de comprendre que jamais elle n'avait voulu la mort de celui qu'elle aimait plus que sa propre chair. Repoussée d'un côté à l'autre, à l'intérieur du cercle qui la brisait sous les pieds et les poings hostiles, elle perdit le fil du temps et des distances.

Dans sa tête, loin de la douleur et des cris, c'était le visage de Victor qui revenait lui percuter le crâne. Victor n'avait pas survécu à leur amour ! Son Victor ! Désespérée, elle se laissa écraser par leur haine collective, consciente de mériter son sort. Seule, elle n'était plus rien. Sans lui, le monde pouvait disparaître et emporter tous ses habitants en enfer. Sans son amour, elle n'affronterait pas les années à venir.

Une dent vola, puis une autre. Le goût métallique du sang la ramena un instant à la réalité, avant qu'elle ne s'effondre à nouveau. Le bourdonnement dans sa tête et la douleur dans son corps n'avaient plus aucune importance. Elle devait protéger son ventre et le petit homme qu'elle y abritait. En la tuant, c'était le souvenir de Victor qu'ils effaceraient. Elle ne pouvait pas abandonner cette nouvelle vie qui s'annonçait, ce bébé qu'elle devinait dans sa chair. Pour lui, elle survivrait, malgré les coups, malgré la mort de celui qu'elle aimait, malgré ses fautes.

Une nouvelle série de gifles l'envoya heurter les pierres du puits. Étourdie, elle ne bougea plus. Ils pouvaient lui faire ce qu'ils voudraient, elle ne lâcherait pas son ventre. Jamais elle ne se pardonnerait son geste, mais elle vivrait, et avec elle, l'enfant de Victor. Un long filet de sang s'échappa de ses lèvres. Toussant et crachant, elle vacilla et tomba en avant, sombrant dans le néant sous les acclamations de la foule.

– Il a crevé toute la nuit, mon Victor ! Comme un chien, qu'il a souffert, à cause de cette gueuse ! On ne peut pas en rester là !

Plongeant son regard noir sur le cercle attentif, la mère de Victor ne désarmait pas.

– C'est pas naturel, tout ça ! Pour avoir des lèvres toutes bleues comme il avait, il faut que quelqu'un l'ait empoisonné. Et je ne connais qu'une seule fille capable de faire ça !

S'avançant de nouveau vers Jeanne, elle leva un sabot, prête à aller jusqu'au bout de son œuvre destructrice, quand une main s'interposa.

– Ça suffit comme ça ! Ce n'est pas en la tuant que tu vas nous rendre notre fils. On a déjà eu assez de malheurs pour aujourd'hui !

Le père de Victor avait raison. Sa femme acquiesça. Laissant enfin retomber sa rage meurtrière, elle empoigna une dernière fois la masse de cheveux qui couvrait le visage de Jeanne et, comme pour mieux fixer le souvenir de ce moment, elle dévisagea longuement celle qui avait ensorcelé son fils. Le sang qui s'échappait de la bouche et du nez de la jeune femme ne fit germer aucune compassion dans le cœur blessé de la mère endeuillée. Cette misérable catin méritait sa souffrance. Concentrée sur sa haine, elle lui cracha au visage.

– Va donc crever en enfer ! Que toi et tous les tiens puissiez y rôtir pour l'éternité !

La tête de la jeune femme roula en arrière. Sans connaissance, elle n'entendit aucun des paysans qui, tour à tour, vinrent se camper devant elle pour lui cracher leur dégoût au visage. Maudite jusqu'à la nuit des temps, souillée par ces hommes et ces femmes qu'elle connaissait, elle resta étendue à même le sol, sans qu'aucune main secourable ne lui vienne en aide, pas même celle de son père. Tourmenté par l'effroi et la honte, l'homme passa de longues minutes à l'examiner, sans comprendre la folie de cette femme qui avait été sa fille.

Au petit matin, quand il l'avait vue se faufiler jusqu'à son lit pour y feindre le sommeil, il avait compris qu'une faute avait été commise, mais rien ne l'avait préparé à ce qui avait suivi. La pensant coupable d'avoir passé la nuit avec le garçon autour duquel elle tournait, il n'était pas allé aux champs, mais s'était empressé d'aller réparer la faiblesse de sa fille. Puisque Victor et elle s'étaient choisis, alors il s'entendrait avec son père et sa mère, et l'affaire serait conclue dans l'heure.

En arrêtant ses pas devant la ferme des parents, le malheur l'avait frappé de plein fouet, plus rapide que la peste et le choléra réunis. Les pleurs de la mère, la rage froide du père, le corps de Victor figé dans la douleur. Jamais il n'oublierait ce visage qui, par-delà la mort, grimaçait une vérité implacable : seules les sorcières détenaient le pouvoir d'un tel supplice, et il n'en connaissait qu'une.

Vaincu par l'adversité qui s'était abattue sur sa famille, Jacques s'était résigné. Convaincu, comme eux, de la culpabilité de sa fille, il avait choisi de ne plus s'opposer au destin. Après un tel acte, plus rien ne liait Jeanne aux habitants de ce pays. Incapable de les retenir, parce qu'il savait, parce qu'il ne pouvait plus accepter ce démon que la fatalité lui avait confié, il s'était contenté de suivre les parents du mort, grossissant sans le vouloir la foule qui accompagnait leur expédition punitive.

Aucun rempart n'était venu protéger la meurtrière. Sa fille, cette femme qui gisait maintenant contre leur puits, avait tué un homme.

Les poings serrés, il cracha lui aussi sur le corps prosterné qui l'implorait.

– Ne reviens plus jamais par ici ! Disparais avant que le courroux de Dieu ne te rattrape ! Le Tout-Puissant m'en est témoin : à compter de ce jour, je te renie !

Sourd aux suppliques de sa propre fille, il s'éloigna sans un regard en arrière.

12 avril - 1 h 17

René savourait le moment. Cette forêt avait réveillé les souvenirs de ses années de bonheur et d'adrénaline, quand il sautait d'une mission à l'autre au gré des contrats. Guidé par l'inexpérience et la colère, Dimitri ne s'était pas retourné une seule fois depuis son départ de la ferme. Focalisé sur sa proie, il ne s'était pas rendu compte qu'il en était devenu une, lui aussi. Maintenant que l'heure des règlements de comptes était venue, René suivrait son plan sans faillir. Il neutraliserait Dimitri, et les filles atteindraient l'autre rive.

Devant, au loin, perçant la nuit, la cigarette de Yann continuait de briller. Tels les naufrageurs d'antan, qui attiraient les bateaux sur les récifs, son piège trop évident n'en était pas moins efficace. Fusil en main, Dimitri s'avançait vers sa cible.

La distance qui les séparait ne permettrait pas à René de viser. En allant se perdre dans les branchages, son unique balle aurait donné l'avantage à son adversaire. Replaçant son pistolet dans la poche de son pantalon, il empoigna le manche de la fourche et reprit sa progression silencieuse, avalant les mètres.

Le fusil de Dimitri s'éleva en direction de Yann, aussitôt interrompu par la voix de Nolwenn. En l'avertissant, la jeune femme venait de dévoiler sa position. Arroseur arrosé, l'homme céda à son instinct et lâcha une salve colérique en direction de l'eau.

Les plombs semèrent la panique sur le vieux canot à demi submergé. Une rame passa par-dessus bord, suivie de près par un corps, emporté par les mouvements désordonnés du bateau : celui de Nolwenn.

L'arme de Dimitri aboya encore, inondant le rivage d'un nouvel éclat de lumière. Encore trop éloigné pour intervenir, René grignota quelques mètres avant de s'immobiliser.

Au loin, perchée sur l'eau, luttant contre les va-et-vient de la barque, Julie dessinait une cible que Dimitri ne pourrait manquer. Le claquement sec de l'arme qui se refermait fit osciller de plus belle le canot. Terrifiée, Julie se plaqua au fond de l'embarcation. Si Dimitri tirait, la distance qui les séparait ne lui serait d'aucune aide.

– Arrête, tu peux pas faire ça ! hurla une voix qui aurait pu être celle de Julie, à moins que ce ne soit celle de Nolwenn.

Dimitri ne broncha pas. Le fusil tendu à hauteur d'épaule, il prenait son temps.

– Je vous préviens, s'il se passe quoi que ce soit, j'appuie sur la détente. Le premier qui bouge un sourcil de travers, un seul, je me le fais !

Sans quitter sa cible des yeux, il s'adressa à Yann, quelque part derrière lui.

– Et toi, le connard de prof de philo, tu vas gentiment nous rejoindre, qu'on puisse discuter. Pareil pour le vieux s'il est dans le coin. Et sans faire les malins. Le seul flingue qui vous restait est parti à la flotte avec l'autre connasse, alors maintenant on va enfin régler nos petits problèmes. Tous ensemble !

Dimitri jubilait. Il avait enfin réussi à les arrêter. Dans un instant, ils écouteraient ce que René avait à leur raconter sur la disparition d'Anna et il saurait. S'il était coupable, alors il aviserait.

Derrière les arbres, le phare rouge s'était éteint avec le premier coup de feu. En allumant sa cigarette trop tôt, Yann n'avait fait qu'empirer la situation. Accroupi derrière un arbre, il enrageait. Parce qu'il s'était précipité sans réfléchir, parce qu'il n'avait pas pris le temps de s'éloigner du bateau avant d'attirer Dimitri à lui, il n'avait fait que le mener jusqu'à Nolwenn et Julie. S'il n'intervenait pas, personne ne sortirait vivant de cette forêt. La Sten que lui avait confiée René, froide et sombre, serait la seule réponse possible.

Fronçant les sourcils, il agrippa le levier de culasse et le tira en arrière comme le lui avait montré le vieux. L'arme pointée en avant, il pressa la détente et libéra le contenu entier de son chargeur.

Deux cris s'élevèrent, où se mêlaient la peur et la surprise. René se précipita en avant, fourche en main.

12 avril - 1 h 20

Le rire saccadé de la mitraillette déchira l'air. Bien que différente des salves précédentes, celle-ci déclencha une série de réactions que Yann n'aurait jamais prévues en allumant sa cigarette.

Perdue dans la pénombre, la silhouette de Dimitri s'effaça sans que Nolwenn ni Julie y prêtent attention. Tétanisée par la peur, Julie s'était figée sur son propre cri, loin des appels de sa sœur, qui l'exhortait à se jeter à l'eau. Accrochée au rebord du bateau à demi immergé, Nolwenn hurlait sans être entendue. Julie ne l'écoutait pas. Engluée dans ses hésitations, elle piétinait. Son esprit, paralysé par l'idée des balles qui pourraient venir la cueillir à tout moment, refusait de la laisser quitter la protection illusoire du canot. Julie était trop consciente de la température de l'eau et de son bras qui refuserait de la porter.

Sous ses pieds, un craquement sinistre la ramena à la réalité de ce bateau qui coulait. Le liquide glacé s'engouffra autour des jambes de la jeune femme. Incapable d'atteindre Julie, Nolwenn tenta de se hisser au-dessus du bordage, lançant un mouvement de roulis que ni l'embarcation ni Julie n'étaient prêtes à affronter. Le destin n'attendrait pas que Dimitri change d'avis. Le froid pétrifiant de la rivière leur laisserait une chance. Les balles, aucune.

Cédant enfin sous le poids combiné des années et de leur passagère, les planches ouvrirent un passage aux deux pieds de Julie, suivis de ses chevilles, qui se refusèrent alors à tout mouvement, irrémédiablement bloquées. L'embarcation, emportée par Julie, se coucha sur le côté sans la libérer. Le vieux rafiot fit une dernière embardée, percuta Nolwenn, puis se releva un bref instant avant de couler.

Aspirée vers le fond, Julie lutta contre le piège qui s'était refermé sur ses jambes, mais le bois gorgé d'eau en avait décidé autrement. Rien n'y fit. Prises en étau, ses chevilles ne trouvèrent aucune issue. Ses doigts, raidis par le froid, ne purent la libérer à temps. Elle disparut, emportée vers les profondeurs.

Contusionnée et frigorifiée, Nolwenn tenta de retenir les planches qui se disloquaient. Fouillant le néant, elle puisa dans son désespoir pour inspecter chacun des débris. Battant la surface de l'eau en quête d'un signe de vie, elle oublia le froid et plongea, refusant d'accepter ce que ses yeux lui hurlaient.

Sa grande sœur n'avait pas pu sombrer. Comme dans ses souvenirs de petite fille, elle émergerait d'un instant à l'autre, le visage au bord de l'explosion, pour gagner une fois encore le concours de celle qui avait retenu le plus longtemps sa respiration. Julie, sa Julie ne pouvait pas disparaître comme ça, sans un dernier combat, une dernière victoire.

Là, à portée de main, à quelques mètres à peine, Nolwenn la trouverait. Multipliant les allers-retours vers les profondeurs, elle s'acharna, ne refaisant surface que sous la contrainte de ses poumons trop étroits. Luttant contre l'urgence et la fatigue, elle comprit qu'elle ne pourrait combattre plus longtemps contre le linceul glacé qui enserrait le corps de Julie. À bout de souffle, elle s'accorda enfin une pause, accrochée à un reste de planche. Sous ses doigts fripés, le contact de cette surface rêche et écaillée raviva son sentiment d'irréalité.

– Julie, je m'en fous de ce que tu as fait ! Je m'en fous du chat en feutrine ! Tout ce que je te demande, c'est de revenir !

Prise d'un étourdissement, elle lutta contre la pensée qui se glissait dans son corps, intraitable et paralysante. Rien ne ramènerait sa sœur à la surface, personne ne négocierait son retour. La gorge serrée, elle chercha la lumière qui la guiderait jusqu'à l'autre rive. Trois longueurs de piscine : rien de plus ne la séparait de son but.

Le froid mordant qui l'enveloppait lui rappela ce matin où Julie et Anna étaient vivantes, un matin innocent où la neige était venue recouvrir leur paysage de petites filles d'une nouvelle occasion de profiter de la vie. Une énorme boule de neige avait balayé le plaisir de la bataille pour glacer le visage de Nolwenn. Et elle avait pleuré.

– Anna, Julie, revenez, on va jouer encore un peu, toutes les trois…

Plongeant à nouveau, elle scruta les ténèbres en quête de leurs visages rayonnants. Cette fois, elles verraient qui retiendrait sa respiration le plus longtemps.

12 avril - 1 h 20

L'essaim d'insectes métalliques traversa l'espace autour de Dimitri sans rencontrer d'autres obstacles que les feuilles. Yann était donc armé ! Quelqu'un, le vieux, lui avait fourni de quoi riposter.

Plaqué au sol, Dimitri patienta une longue seconde, le visage enfoui dans les feuilles décomposées, attendant une deuxième rafale, qui ne vint pas. Alors, lassé, il bondit entre les arbres et zigzagua sans se retourner, son sac d'armes sur le dos.

Ensuite, tout s'enchaîna. Le craquement d'une branche et l'ombre furtive, une main sur sa nuque, un corps dans son dos. Sous le choc, son front, sa joue et son nez s'écrasèrent sans ménagement contre l'écorce d'un tronc épais. Guidé par le pied qui venait de s'abattre à l'arrière de son genou, il tomba à terre, emporté sans retour par son propre poids. Impuissant à freiner sa chute, il ne prit conscience des deux dents métalliques plantées dans sa chair qu'en touchant le sol.

Comprenant que les deux pointes acérées qui transperçaient l'épaule de Dimitri ne suffiraient pas, René lâcha un cri de frustration.

Le sac – son sac – avait dévié la fourche. Dimitri n'était que blessé. Empoignant l'arme, il la tira à lui et la leva au-dessus de sa cible, mais, gêné par les fusils éparpillés, il perdit l'équilibre avant d'avoir ajusté son geste et bascula sur le côté.

Cette fois, la fourche alla se perdre dans les feuilles mortes alors que Dimitri roulait sur lui-même et revenait à la charge. Écrasé au sol, René lança le coude dans la mâchoire offerte. Les poings volèrent, les genoux cognèrent, les corps encaissèrent.

Pris en tenaille, René plongea les doigts dans l'une des plaies ouvertes, repoussant enfin son adversaire. Bouche bée, les deux hommes se toisèrent en silence, hors de portée l'un de l'autre. Prêts à tout.

Incrédule, Dimitri inspecta son bras, puis la fourche. Le vieux avait osé ! Malgré la vague chaude qui s'écoulait le long de sa manche, une ébauche de sourire illumina son visage. Contrairement à son assaillant, son arme, accrochée en bandoulière, l'avait suivi.

21 germinal an IV (10 avril 1796)

Emprisonnée dans un carcan de douleur, Jeanne avait repris connaissance à la tombée de la nuit. Seule au monde, désemparée, elle avait cru pouvoir rejoindre sa ferme, mais elle s'était heurtée à son père, plus hostile que jamais. La chassant comme il l'aurait fait d'un animal sauvage, il lui avait dévoilé le visage de la peur, celle qui éloigne à jamais, celle qui efface les souvenirs et l'amour, incontrôlable et perfide.

Sidérée, elle était restée des heures devant cette porte fermée, derrière laquelle reposait toute sa vie. En proie au supplice de ses côtes brisées, elle avait supplié son père, puis le ciel, avant de se relever. Torturée par les éclairs douloureux de son crâne, elle avait refusé de plier l'échine face à l'adversité.

Désemparée, folle de chagrin, elle avait marché jusqu'à la cabane. En tuant Victor, elle avait tué l'amour, mais en piétinant le présent, les sauvages qui l'avaient battue avaient sacrifié le futur. En s'en prenant à elle, chacun d'eux avait partagé le sang et trempé son âme dans le péché. Tout comme elle, ils méritaient l'enfer de l'oubli et du désespoir. Elle savait où trouver les ingrédients qui leur feraient ravaler le mal déversé sur son corps.

Affrontant le noir profond de la forêt, elle avait franchi l'obstacle de ces milliers de branches qui, telles des mains avides, s'étaient accrochées à ses vêtements en lambeaux pour la jeter au sol et la griffer, comme pour achever l'œuvre des hommes. Pourtant, toujours elle s'était relevée, jusqu'au refuge tant attendu, où elle s'était enfin effondrée dans le néant, emportant leur haine et son désespoir dans un sommeil sans rêves.

Misérable, sans feu ni lieu, elle était désormais seule au monde, bannie, maudite, blessée. Désespérée. Avec la disparition de Victor et la colère de ses parents, toute vie s'était éteinte, y compris jusque dans son sein. Les coups n'avaient pas épargné l'enfant à venir. Son corps tout entier lui criait une détresse plus vaste que la sienne. Et rien, aucune médecine, aucun champignon, aucune prière ne ferait plus germer d'étincelles au creux de son ventre. Comme son père, le petit être en sommeil s'était assoupi pour toujours. Avant même d'avoir existé, ce bébé effacerait jusqu'au souvenir du bonheur que Victor et elle avaient partagé.

Posant la main sur son ventre, elle étouffa un sanglot. Comme les autres, Victor n'avait rien décelé des mystères de la création, incapable d'imaginer l'enfant qui, dans quelques mois à peine, serait venu sceller à tout jamais leur union. Parce que ses nausées étaient passées inaperçues et qu'elle avait tardé à lui annoncer le miracle à venir, elle ne serait jamais la femme que tous auraient regardée avec respect.

Maintenant qu'il l'avait quittée, elle tairait leur secret et prendrait les devants. En l'accompagnant jusque dans la mort, elle reformerait, dans l'au-delà, la famille que la vie lui avait refusée. Victor saurait qu'elle n'était pas responsable de ce qu'elle était. Le mauvais œil, qui s'était posé sur elle, l'avait guidée vers le malheur sans qu'elle puisse lui résister. Elle trouverait les mots qui expliquent et qui apaisent. Quand il aurait compris qu'elle avait agi pour son bien, par amour, elle trouverait le chemin de son pardon.

Atterrée, elle balaya la cabane du regard. Si l'arrivée de la lune ne lui apportait pas le message qui la retiendrait, si rien dans son corps ne lui confirmait qu'elle portait encore la vie, elle ne perdrait pas de temps. Jamais elle n'accepterait le dénuement et la solitude.

Le lendemain, quand elle aurait recouvré ses forces, elle retournerait auprès de ceux qui doutaient de son innocence. S'ils ne l'écoutaient pas, la mort les séparerait.

12 avril - 1 h 25

René releva la tête. Personne ne lui ferait courber l'échine. S'il devait en finir, alors ce serait en regardant son assassin dans les yeux. La fourche avait ripé sur le sac et n'avait pas rempli sa fonction. Le coup porté par ses bras trop âgés n'avait pas été assez puissant.

Le visage tuméfié de Dimitri et la colère sourde qui pointait dans son regard montraient à quel point la victoire était passée à portée de main – ou de fourche. Pourtant, à la lumière de cette fin annoncée, aucune frustration ne vint entacher le sentiment d'apaisement qui enveloppait René.

Le puits gagnerait, certes, mais il serait enfin libéré du poids de cet endroit. Usé par ce jeu aux règles changeantes et pour lequel personne ne lui avait demandé son avis, il tirerait sa révérence. Dans un instant, le doigt de Dimitri presserait la détente et il en aurait terminé avec la solitude et les regrets. Il n'avait pas peur.

– Qu'est-ce qui s'est passé avec Anna ? l'interpella le jeune homme.

Le vieux inspira longuement, heureux de s'imprégner de l'odeur du sous-bois.

– J'avais pourtant lu dans ton regard ce qui se préparait. J'y avais rencontré cette lueur universelle que portent ceux qui se laissent guider par la violence. J'aurais dû réagir, te chasser, avertir les autres, mais je n'ai rien fait. En lâchant prise face au destin, j'ai armé ton bras.

– T'es vraiment qu'un abruti, le vieux. Bon, elle est où, Anna ?

– Je ne sais pas, hélas. Je ne sais pas. Je suis comme toi, je ne me souviens de rien ! Toi et moi, on avait picolé, et j'ai bien une petite idée de quoi on est coupables, Dimitri, mais le puits ne m'a jamais révélé le moment précis où c'est arrivé. Moi, qui m'étais juré de ne plus y poser les mains, il m'a piégé. Parce que je ne me souvenais pas, j'ai dû y retourner, encore et encore. Et tu le sais aussi bien que moi. Oh, oui, je sais que tu l'as compris ! Plus on la regarde, cette merde de trou, et plus elle t'avale. C'est comme une drogue. Plus t'en prends et plus t'en veux, jusqu'à t'en faire exploser les naseaux. Un vrai feu d'artifice !

Dimitri se frotta le haut du bras et grimaça. La fourche, posée entre les deux hommes, aurait pu le tuer.

– Bon, espèce de vieux connard, lequel de nous l'a butée ?

– Tu crois vraiment que c'est si important que ça ? Nous sommes tous les deux coupables, Dimitri, toi et moi ! Et tu sais pourquoi ? C'est parce qu'au fond, nous sommes pareils ! Deux pauvres débiles accros à l'adrénaline. Et ce puits, il n'est que le reflet de ce que nous sommes. Alors, tu le sais aussi bien que moi : cette pauvre fille, nous l'avons tuée ensemble. Le puits n'était qu'une excuse. C'est parce que nous acceptons son pouvoir qu'il nous transforme en junkies prêts à sniffer toutes les merdes qu'il nous délivre. À petites doses. Mortelles. Comme des chiens qui se reniflent le cul, on a voulu tout savoir des uns et des autres sans deviner que le piège se refermait sur nous. Au petit jeu de la vérité, on peut dire qu'on s'est bien fait couillonner.

Les deux genoux au sol, René attrapa à pleines mains le canon qui le menaçait.

– À mon âge, je n'ai plus peur, Dimitri. Je n'ai plus de besoins, plus d'envies, plus d'avenir. À toi, je peux le dire : j'attends tous les jours ce moment où quelqu'un me fera sauter le caisson. Alors, vas-y et fais vite, qu'on en finisse !

Un appel lointain s'éleva de la rivière, mais ni l'un ni l'autre n'y prêta attention.

– Je te demande juste de ne pas faire de mal aux autres. Rien ne justifie ce que tu pourrais leur faire subir. La vie est précieuse, Dimitri, plus précieuse que tu ne l'imagines.

– Ah ouais ? Et la salope qui trucide des vieux, tu crois pas qu'elle mériterait la monnaie de sa pièce ?

– Ce n'est pas à nous d'en juger, Dimitri. Et puis reconnais que, finalement, elle leur fait un cadeau : le cadeau de la dignité. Elle leur accorde la liberté suprême. Allez, laisse-les partir et finissons-en.

– Va te faire foutre avec tes beaux discours !

– Tu as encore le choix. Tu peux aller aider Nolwenn et Julie. Tu peux épargner leur vie et affronter la vérité ou te voiler la face et emporter tous ceux que tu voudras avec toi. Tu es comme moi, Dimitri, tu marches au bord d'un gouffre dans lequel tu n'es pas obligé de sauter.

Le doigt de Dimitri effleura la détente de son arme.

– Tire ! Tire, qu'on en finisse ! C'est toi qui m'as obligé à cacher la voiture, Dimitri. Pourquoi ? Pourquoi tu aurais voulu masquer sa disparition si tu ne savais pas, au fond de toi, ce qu'il s'était passé ? Avec Anna, tu m'as obligé à replonger dans ce que j'étais venu oublier. Je ne suis plus un meurtrier ! Je ne veux plus participer à ça.

Excédé, Dimitri balança un coup de pied dans les côtes du vieil homme, qui bascula en arrière pour aller s'affaisser sur la terre molle. Se déchargeant de toute la frustration des derniers jours, Dimitri enchaîna alors les coups de pied et de crosse, faisant pleuvoir l'enfer sur le corps de René, qui encaissait sans un mot.

Quand l'orage cessa enfin, René Arthaud se redressa, meurtri et voûté. Digne. Le canon se posa de nouveau sur sa poitrine décharnée.

– Pourquoi tu t'arrêtes ? Finis ce que tu as commencé ! C'est un ordre !

Les deux hommes échangèrent un dernier regard, puis la forêt s'ébranla, secouée par la détonation.

Aucun cri ne s'échappa de la bouche ouverte de René. Comme au premier jour. Après avoir péché par les armes, c'est en guerrier que l'ancien mercenaire s'éclipsa. Détaché du monde, il le quitta comme il avait vécu : dans la violence, sans amour. Seul.

Froid et méthodique, Dimitri troqua son fusil pour la fourche, qu'il empoigna d'une main ferme. Cette fois, rien ne dévia la trajectoire des pics acérés, qui se glissèrent entre les côtes du vieil homme.

Avec lui s'éteignaient les souvenirs tragiques de tant de vies brisées. Loin des champs de bataille, le vieux gardien irait désormais dérouler son karma solitaire en enfer. La balle qui l'avait accompagné tant d'années, sans avoir mené à bien sa dernière mission, ne jouerait pas, elle non plus, la partition qui lui avait été attribuée. Loin des regards, inutile et orphelin, le Tokarev TT33 attendait, lui aussi, son tour, abandonné et triste.

12 avril - 1 h 25

Saisi par le froid, Yann plongea vers la forme qui flottait encore. Le canot avait coulé. Du sang avait été versé et personne ne leur viendrait en aide. Il chassa l'image de René et de sa fourche, aperçue du coin de l'œil alors qu'il se précipitait vers la rive. Repoussant momentanément le spectacle qui accueillerait son retour sur la terre ferme, il nagea sans prendre le temps de penser.

Que le vieil homme ait tué ou non Dimitri ne le concernait pas encore. Loin des ressentiments et des reproches, il lança les bras en avant et avala les mètres qui le séparaient de la vérité. Droit devant lui, seule la pâle figure qui émergeait par intermittence de la surface lui importait. Persuadé qu'il s'agissait de Nolwenn, convaincu la seconde d'après qu'il se dirigeait vers Julie, il envisagea le pire, jusqu'à ce qu'enfin il attrape le bras de la survivante et repousse les cheveux qui masquaient son visage.

– Julie, il faut retrouver Julie… Elle est là, sous mes pieds, quelque part !

La tête de Nolwenn disparut sous la surface. Au loin, une détonation percuta l'air, comme pour lui rappeler que l'heure n'était plus aux atermoiements.

Plongeant à son tour, il lutta contre les coudes acérés qui le repoussaient. Emporté par le tourbillon de furie qui animait la jeune femme, il la tira à lui et l'étreignit, déterminé à la sauver malgré elle.

Ramenée de force à la surface, Nolwenn changea de tactique. Telle une pieuvre nocturne qui aurait choisi de les entraîner vers le fond, collante et agile, elle le recouvrit de ses bras et de ses jambes, le serrant en une étreinte mortelle. Il comprit que rien ne le libérerait s'il résistait.

Se laissant entraîner, il relâcha la pression qui les unissait, juste assez pour glisser ses bras entre leurs deux corps et attraper les cheveux de Nolwenn. Alors, animé par la rage de vivre, il les tira en arrière avec la violence du désespoir. Dans un remous de bulles sonores, les tentacules qui l'enserraient le libérèrent pour aller planter leurs ongles dans ses bras et ses mains. Il battit des pieds et poussa vers le haut, coûte que coûte, effaçant l'espace qui les séparait de la surface irisée.

La bouche grande ouverte, Nolwenn et Yann happèrent l'air sans autre but que celui de respirer, respirer encore, toussant, crachant, mais inspirant et expirant à en mourir. Incapables de penser, tétanisés par le froid, brûlants de désespoir, ils s'accrochèrent l'un à l'autre, haletants.

– Il est trop tard. Viens avec moi, Nolwenn.

– Plutôt crever ! C'est ma sœur ! lança-t-elle entre deux claquements de dents.

Accrochée à ses épaules, la jeune femme ne nageait plus. Elle ne résista pas quand il la ramena jusqu'à la rive.

Quand leurs corps rencontrèrent enfin les premiers rochers, ils s'affalèrent sur la grève, s'accordant une longue minute de répit, ruisselants et grelottants.

– Julie ! Julie est morte ! articula Nolwenn enfin. D'abord Anna et maintenant Julie !

Loin de tout ce qui aurait pu les séparer, ils ne virent pas Dimitri se faufiler jusqu'à eux. Dans les mains couvertes de sang qui les tenaient en joue, pas une seule hésitation.

22 germinal an IV (11 avril 1796)

Jeanne lutta contre le besoin irrépressible de fuir. Loin de cet endroit, loin de ses habitants. En l'apercevant, un premier paysan avait levé un poing hargneux avant de se réfugier derrière sa porte. Deux enfants lui avaient jeté des pierres, un troisième s'était enfui en hurlant.

La rencontre se présentait sous de mauvais augures. Là où certains auraient dû entrevoir la lumière, seules les ténèbres l'accueillaient. Aucune main, aucun visage amical ne répondait à ses suppliques.

Telle une mendiante, elle passa d'une porte à l'autre, d'un visage connu à l'autre, sans altérer la détermination de ces paysans têtus. Fermement résolue à tout pour déjouer l'infortune, elle se campa près du puits. De là, elle pourrait leur parler, les toucher. Parce que tous y feraient halte dans le courant de leur journée, aucun ne pourrait ignorer sa présence. Les hommes qui rentreraient des champs, les femmes qui viendraient y puiser l'eau du repas, les enfants qui voudraient étancher leur soif, chacun des habitants de ce lieu l'entendrait.

Malgré ses vêtements en lambeaux et son visage gonflé, malgré les sanglots qui lui échappèrent parfois, au cours de cette longue journée, aucun d'eux ne franchit la ligne imaginaire qui les séparait. Bannie de leur vie, elle n'existait déjà plus.

Parce qu'ils refusaient ce qu'elle était, parce qu'ils rejetaient son savoir, Jeanne comprit qu'elle ne pourrait en rester là. Pour ne pas plonger dans la misère et l'isolement, elle serait contrainte d'agir. Jamais elle n'accepterait le destin qu'ils lui réservaient. Puisqu'ils en avaient décidé ainsi, elle utiliserait le mélange confectionné après son réveil. Grisée par l'espoir de ne jamais avoir à y recourir, elle avait exploré les confins de sa mémoire pour y dénicher les secrets enfouis. Ses mains, guidées par les mots oubliés des vieilles de la forêt, avaient fouillé les vases et les tiroirs empoussiérés de solitude pour en extraire le pouvoir ultime, celui qui la libérerait de ces hommes et de ces femmes perclus de haine.

Derrière le visage écorché qui tentait de les amadouer se cachait une femme blessée que plus rien ne sauverait du péché. En renonçant à franchir le pont invisible qui les aurait rapprochés, c'est la mort qu'ils choisissaient.

Le lent passage du soleil ne ramena pas les regards fuyants vers plus de miséricorde. À l'approche du puits, toutes les têtes se détournaient. Chacun remontait en hâte le seau qu'il était venu remplir, tout en ignorant le parasite mortel qui s'accrochait à une veste ou à un bras.

Cette femme avait mérité son sort. La garder à distance les protégerait de l'œuvre du Malin. Et malheur à celui qui se laisserait prendre à pactiser avec cette sorcière aux formes si humaines ! L'approcher aurait été un suicide, lui parler, une condamnation au péché. Malheur à celui qui écouterait ses suppliques. Malheur à celui qui tendrait la main au diable. Ils avaient choisi leur camp et rien ne ferait vaciller leurs certitudes. Le prix du crime serait celui du bannissement.

Découragée, à bout de forces, Jeanne s'accrocha à la margelle et contempla le néant qui lui tendait les bras, la berçant du réconfort illusoire de cette mort qui l'appelait. L'avenir, qu'elle avait rêvé brillant et chaud, se révélait hostile et sombre, douloureux jusque dans sa mâchoire, jusque dans chacune des bouffées d'air qu'elle inspirait. Le sang qui s'écoulait de son corps et les contractions de son ventre anéantissaient ses derniers espoirs. Puisque telle était leur décision, alors c'était la mort qui les séparerait. La violence et le mépris de son père n'y pourraient rien.

Grelottante, elle se recroquevilla pour attendre la nuit. Quand les bouches se seraient tues, quand les paupières se seraient abaissées et que les abords du puits auraient été désertés, elle suivrait l'unique route qui s'ouvrait encore à elle. Enfin libérée des préjugés, elle quitterait cette terre de malheur et rejoindrait son Victor. Là où elle irait, aucun doigt vengeur ne viendrait plus la tourmenter.

Tournant la tête, elle réprima un cri de surprise. Un chien la regardait, seul et maigre, attentif et inquiet. Puisant dans ses dernières forces, elle tira à elle un seau d'eau fraîche, puis se laissa glisser contre la margelle. Plongeant la main dans le liquide, elle la porta ensuite à sa bouche, à trois reprises, avant de renouveler son geste en direction de son compagnon d'infortune. Guidé par la soif, le chien sans nom accepta la caresse de cette femme qu'aucun vivant n'approcherait plus.

Jeanne leva les yeux vers le ciel, vers la lune. Rassurée par cette présence, par la chaleur du corps blotti contre le sien, elle esquissa une grimace édentée qui, en d'autres circonstances, aurait pu s'apparenter à un sourire.

12 avril - 2 h 03

Le visage grisâtre ne laissait planer aucun doute. René Arthaud était mort. Cette fois, il ne reviendrait pas. La fourche plantée en travers de sa poitrine le confirmait. Dimitri avait commis l'irréparable.

Yann ouvrit la bouche et la referma sans un bruit. Au froid, qui collait ses vêtements contre sa peau, s'ajouta la sensation de sombrer à nouveau dans les eaux sombres. En se terrant derrière la porte du grenier, en différant le moment où il aurait pu parler à Dimitri, il s'était rendu complice de ce meurtre. Désormais, il emporterait partout avec lui le souvenir du tableau qui s'étalait à ses pieds.

– Je ne voulais pas en arriver là !

C'était la voix de Dimitri, presque calme, malgré ses pupilles dilatées sur une folie que Yann refusait de partager.

– J'avais décidé de le laisser partir, mais cet abruti n'a pas voulu croire ce que je lui disais. C'est lui qui m'a provoqué, et maintenant je suis foutu ! Plus jamais je ne retrouverai une vie normale ! Plus jamais ! Quand je pense qu'après tout ça, c'est toi, le paumé de service, et ta pouffe qui vous en sortirez le mieux ! Toi, avec ta petite vie de minable, avec tes élèves et ta bagnole de pauvre ; elle, avec ses vieux, qu'elle continuera de foutre en l'air sans que quiconque ne trouve rien à y redire. C'est vraiment injuste !

Yann scruta les alentours en quête d'une arme. Le pistolet de René devait se trouver à proximité, à moins qu'il ne parvienne à se saisir de l'un des fusils qui dépassaient du sac posé aux pieds de Dimitri.

– N'y pense même pas, lança celui-ci. Je te ferais sauter la tête avant même que tu n'aies fini de cligner des yeux !

Le regard de l'homme prouvait sa détermination.

– Tu ne peux pas nous faire ça, Dimitri, intervint Nolwenn, aussitôt coupée par Yann.

– Tu n'as pas tué Anna. C'est le puits qui me l'a montré.

Dimitri fixa Yann. Nolwenn se pétrifia sur place.

– Je vous ai vus dans le puits. La route était déserte et tu lui courais après. Il faisait nuit. Quand tu l'as rattrapée, elle a crié et tu l'as encore frappée. Elle avait le visage couvert de sang et elle t'a supplié d'arrêter. Mais t'étais parti et rien n'aurait pu te freiner, à part la peur de te faire prendre. Et quand t'as entendu un moteur approcher, t'as hésité et elle s'est enfuie. Dans tes yeux, elle a vu ce que le puits m'a montré, elle a vu que t'étais capable du pire. Alors, elle a couru vers le moteur, sans réfléchir. Tout ce qui comptait, c'était de rejoindre le phare qui venait à elle. Parce qu'il n'y avait qu'un phare. Oui, tu le sais, c'était pas une voiture, mais une mobylette. Et c'était René qui conduisait. Et nous savons tous dans quel état. En détalant vers celui qui aurait pu la sauver, c'est vers la mort qu'elle s'est précipitée.

– Ça veut dire que j'y suis pour rien ? Que le vieux nous a baladés depuis le début ?

– Pas vraiment. C'est quand même toi qui l'as poursuivie jusqu'à cette route. En la frappant comme tu l'as fait, c'est comme si tu l'avais jetée toi-même sous les roues du vieux. C'est à cause de toi qu'elle n'a pas ralenti.

Nolwenn fit un pas en avant, les yeux écarquillés, les mains serrées sur la poitrine.

– Elle ne pouvait pas savoir que René avait bu et qu'il ne la verrait pas avant qu'il ne soit trop tard. Lui n'a presque rien eu, mais pour elle, le sort en a décidé autrement. Elle aurait pu s'en tirer avec un bleu ou une côte cassée. Son crâne a heurté le bitume.

Un silence de mort accompagnait ses mots.

– Certains survivent à des accidents de train ou d'avion, d'autres se tuent en tombant de leur lit. Pour Anna, l'heure était venue.

Nolwenn s'emporta.

– T'es en train de nous raconter que c'était juste un putain d'accident ? Un putain d'accident à la con, et tu n'as rien dit, alors que tu savais ?

S'imposant entre les deux hommes, elle lança la main en avant, frappant l'épaule de Yann d'un poing rageur.

– Rien qu'une merde d'accident, et toi, t'as fermé ta gueule pendant que tout le monde pétait les plombs ?

– Oh, on se calme. Je te rappelle que t'étais en train de tabasser René quand j'ai lâché le puits. Qu'est-ce que tu voulais que je fasse ? Que j'entre et que je vous dise que c'était lui le responsable ? Tu l'aurais tué !

Allant et venant entre les deux hommes, Nolwenn s'arrêta enfin devant le corps immobile du vieil homme. Les mains accrochées à ses cheveux défaits, elle les fixa tour à tour.

– C'est juste pas possible ! Yann, pas toi ! Comment t'as pu être aussi débile ? Et toi, Dimitri, regarde ce que tu as fait ! Mais vous êtes les deux mecs les plus cons de la galaxie, ma parole !

Elle s'agenouilla aux côtés du corps désarticulé.

– Arrête, Nolwenn ! Comment j'aurais pu vous le dire ? Tu sais bien que tu m'aurais pas écouté. Ou, pire, t'aurais disjoncté et fait n'importe quoi. Et après, t'aurais fait quoi pour Dimitri ? Tu serais allée le voir en levant les pouces, comme les gamins dans une cour de récré ?

Yann s'interrompit un instant pour reprendre son souffle. Les reproches de Nolwenn avaient touché une corde sensible.

– C'est tout de même un peu facile de juger les autres a posteriori. Trop facile ! Tu veux que je te dise que je regrette ? Eh bien, tu peux être contente : oui, je regrette de n'avoir rien dit plus tôt. Mais tu crois que j'avais envie de te parler de ta sœur qui convulsait sur cette foutue route ? Parce que, ça aussi, je l'ai vu, Nolwenn, et j'avais pas envie de te l'imposer ! J'ai vu ses yeux qui partaient en vrille, j'ai vu la bave qui coulait de sa bouche ouverte, j'ai entendu ses chaussures qui crissaient sur le goudron pendant que ses jambes se raidissaient. C'est ça que t'aurais voulu que je te balance sans prévenir ?

– Et qui est-ce qui a planqué la voiture ? glissa Nolwenn, trop calme, en se relevant.

Yann tourna la tête vers Dimitri.

– J'allais te le demander. Le puits ne m'a rien montré là-dessus.

Tremblant de la tête aux pieds, Nolwenn entra dans le champ de vision de Dimitri.

– Vous voulez dire que personne ne sait où elle est ?

Un hoquet s'échappa des lèvres de la jeune femme déboussolée.

– Tu te rends compte qu'ils sont tous morts pour rien ?

Exaspérée, elle leva la main au niveau du visage de Dimitri, révélant le pistolet de René.

– Tu vois, connard, t'as pas fait ton boulot jusqu'au bout. T'as même pas fouillé les poches du vieux !

Obéissant à son instinct, son adversaire balança son fusil à travers l'espace qui les séparait, percutant le bras de Nolwenn à pleine vitesse, faisant voler le pistolet. Surprise, elle se jeta sur l'arme de Dimitri et l'attrapa à pleines mains. Poussant et tirant pour en prendre possession, perdus dans un face-à-face mortel, ils ne virent pas Yann se jeter lui aussi dans la mêlée, épaule en avant, pour les séparer. Bousculée en tous sens, percutée sans merci, l'arme libéra sa colère.

Nolwenn lâcha prise, stupéfaite. Dans la main de Dimitri, le fusil déchargé, désormais inutile, venait de remplir sa fonction.

Debout, Yann garda le silence, peut-être en quête d'une réponse qu'aucun philosophe ne lui apporterait jamais. Comme pour retenir la vie qui s'enfuyait en pulsations affolées, ses mains plaquées sur la plaie débordante ne purent endiguer les flots bouillonnants qui s'écoulaient le long de sa cuisse ouverte.

Sidéré, il s'effondra mollement sur lui-même.

12 avril - 3 h 15

Prostrée, Nolwenn ne percevait ni la forêt ni les corps qui l'entouraient. Les bras serrés autour de ses jambes, elle se balançait d'avant en arrière en un mouvement hypnotique.

Dimitri, debout et silencieux, la surveillait. Comme pour la persuader d'agir, de trouver la force de se lever et de venger la mort de tous ceux qu'elle aimait, il poussa l'arme du vieux dans sa direction, du bout du pied.

– Vas-y, fais-toi plaisir ! Accorde tes actes à tes paroles !

Telle une montre déréglée que le plus habile des horlogers aurait renoncé à réparer, Nolwenn cessa peu à peu ses mouvements de balancier tandis que la voix de Dimitri se frayait un chemin jusqu'à sa conscience.

– Tu ne le feras pas parce que c'est sale. C'est pas comme tes petites seringues toutes proprettes qui ne laissent pas de traces.

Nolwenn se figea. À quoi bon ajouter du sang au sang ? Tous ceux qu'elle avait accompagnés lui avaient prouvé qu'ils méritaient une sortie honorable. Tous avaient gagné le droit de partir. Pas Dimitri. Elle lui refuserait cette chance de s'en tirer à si bon compte.

– Dégage !

L'homme insista.

– Tu crois qu'on peut en rester là, toi et moi ? Après ce qui s'est passé, tu comprends bien que nous n'avons plus le choix.

La jeune femme le détailla comme on regarde un insecte, avec un mélange de curiosité et de dégoût.

– Prends ce flingue et finissons-en, la supplia-t-il.

Dimitri ne put freiner le mouvement de va-et-vient qui s'installa de nouveau, allumant une nouvelle traînée de poudre dans son cerveau. Empoignant l'arme, il la fourra de force entre les mains serrées de Nolwenn, désormais absente.

– C'est à cause de vous, à cause de cet endroit de malheur qu'on en est là ! Maintenant, je suis foutu ! Toi et tes pétasses de sœurs, vous m'avez piégé comme un rat !

Terrassé par les événements, il s'effondra aux pieds de la jeune femme, les deux genoux à terre. Plongeant son regard fiévreux dans l'abîme des deux pupilles qui ne le voyaient plus, il hurla. Aucun mot n'aurait pu exprimer la haine et la colère, la frustration et la rage qui l'habitaient. Jamais il ne pourrait s'échapper de la vie qui l'attendait sans l'aide de cette femme. Jamais il n'aurait le courage d'affronter l'ultime instant pour en finir.

Malgré les larmes fatiguées qui serpentaient douloureusement sur ses joues, derniers vestiges d'une humanité détruite, Nolwenn persista à l'ignorer. Le prenant au dépourvu, elle inspira longuement, plongea le canon du Tokarev TT33 entre ses lèvres et pressa la détente.

Le petit clic malsain qui suivit percuta douloureusement le silence. La balle qui aurait délivré Nolwenn, celle-là même que René se réservait, n'avait jamais quitté le confort de la poche du vieil homme.

Nolwenn hurla. Dimitri éclata d'un long rire affligé.

23 germinal an IV (nuit du 11 au 12 avril 1796)

Couché à l'abri de la margelle, un chien sale et maigre, de ces chiens sans race et sans nom qui suivent leur maître jusqu'à la tombe, se tordit en une dernière étreinte de douleur. L'eau partagée au cours de la journée, celle pour laquelle Jeanne était revenue, avait parfaitement rempli son rôle. Malgré les tremblements, la peur et le trop-plein de violence, la jeune femme ne s'était pas trompée dans les proportions. Les coups de sabot, les injures ou les crachats n'avaient en rien altéré sa maîtrise de l'Art.

La journée qui s'achevait avait été celle du choix. Leur choix. Personne n'était revenu lui montrer qu'on la comprenait, qu'on lui pardonnait. Aucune main ne s'était tendue vers la femme déchue que tous avaient pointée du doigt. Ses appels au pardon, à genoux devant le puits, s'étaient heurtés à un mur de pierre. Ses suppliques sans réponses n'avaient en rien pénétré la cuirasse de leurs cœurs trop secs. Tous, sans exception, avaient choisi la voie qui menait aux portes de l'enfer, celle du silence complice, de la parole perfide, de la violence gratuite et des actes barbares commis au nom de valeurs partagées. Tels ces fauves qui frappent en meute, ils avaient tué. Tout comme ceux qui étaient venus déchiqueter sa grand-mère un matin d'orage, domptés par le poids de leurs angoisses, ils s'étaient acharnés sur celle-là même qui aurait pu leur venir en aide. Parce que la foudre s'était abattue sur eux, ils s'étaient laissé aveugler par la bêtise et l'ignorance. Rendus sourds par les éclairs, ils n'avaient pas voulu voir, n'offrant aucun regard apaisant à celle qu'ils avaient tourmentée. C'était sans remords qu'elle les avait laissés s'abreuver du poison déversé dans le puits.

Ses yeux, rouges de tant de larmes retenues, scrutèrent la pénombre, à l'affût d'un dernier appel qui aurait brisé le silence. Elle tomba à genoux dans la boue détrempée. Pour eux, elle aurait continué d'accepter toutes les humiliations, toutes les disgrâces, à condition que Victor la soutienne.

Cette nuit serait sa dernière et rien ne viendrait s'opposer à son geste. Jamais elle ne vivrait sans celui qui lui avait tout pris. Avec lui, son honneur et sa jeunesse s'étaient envolés au-delà de l'anéantissement. En abusant de son cœur, il avait bafoué son corps. Sans ses mains, sa force et sa chaleur, sans son amour, le monde pouvait crever !

Relevant le front, elle essuya le filet rosâtre qui souillait la commissure de ses lèvres et osa un dernier sourire. Elle aussi avait bu l'eau du puits. Dans un instant, quand elle sauterait par-dessus le muret de pierre qui la séparait du néant, elle retrouverait enfin celui pour qui elle allait mourir.

– Que cette forêt, cette terre et ces pierres agissent sur les hommes comme ils ont eux-mêmes agi ! Que ce puits, miroir des âmes, tourmente jusqu'au bout de l'enfer ceux qui ont péché !

Son index fendit l'air d'un geste décidé, traçant une étoile à cinq branches qui scellerait irrévocablement le destin de ces lieux. Prise d'un rire mauvais, elle se signa de nouveau, à l'envers et de la main gauche.

– Que ceux qui toucheront ces pierres soient emportés par leurs propres vérités ! Par la terre, l'air, l'eau, le feu et l'esprit, qu'ils soient maudits à tout jamais !

Un crachat rougeâtre termina sa course sur le puits, aussitôt absorbé par la pierre assoiffée.

12 avril - 7 h 16

Traînant derrière elle un reste de nuit blafarde, Nolwenn se dirigea sans hâte vers le puits. Cette journée serait celle du choix, mais personne ne rebrousserait chemin pour lui tendre la main. Aucun appel au pardon ne ramènerait Anna, Julie et Yann. Aucune supplique à ce puits trop sec ne changerait le présent. Ensemble, ils avaient choisi d'ouvrir les portes de l'enfer. Ensemble, ils avaient provoqué la mort, la narguant de leur bêtise et de leur ignorance. Chacun en avait payé le prix.

Les yeux rouges de tant de larmes retenues, Nolwenn posa le sac rempli d'armes devant elle et s'installa à même le sol, sans quitter la silhouette de Dimitri, qui émergeait de la ferme éventrée. Hagard, le visage couvert de croûtes brunâtres, désarmé et sale, l'homme brisé chemina sans but jusqu'à elle. Derrière lui, les ombres d'un brasier naissant se tenaient par la main en une farandole joyeuse.

– Tu sais, Nolwenn, je ne suis pas un meurtrier, lança-t-il d'une voix usée.

– En tabassant Anna, tu as tracé un chemin dont on ne sort pas. Tu le serais devenu.

– Sans vous, j'aurais jamais tué personne, je le jure ! C'est vous qui êtes responsables de tout ce qui est arrivé !

– Par ta faute, tous ceux que j'aimais sont morts.

Nolwenn lui désigna du menton le sac posé à ses côtés.

– Tu peux te servir si tu veux.

– On est pareils, toi et moi. Tu es même pire. Toi, tu tues avec préméditation.

– Mon pauvre, t'as toujours un train de retard. Je te l'ai déjà dit, je les accompagne. C'est pas tout à fait pareil.

L'homme resta pensif, absorbé dans la contemplation du puits.

– J'avais pas remarqué que les plaques de protection avaient disparu. C'est René qui a fait ça ?

Nolwenn haussa les épaules, indifférente.

– Tu sais, finalement, c'est le vieux qui nous a mis tout ça dans la tête avec ses histoires. Ce puits, c'était son invention. C'est lui qui nous a intoxiqués avec ses foutus contes pour enfants.

– Sauf que, cette fois, quelqu'un a laissé la bête du Gévaudan s'y glisser.

Elle ignora la lumière qui s'échappait des deux bâtiments pour en lécher les façades, chaude et attirante.

– Et maintenant, qu'est-ce qu'on fait ?

– Pareil que toi. Je m'en fous. Tu peux prendre un flingue, ça m'est égal. Et même si tu le pointes sur moi, c'est pas un problème.

– Je crois que je vais rester là, à attendre encore un peu. Ensuite, on verra. Le garagiste finira bien par passer. Aujourd'hui ou demain. Puis y aura les flics et tout le reste, et je suis pas bien certain d'être prêt pour tout ça.

Nolwenn lança un coup d'œil en direction des flammes qui s'élançaient à l'assaut des toitures.

– Ça va attirer du monde, ton petit spectacle. Quand ils arriveront, tu leur diras quoi ?

– Je sais pas.

Un long silence s'imposa, enfin rompu par Dimitri.

– Et si l'un de nous s'en prend à l'autre ?

– Je m'en fous, j't'ai dit. Vas-y si tu veux.

– Ouais, on a le temps. Je crois que j'ai encore besoin de réfléchir…

Autour d'eux, le brasier jetait maintenant de larges corolles lumineuses en direction du ciel.

– Dommage qu'il y ait autant de fumée.

– Oui, t'as raison. Mais au moins, on est sûrs que plus personne ne viendra habiter ici.

– Tu sais, c'était vrai, pour Julie et Yann. Et puis, Julie, elle couchait avec tout le monde.

– Ferme-la.

Assis côte à côte, Nolwenn et Dimitri jetèrent un dernier regard aux bâtiments environnants. Cette forêt, cette terre et ces pierres avaient scellé leur destin au moment même où ils y avaient posé le regard. Ce puits, miroir de leurs âmes, avait eu raison de l'humanité qui les avait guidés jusque-là.

Loin sous leurs pieds, là où l'ombre poursuivrait encore longtemps son lent travail de sape, une main fermée enserrait le téléphone d'Anna, l'emprisonnant à tout jamais.

Remerciements

Un grand merci à

Fanny Gambier pour les piqûres !

Vivien Larroche-Grange et Julien-Pierre Dauby pour les armes ! Grâce à vous, je sais maintenant reconnaître un bon chasseur !

Jacques Deglane, Jean-Marc Bellezane, Laurent Doré et Sylvie Parvolle pour les regards acérés qui redressent les mots et font trébucher les phrases boiteuses.

Aurélia Charron, Bruno Dupré, Emmanuelle Gallot, Fernando Queiroz, Laure Queiroz pour leurs ondes positives.

Jacques Audonnet pour les photos.

Valérie, pour les heures passées à répondre à la même question : qu'est-ce que tu penses de cette phrase ?

Et enfin, vous tous qui, au détour d'un rayonnage ou au coin d'une table, avez pris le temps de vous arrêter. Merci pour les échanges et les sourires.

Imprimé en France par CPI
en février 2022

Dépôt légal : février 2022
N° d'impression : 168429